A Michel Déon = sur les
soleils aussi, tombe le soir...

AUTOPSIE
D'UNE ÉTOILE

En témoignage de toute
mon admiration,

[signature]

DIDIER DECOIN

AUTOPSIE D'UNE ÉTOILE

roman

ÉDITIONS DU SEUIL
27, rue Jacob, Paris VIᵉ

ISBN 2-02-009719-2

A mon fils Julien.

« Une étoile de sang me couronne à jamais. »

Guillaume APOLLINAIRE.

I

Récit de David Bissagos

Jusqu'au château de Robert-le-Diable, il y eut des étoiles. Puis, passé les ruines, des brouillards s'élevèrent du fleuve et envahirent le ciel.

La réception radio devint mauvaise. J'entendis que l'avion détourné sur Leonardo da Vinci, aéroport de Rome, venait d'exploser en bout de piste ; mais le nombre des victimes se perdit dans les crachotements du poste.

L'appareil avait décollé de Chicago peu de temps avant celui à bord duquel j'avais moi-même pris place. Les deux avions s'étaient retrouvés au-dessus de l'Atlantique, alors que le drame se jouait déjà. Ils avaient volé un long moment ensemble, notre Boeing sous le ventre de l'autre, un ventre plein de violence et de terreur, sans pouvoir rien tenter.

Si j'avais pris l'avion de l'autre compagnie, à présent je serais mort. On se préparerait à conduire mon corps au cimetière d'Arlington pour l'y ensevelir parmi les héros et les martyrs américains.

Ce serait malcommode pour mes parents qui habitent loin d'Arlington, mais ils seraient fiers de me savoir là. Surtout mon père qui craint toujours que je ne me com-

13

porte pas en citoyen exemplaire, peut-être parce qu'il n'y a pas cent ans que notre famille est entrée aux États-Unis.

Mon père s'est imposé de longues privations pour faire opérer le nez de ma mère, sous prétexte que les vraies Américaines ont de petits nez retroussés. C'était un an ou deux avant ma naissance, je suppose qu'il espérait contourner les lois de l'hérédité et que je viendrais au monde avec, moi aussi, un nez raccourci. Ce ne fut pas le cas, évidemment : les Bissagos ont tous le nez fortement charpenté, les cheveux noirs et la peau mate.

Mon père redoute qu'on nous prenne pour des Mexicains ou des Portoricains, alors que nos ancêtres sont originaires d'Espagne. Du moins, mon père en est-il persuadé. Je l'ai toujours entendu faire la démonstration suivante : Bissagos est le nom d'un archipel au large de la Guinée-Bissau, or les Espagnols furent de grands navigateurs ; un de nos aïeux y aborda et ajouta le nom de Bissagos aux patronymes et titres divers qu'il portait déjà.

Pour taquiner mon père, je ne manque pas une occasion de lui rappeler que les Portugais aussi étaient de hardis marins. Mais il n'y a rien à faire, il tient absolument à sa version espagnole de nos origines.

Le brouillard s'épaissit, la visibilité tomba en dessous de trente mètres. La seule chose encore à peu près audible sur la bande FM était un concert de rock.

A plusieurs reprises, il y eut des interférences. J'appris ainsi que la police de Rouen demandait à celle du Havre de poser des chicanes sur la voie d'accès au pont de Tancarville.

Il s'agissait d'intercepter un break emportant quatre hommes vêtus d'anoraks qui, tout en fonçant à travers la brume, faisaient fondre à l'aide d'un chalumeau les mon-

14

tures des bijoux qu'ils venaient de rafler. Leur voiture était repérable à cette lueur bleue du chalumeau qui palpitait derrière les vitres embuées.

C'était bien la France telle que je l'avais imaginée depuis Chicago.

A son tour, la station qui diffusait un concert de rock se tut.

De nombreux véhicules se rangeaient sur le bas-côté de l'autoroute. Les conducteurs descendaient, allumaient une cigarette, se battaient les flancs pour se réchauffer. Ils nettoyaient leurs phares salis par le sel qu'on avait jeté sur la chaussée. Ils paraissaient inquiets.

Il est vrai que la plupart des gens aiment les nuits claires. Ce sont les seules qu'ils qualifient de belles nuits. Ils fuient les autres nuits, ils sont craintifs dès qu'ils cessent de voir. L'univers comporte pourtant davantage d'invisible que de visible. Nos télescopes errent longtemps dans des glacis obscurs avant d'être frappés par la lumière d'un astre. C'est l'absence et la nuit qui sont la règle du monde.

Depuis que j'ai compris cela, je m'intéresse à elles avec la passion qu'on peut avoir à trente ans.

Burton Kobryn, dont je fus l'assistant, pense que c'est la raison pour laquelle ma carrière professionnelle n'est pas aussi brillante qu'elle devrait : on se méfie d'un astrophysicien fasciné par l'obscur et l'invisible. « Notre vocation, dit Kobryn, est de discerner toujours plus et toujours plus loin. La nuit absolue n'a d'intérêt pour nous que dans la mesure où des étoiles s'y révèlent. »

Ainsi, pour sa découverte de l'étoile *Infante 1* dans un secteur de l'espace que l'on croyait vide, Kobryn a-t-il reçu le prix Nobel. Ce qui ne risque évidemment pas de

15

m'arriver, puisque je ne suis réellement attiré que par l'observation du néant ; par définition, il n'y a rien à y voir, rien à en dire.

J'ai continué vers mon rendez-vous, l'autoroute pour moi tout seul.

Parfois, roulant vitres baissées le long d'un pré, j'entendais le hennissement d'un cheval.

Puis, je quittai l'autoroute. Au fond de sa cabine, l'employée du péage lisait une bande dessinée. Elle fut incapable de me dire où était Villedomble :

— Quelque part vers la mer, si ça existe.

Je lui demandai alors où était la mer, mais elle ne savait pas non plus. Le mieux, croyait-elle, était de suivre les autocars : ils roulaient toujours en direction des plages.

Si tard dans la nuit et par ce temps bouché, je doutais fort de rencontrer le moindre autocar. Mais je ne le dis pas à l'employée du péage. Je pensais qu'un homme entraîné à situer des étoiles à des millions d'années-lumière devait pouvoir trouver tout seul le chemin de la mer.

Je n'étais pas si pressé, après tout. Kobryn supporterait bien de m'attendre une heure ou deux de plus.

Je l'imaginais dans son décor français, avec sa femme française, taquinant un feu de bois de la pointe de ses souliers (massacrer des chaussures coûteuses est un de ses traits), regardant fondre dans une coupe bleue les glaçons destinés à mon scotch.

Mon retard et le brouillard imprévu nous aideraient à renouer une conversation interrompue par des années de silence.

Il m'avait prévenu :

— Vous vous perdrez, David. C'est presque une tradition, tous ceux qui viennent ici s'égarent. Vous passerez la maison sans la voir. Peu importe, continuez, traversez la forêt. Ensuite, sur votre droite, il y aura une cabine téléphonique. Ses vitres sont brisées, mais elle fonctionne. Appelez-moi, je vous remettrai sur la bonne route. Anne est habituée : jamais de soufflé au fromage le premier soir.

L'entendre prononcer le prénom d'une autre femme que Léna m'avait troublé.

Quand il fut officiel que Burton Kobryn se retirait en Normandie, les milieux scientifiques s'étonnèrent du choix de cet exil. Les milliers de dollars qui accompagnaient le prix Nobel permettaient d'autres ambitions. Il existe encore des villas agréables sur les rives du Michigan ; et Vancouver, au Canada, n'est pas mal non plus avec ses grands parcs. Et si Kobryn tenait tant que ça à l'Europe, pourquoi pas l'admirable Lake District anglais ou la Provence ? Dans ces régions, il eût bénéficié tout à la fois de l'isolement qu'il semblait souhaiter et de la proximité de villes universitaires où donner des conférences, rencontrer des étudiants, diriger des thèses.

Il eût continué d'être l'objet d'une certaine attention, tandis que Villedomble sentait déjà le cimetière. On savait qu'il y régnait en hiver un terrible silence. Pas de gare à moins de vingt kilomètres, ce qui découragerait probablement d'éventuels jeunes visiteurs. Pas de librairie où commander ces montagnes d'ouvrages techniques sans lesquels je ne voyais pas comment Kobryn pouvait survivre.

Pour s'occuper, les hommes de Villedomble buvaient et chassaient le corbeau. Kobryn les accompagnait-il à travers les labours figés par le gel, entrait-il avec eux au café, était-ce avec ces hommes-là, vraiment, qu'il s'entretenait à présent du cycle de la vie et de la mort des étoiles ?

Certes, il avait aménagé une sorte d'observatoire dans ce qui était autrefois le colombier. Les lentilles provenaient du Japon, les mécanismes de synchronisation de Zurich. Mais le ciel là-bas était souvent voilé à cause de la proximité de la mer d'où soufflaient des vents humides. Et, aussi perfectionné soit-il, le matériel dont disposait Kobryn n'était en rien comparable aux installations gigantesques sur lesquelles il avait régné toute sa vie. Il ne pouvait se livrer qu'à des recherches d'amateur — le mot « recherches » me paraissait même tout à fait excessif.

Mais, comblé par la découverte prodigieuse d'*Infante 1,* peut-être n'attendait-il plus rien du ciel ?

Pour honorer ce concitoyen d'adoption, la municipalité de Villedomble avait tenu à baptiser *route de l'Observatoire* la voie mal empierrée conduisant à l'ancienne ferme achetée par Kobryn, et *place de l'Infante* l'esplanade où s'agglutinaient les enfants du village au sortir de l'école. On avait aussi fait tirer des cartes postales représentant le colombier surmonté de sa coupole blanche, avec la mention :

Villedomble — Normandie
« La porte des étoiles »
565 hbs. Sentier touristique
Hôtel café bar « Les Routiers »

Je me souviens d'avoir fait circuler quelques-uns de ces chromos lors du dernier congrès de Shanghai. Les anciens collègues de Kobryn s'en amusèrent, comme des gens qui tiennent enfin leur revanche. « Irez-vous le voir, David ?

18

me demanda-t-on. Portez-lui notre bonjour, l'affection respectueuse de ses amis qui ne l'oublient pas. »

Ils y mettaient cette compassion ironique qu'on a pour parler de quelqu'un qui a attrapé une maladie infantile à un âge où cela n'a plus cours.

On discutait ce matin-là à Shanghai de l'idée de Carl Sagan, qui avait participé à la conception de l'enregistrement placé dans le véhicule spatial *Voyager* — un disque intitulé *Sounds of the Earth*, destiné à d'éventuelles intelligences vivant hors de notre système. Sagan tenait absolument à y intégrer un cri de baleine recueilli aux Bermudes. Ce cri avait paru à tous extraordinairement beau.

Comparé à cette entreprise si émouvante qui consistait à faire entendre les voix de la vieille Terre aux confins de l'Univers, le colombier de Burton Kobryn avait quelque chose de dérisoire.

A ce moment-là, quelqu'un mit en marche les ventilateurs, et leur souffle jeta les cartes postales sur le plancher. Personne ne parut s'en soucier, sauf une astrophysicienne soviétique qui les ramassa et les examina. Elle était de Leningrad et s'appelait Sonia Ivanovna. Dans le groupe des Occidentaux, nul ne doutait de son appartenance au KGB et beaucoup l'évitaient. Mais, moi, j'aimais ses cheveux blonds tirés en arrière et les fines gerçures de ses lèvres.

— Puis-je conserver une de ces images, David ?

— Prenez, Sonia Ivanovna. Après tout, on dirait bien que c'est la nécropole d'un des hommes les plus importants de ce siècle.

Elle sourit :

— On dirait aussi un petit silo à missiles.

Incorrigible Sonia Ivanovna ! Elle me caressa gentiment le visage du bout de ses doigts toujours un peu moites.

19

Dès qu'on les sort de leurs neiges, ces filles russes transpirent abondamment.

Je vis des arbres surgir du brouillard. Leurs branches avaient les élans noueux et tronqués des baobabs d'Afrique. Mais ce n'était qu'un champ de pommiers normands.

Maintenant la route crissait sous les pneus, à cause du givre que la brume froide y déposait.

Je dus ralentir.

Puis, je m'arrêtai à un carrefour et déployai la carte. Les noms des localités étaient plus déconcertants à mesure que je m'enfonçais dans l'intérieur des terres : le Haut-Val, la Fosse-aux-Foins, la Mare-au-Loup. Pourtant, il n'y avait nulle part de vallon, ni de fosse, ni de mare. Rien qu'une plaine coupée de haies qui blanchissaient. Ni le tracé de la carte ni le paysage ne correspondaient à ce que Kobryn m'avait annoncé.

A trop chercher la mer, je m'étais probablement perdu.

J'en serais quitte pour une nuit d'auberge. Cette nuit solitaire ferait office de sas. Kobryn serait moins intimidant le lendemain, à la lumière du jour.

Au Chili, je ne l'avais pratiquement vu que la nuit.

Afin de permettre le meilleur rendu possible des signaux qui s'inscrivaient sur les écrans vidéo, les salles de l'observatoire baignaient en permanence dans une pénombre verdâtre. Je ne distinguais que des éléments détachés du visage de mon maître. Surtout sa bouche, car il susurrait ses ordres d'une voix si ténue, si frêle, que je devais fixer mon regard sur ses lèvres à la manière des sourds.

— David, articulaient silencieusement les lèvres, veuillez explorer à présent la bande comprise entre 21,105 et 21,106 centimètres en direction de Tau de la Baleine. Je procédais aux manipulations requises sans élever la voix, moi non plus.

Le travail achevé, nous nous quittions sans un mot, laissant au personnel de l'observatoire le soin de débrancher les machines et de rassembler nos papiers épars. Burton Kobryn était comme ces chirurgiens qui ne s'abaissent pas à recoudre la plaie au fond de laquelle ils ont plongé les mains. Il prétendait n'agir que sur des matières où le commun des mortels n'a pas prise : l'infini, le vide, une lumière vieille de plusieurs milliards d'années.

Il y avait en lui quelque chose de désincarné : je ne me rappelle pas l'avoir jamais vu manger ni boire durant les heures d'observation.

Pour descendre du centre de calcul jusqu'au parking, il évitait de prendre l'ascenseur en même temps que les assistants chiliens et moi. Pour empêcher, je suppose, que nos corps se touchent, pour ne pas avoir à prononcer ces stupides paroles de politesse qu'on se croit obligé de débiter dans un ascenseur qui se traîne, pour ne pas nous révéler sa figure ravagée par la fatigue et la tension nerveuse.

Les techniciens chiliens l'appelaient l'Archange. Ce n'était pas tout à fait par dérision.

Ma vieille Volkswagen, achetée d'occasion dès mon arrivée au Chili, supportait mal les nuits glaciales de la Cordillère et refusait souvent de démarrer. Kobryn se dirigeait vers sa propre voiture en faisant mine de ne pas entendre les hoquets pitoyables de ma mécanique. Pas une seule fois il n'offrit de me raccompagner à Santiago. Il semblait horrifié à l'idée que quelqu'un pût s'asseoir à côté de lui, presque à le frôler, et rester là pendant des kilomètres à ne rien faire d'autre que le dévisager.

Il s'imposait une telle solitude, un isolement physique si maniaquement défendu, que je me demandais comment il avait pu se marier.

Maria-Elena, dite Léna, était pourtant son épouse à part entière.

Il partageait la même chambre qu'elle à la *Residencia*, leur villa sur les pentes du cerro San Cristobal.

Il évoquait devant moi l'intimité de Léna, sa façon rageuse de se brosser les dents, les empreintes de ses pieds nus l'été sur les dalles, sa manie de faire couler des bains trop chauds et de s'y assoupir, ne laissant dépasser de l'eau parfumée à la vanille que la pointe de ses seins.

J'aimais ces évocations très impudiques. Et, en même temps, je détestais le mal lancinant qu'elles me faisaient. Mais cette souffrance — de la jalousie, ni plus ni moins — était une pénitence grâce à quoi, considérant que j'avais réglé la facture, je m'accordais ensuite de longues rêveries mettant en scène une Léna docile, nue, rien qu'à moi.

De son côté, Kobryn se plaisait visiblement à me raconter Léna. Lui aussi, dans ces moments-là, il la rêvait. Enfin, je crois. Elle n'était peut-être accessible qu'à travers nos songes.

Fille d'un ingénieur américain des mines de cuivre de Chuquicamata et d'une Indienne araucane, Léna possédait l'étrange beauté de ce pays chilien à la fois montagnard et marin. Elle était comme lui étroite des hanches, longue et fine.

J'ai connu de jolies femmes. Aucune n'a jamais eu dans les yeux ce ni gris ni vert des pluies australes. Ni ces lèvres charnues, gorgées d'une humidité tout intérieur comme les cactus dans l'épouvantable désert d'Atacama.

22

Même dans la mort, paupières closes et bouche éclatée, elle était belle.

Sans la présence de Kobryn et des deux *marines* dépêchés pour rendre les honneurs à sa dépouille, je me serais penché sur elle sans répugnance pour embrasser, sur son front, l'étoile rouge qu'y avait imprimée un coup de crosse.

C'est peu avant le meurtre de Léna que je cessai de travailler pour Burton Kobryn.

Le but de ses travaux était de surprendre la naissance d'une étoile. J'avais acquis peu à peu la conviction qu'il n'y avait rien dans cette lointaine partie du ciel que nous auscultions depuis des mois. Je le lui avais dit, et il s'était moqué de moi. Le mieux n'était-il pas de me retirer ?

Un soir, donc, j'omis de me rendre à l'observatoire dans la Cordillère. Si Kobryn a encore besoin de moi, pensais-je, il m'appellera à l'appartement.

J'attendis jusqu'à l'aube près du téléphone, mais il ne sonna pas. Ni aucune des nuits suivantes. J'avoue que ce furent pour moi des soirées pénibles, car on ne se sépare pas aussi aisément d'un homme auprès duquel on a vécu tant de veilles. Mais j'étais apaisé à l'idée de m'être retiré au moment voulu, en évitant à Kobryn le souci d'avoir à se débarrasser du jeune incrédule que j'étais.

Après une semaine de silence, je lui envoyai une lettre. Je lui souhaitais toute la réussite possible, et lui annonçais mon intention de regagner prochainement Chicago. Il ne répondit pas.

Je le revis quelques jours plus tard, lorsqu'il fut convoqué pour reconnaître le corps de Léna. Nous n'échangeâmes que quelques mots, quelques pauvres paroles de circonstance. Et rien, bien sûr, à propos de l'étoile qu'il cherchait.

J'appris la nouvelle environ un an plus tard, par la presse, comme tout le monde.

Le cri d'une jeune étoile, titraient les journaux du matin.

A midi, le visage de Kobryn apparut sur les écrans de télévision du monde entier. Les gens riaient et tapaient dans leurs mains en écoutant l'enregistrement restituant le long hurlement pathétique de l'étoile.

Contre toute attente, Kobryn avait réussi à capter les ondes émises par une étoile au moment où s'opère sa nucléosynthèse, c'est-à-dire quand elle devient un astre véritable. Il avait filtré ces sons, les avait purifiés, rendus intelligibles pour l'oreille humaine. Et cela ressemblait en effet à un cri.

Vint alors la question du baptême.

Quel nom donner à une étoile qui, une fois épanouie, serait vingt millions de fois plus grande que notre Soleil ?

Baby Star, comme le suggéraient certains journaux, parut un peu ridicule, et l'était en effet.

Devait-on alors renouer avec les traditions anciennes et baptiser l'étoile du nom de celui qui venait de la découvrir ?

A New York, Kobryn tint une conférence de presse et récusa cet honneur. Il proposa, puisque l'étoile était enfantine et avait été détectée à partir d'un radiotélescope situé dans un pays de langue espagnole, de l'appeler *Infante 1.*

Et surtout Kobryn reçut le prix Nobel.

Le carton d'invitation à la remise du prix me parvint un matin où j'avais rendez-vous avec Mrs. Hudson, la propriétaire du flat que je louais à Chicago.

Je n'avais pas l'intention de laisser Mrs. Hudson augmenter mon loyer, ce qui semblait être une des obsessions de cette dame, pour la raison suffisante que le flat subissait jour et nuit le vacarme et les trépidations du métro aérien.

Il me suffisait évidemment de déménager pour échapper à la voracité de Mrs. Hudson. Mais je voulais continuer à habiter ce flat minable parce que, juste en dessous, il y avait une boutique de blue-jeans où travaillait Jennifer, fille blonde et dodue qui me plaisait.

Jennifer portait elle-même des jeans bien trop étroits pour elle, dont la fermeture à glissière bâillait et laissait voir une frange de slip noir. J'aimais son geste vif, comme coupable, pour remonter son zip chaque fois qu'un client entrait dans la boutique. Ensuite, pour décrocher de leur tringle les pantalons que le client voulait essayer, Jennifer était forcée de lever les bras, et le zip redégringolait, et apparaissait à nouveau le nylon noir.

Je suppose que c'est à mon métier d'astronome que je dois d'être devenu une espèce de voyeur — de voyeur *léger,* car je n'en suis pas à fréquenter les peep-shows ou à faire des trous dans les cloisons.

Mrs. Hudson ignorait ce fantasme, en revanche elle savait que son flat était l'un des plus bruyants de Chicago et qu'il vibrait tellement qu'il était suicidaire de poser sur un meuble un petit animal en verre de Venise. Or je collectionne les petits animaux en verre. Je les enferme de longues heures dans le compartiment trois étoiles de mon réfrigérateur, puis je les plonge en guise de glaçons dans

25

mon verre de whisky. Parfois, quand j'agite le verre, une patte ou une queue se brisent ; les animaux en Venise ont un destin aussi imprévisible et injuste que les animaux vivants, c'est ce qui les rend attachants.

Quand Mrs. Hudson entra, je vis qu'elle avait quarante-cinq ans.

Elle portait un de ces rouges à lèvres d'un rose pâle et nacré que j'affectionne, son parfum était *White Linen* d'Estée Lauder — ça ne vaut pas *Youth Dew* du même fabricant, mais je pense de plus en plus qu'il faut réserver *Youth Dew* à des filles très jeunes.

Mrs. Hudson dit quelque chose qui devait ressembler à bonjour, Mr. Bissagos, comment allez-vous ?, mais une rame passa juste à ce moment-là et je dus hurler :

— Qu'est-ce que vous dites, Mrs. Hudson ? Avec ce damné métro, on doit coller des points de suspension partout. Le train défile pendant les points de suspension, et on reprend après. Ça donne des phrases bizarres, forcément !

— Mr. Bissagos, dit-elle, ne commencez pas avec le métro. Dieu sait que ce n'est pas moi qui l'ai construit. Si le flat ne vous convient plus, eh bien ! ce n'est pas un drame. Des personnes de ma connaissance feraient n'importe quoi pour l'avoir. Pas plus tard que ce matin...

— Pas plus tard que ce matin, coupai-je, un éléphant est mort.

Je lui désignai d'un geste dramatique un éléphant en Venise gisant sur un napperon, la trompe brisée. Je l'avais cassé exprès : j'en avais cinq identiques.

— Vibrations, ajoutais-je sobrement.

— Ça se recolle, non ? fit Mrs. Hudson.

J'admis que ça se recollait, mais que ça se verrait. Mrs. Hudson haussa les épaules et s'assit dans un fauteuil

26

en toile sur le dossier duquel j'avais écrit au feutre noir *Mr. A. Hitchcock.*

— David Bissagos, dit-elle sévèrement, vous ne voulez pas payer l'augmentation ?

Bien sûr que non, je ne voulais pas la payer ! Mais si j'avais dit non d'emblée, Mrs. Hudson se serait levée, elle serait partie, et j'aimais bien son odeur fraîche de *White Linen.*

Alors, elle me parla comme à un enfant. Ce n'était pas pour marquer notre différence d'âge, mais pour me faire honte. Je devais, paraît-il, jouer honnêtement le jeu de la société américaine où il est convenu que quiconque emporte une marchandise doit en acquitter le prix. Certes, je n'emportais pas le flat dans le sens strict du mot, mais je l'occupais, je l'investissais, l'eau de mes douches contribuait à desceller les faïences de la salle de bains, j'usais la moquette et, un jour proche, Mrs. Hudson en était convaincue, je ferais des brûlures de cigarettes aux rideaux.

A cet instant, une autre rame ébranla le logement. Le carton d'invitation expédié par Kobryn tomba par terre.

Mrs. Hudson le ramassa, l'examina.

— Mr. Bissagos, s'écria-t-elle, vous êtes réellement invité là-bas ?

— C'est marqué, non ? Mais je n'irai pas.

Elle parut stupéfaite :

— N'importe qui serait fou du bonheur d'être de la fête. CBS, ABC et NBC parlent des prix Nobel avant n'importe quel autre sujet d'actualité. Ce doit être une soirée inoubliable. Les fanfares, les projecteurs, les toilettes somptueuses — et le roi de Suède qui est là, un vrai roi en personne ! Mais, au fait, demanda-t-elle en ayant l'air de me soupçonner de quelque chose, à quel titre vous a-t-on invité ?

— Burton Kobryn a été mon patron. Dans les Andes, au Chili. Je l'ai aidé à localiser le nuage de poussière interstellaire où s'est produite la réaction nucléaire qui a engendré *Infante 1*.

— L'étoile qui crie, murmura-t-elle avec un respect soudain.

Elle était émue, visiblement.

— Toutes les étoiles crient, Mrs. Hudson. Enfin, nous dirons qu'elles s'expriment à travers la matière qui les constitue. Nous appelons cela les radiosources.

Mrs. Hudson ne cessait de croiser et de décroiser ses jambes. Elle était attentive à éviter les questions trop naïves, elle se doutait bien que je ne consentirais jamais à verser un supplément de loyer à une idiote. Mais aussi, elle voulait comprendre, en savoir plus.

Elle faisait partie de ces millions de gens qui avaient été bouleversés par le cri de l'étoile naissante. C'était quelque chose qui avait arraché toutes ces personnes médiocres à la platitude de l'existence, qui avait précipité leur conscience vers d'autres horizons.

— L'invitation à Stockholm, dis-je alors en y mettant toute la mélancolie dont j'étais capable, n'est qu'un laissez-passer donnant accès à la salle et à un fauteuil de velours. Pour le reste, le billet d'avion, la chambre d'hôtel, le smoking, c'est à moi de financer. Si je veux y aller, je dois rogner sur tout. Peut-être me priver de tabac.

— Pardonnez-moi, bredouilla-t-elle, je suis vraiment stupide de vous ennuyer avec des histoires de loyer. Ce n'est pas le moment. Car il faut que vous alliez à Stockholm. C'est votre histoire, c'est un peu votre étoile, même si c'est un autre qui reçoit le prix.

— Et qui empoche les dollars.

— Il vous en donnera peut-être un peu ? Ce serait justice, il me semble.

28

J'étais certain du contraire. On ne devient pas Burton Kobryn sans que des centaines d'hommes et de femmes vous aient fait la courte échelle. Mais comment déterminer aujourd'hui la part que chacun de nous avait prise dans l'ascension de Kobryn ?

Nous étions comme ces nuages de poussière galactique qui se mettent à tourner sur eux-mêmes à des vitesses défiant toute imagination, provoquant les réactions nucléaires qui font les étoiles. Or la loi universelle veut que l'étoile se gave de ces poussières, et non pas qu'elle les nourrisse de son flamboiement. Il en est ainsi, et ce n'est pas parce que la notion de justice est absente de ce monde qu'il est désespérant à vivre. Il est au contraire plein d'attraits variés : Stockholm pour Burton Kobryn, et pour moi la petite blonde qui vend des jeans sous le métro aérien de Chicago.

Même si j'avais eu l'argent pour me rendre à Stockholm, je n'aurais pas pu y aller, Mrs. Hudson m'ayant discrètement chipé le carton d'invitation. Peut-être avait-elle remplacé par le sien mon nom sur le bristol, et glissé celui-ci dans l'angle haut d'un miroir pour épater ses amis et rêver au roi de Suède.

Mais j'avais impressionné Mrs. Hudson, et c'était bien ce qui comptait. Elle me fit grâce du loyer et de ses suppléments, elle tomba amoureuse de moi.

J'avais manqué le rendez-vous de Stockholm, je ne raterais pas celui que me donnait Burton Kobryn, dix ans après, dans sa retraite de Normandie.

Le pire qui pouvait m'arriver était de tourner en rond jusqu'à l'aube, jusqu'à ce qu'il y eût de nouveau des paysans longeant les talus pour se rendre à leurs champs, et auxquels je demanderais la direction de Villedomble.

29

En l'absence d'auberge, j'en serais quitte pour m'arrêter au coin de l'un de ces chemins creux que je devinais sur le bas-côté.

Je m'étendrais de tout mon long sur la banquette arrière, mon manteau italien en guise de couverture. La batterie tiendrait assez longtemps pour me permettre de lire jusqu'au lever du jour. J'avais emporté le vieux bouquin de Zheliezniakov, *Radioémission du Soleil et des planètes*, et le texte encore plus préhistorique de Rosseland, *Astrophysik auf atomtheorischer Grundlage*.

La plupart de mes amis ne jurent que par les publications récentes. Moi, j'aime les antiquités. Il est émouvant de constater combien d'inepties ont pu formuler des personnages considérés pourtant comme des oracles par leurs contemporains. En science, la vérité est rarement exaltante, et l'erreur a toujours des accents sublimes.

Les haies vives, dans la nuit, semblaient soudées les unes aux autres comme les murailles de buis d'un labyrinthe. Chez lui, Kobryn devait éteindre le feu dans la cheminée, ranger la bouteille de scotch, tapoter les fauteuils et dire à sa femme : « Montons, Anne. David ne viendra pas ce soir. A-t-il seulement atterri à Paris ? »

Kobryn est habitué à ce que les astres qu'il pourchasse se présentent au millionième de seconde près dans l'axe des radiotélescopes. Il nous assimile à ses étoiles. Il a une façon de nous regarder qui laisse entendre qu'il a déjà prévu le geste que nous allons faire, le mot que nous allons dire. Le plus exaspérant, c'est que nous accomplissons ce geste, que nous prononçons ce mot.

Je crois que rien ni personne n'ont jamais vraiment surpris Burton Kobryn.

Même pas Léna en mourant.

Il y avait trente-six heures que le coup d'État avait eu lieu.

Les soldats étaient partout dans Santiago. Beaucoup semblaient maussades et désœuvrés. D'autres au contraire étaient surexcités.

Peut-être, comme on l'a raconté, leur avait-on fait ingurgiter des litres de café mélangé à je ne sais quelle drogue.

Ceux que je voyais à travers les fentes des persiennes ne tiraient pas. Ils se contentaient de rudoyer les passants qui ne sortaient pas leurs papiers assez vite. A mon avis, ils cherchaient surtout à montrer leur zèle de putschistes aux officiers qui parcouraient la ville agrippés à des *tanquetas*[1] ou debout dans des command-cars.

On entendait pourtant des mitraillades. De brèves lueurs d'explosions irradiaient le ciel du côté des quartiers populaires. On se tuait sûrement, mais pas au corps à corps. C'était plus anonyme, plus aveugle, la junte faisait donner ses armes lourdes et ses blindés, sauvegardant ainsi l'image de marque des soldats des rues avec lesquels le peuple était invité à fraterniser.

Les gens n'avaient pas réellement peur. Enfin, ils avaient peur autrement. Depuis longtemps, ils savaient le coup d'État inévitable et ils étaient soulagés comme ces malades qui passent le sas du bloc opératoire, qu'on dénude et qu'on sangle sur une table froide, qui n'ont plus qu'à s'abandonner. « Cette fois, se disent-ils, j'y suis, c'est bien à moi que cette chose-là arrive. » Mais comme ça ne ressemble pas à ce qu'ils avaient imaginé — par exemple, ils n'avaient jamais vu une intervention du point de vue de l'opéré, c'est-à-dire depuis l'horizontale —, la curiosité l'emporte sur l'angoisse.

1. Petits engins blindés.

Dès le surlendemain du soulèvement, des militants marxistes se donnèrent rendez-vous dans les jardins publics de Santiago, en plein soleil et non pas, comme on aurait pu croire, dans des lieux sombres et secrets. Leur seule précaution fut de se raser la barbe et la moustache. C'était infantile, car on les reconnaissait alors à leurs joues blanches.

J'avais des amis parmi eux, et me mêlai à quelques groupes sans songer un instant que cela pouvait me compromettre. Tout en nous promenant tranquillement, nous discutâmes de ce qu'ils auraient maintenant de mieux à faire. Je fus surpris de constater à quel point ils étaient désorganisés, sans structures de secours, sans aucun plan précis, eux qui jusqu'à l'avant-veille avaient tenu le pouvoir et la plupart des rouages de l'État. La confusion régnait davantage chez eux que chez les conjurés pourtant fraîchement surgis de leurs casernes et qui avaient encore ce long, cet interminable pays à museler.

Certains affirmaient que des camions bâchés emmenaient des prisonniers vers des centres de détention, d'autres que le Stade du Chili était d'ores et déjà devenu un camp de concentration où l'on pratiquait la torture. Ils racontaient ces choses avec tristesse, certes, mais sans que leur voix tremble, sans donner l'impression qu'ils pouvaient eux-mêmes d'un instant à l'autre être forcés de grimper dans un de ces camions pour être conduits au Stade. Ils continuaient à marcher parmi les fleurs dorées.

C'est cette nuit-là, vers vingt-deux heures, qu'on sonna à ma porte.

Je pensai d'abord qu'il s'agissait de quelqu'un qui s'était laissé surprendre au-delà du couvre-feu et qui cherchait un refuge. Ma maison semblait s'y prêter : j'occupais un appartement situé dans un hôtel particulier datant de l'époque coloniale et j'avais mis un drapeau américain au balcon pour dissuader les *tanquetas* de s'offrir des cartons sur mes fenêtres ; somme toute, l'ensemble pouvait passer pour une sorte de consulat ou je ne sais quoi d'approchant.

— Qui que vous soyez, dis-je en espagnol à travers la porte, sachez qu'ici on respecte le couvre-feu. Les bureaux sont fermés, repassez plutôt demain matin.

Sans doute était-ce inamical de ma part, peut-être même un peu lâche. Mais à présent que j'avais fait mes adieux à ceux de l'Unité populaire que je connaissais, je redevenais David Bissagos, astronome américain en instance de départ pour Chicago. Mes valises bouclées, l'inventaire de l'appartement terminé et les meubles recouverts de mes draps en guise de housses contre la poussière des explosions, seul un fil fragile — la réouverture de l'aéroport — me reliait encore au Chili.

Si l'on insistait, je répondrais qu'il y avait un peu partout des légations dont le personnel était compréhensif, et les jardins facilement accessibles à un fugitif solitaire et discret.

De l'autre côté de la porte, une voix lasse dit seulement :

— Ouvrez, David. C'est moi.

Je reconnus Kobryn. Ses lèvres collaient au double battant, j'entendais sa respiration amplifiée par la résonance de la cage d'escalier.

Je déverrouillai. Le palier était plongé dans l'ombre, Kobryn avait eu la prudence de ne pas faire jouer la minuterie ; mais il avait oublié de refermer derrière lui la porte du petit immeuble, et j'écoutai un instant les aboiements précipités d'une mitrailleuse en batterie à l'angle de ma rue.

— Pas possible ! dis-je. Ils sont sur vos talons ?

Je ne pus m'empêcher de sourire à l'absurdité et au

désordre de cette insurrection fasciste qui laissait des militants de gauche deviser dans les parcs de la ville et s'en prenait à quelqu'un qui ne s'était jamais privé de critiquer ouvertement la politique du président renversé — Kobryn reprochait à Allende de manquer de réalisme, accusation plutôt réjouissante de la part d'un homme cherchant dans l'immensité du vide quelque chose qui n'y existait peut-être pas.

— Personne ne me poursuit, fit Kobryn. Au contraire, il y a en bas une voiture officielle et quelques motards. Mettez une veste et une cravate, et accompagnez-moi.

Il était lui-même vêtu avec élégance, tel que j'imaginais qu'il s'habillait pour donner à la *Residencia* une de ces soirées dont raffolait Léna.

Justement, il s'agissait de Léna.

— Ils ont tué ma femme, dit brusquement Kobryn. Dans des circonstances abominables, semble-t-il. Ils s'excusent, parlent de méprise. Je ne veux pas aller tout seul reconnaître le corps. Je vous demande pardon de vous infliger ça, David.

Alors, dans l'instant même, tout me parut haïssable et d'une laideur répugnante. La simple vision de mes mains qui s'étaient mises à trembler me donnait la nausée. L'appartement obscur où se détachaient les formes blanches des housses exhalait une odeur de pourriture, j'étais persuadé que Burton Kobryn et moi étions plus morts que les morts de la révolution, que nous allions nous décomposer d'un coup, là, sur ce palier, sans cesser pour autant de nous regarder, et même en nous dévisageant plus intensément encore pour guetter chez l'autre les premiers signes de la corruption.

Dehors, la mitrailleuse se tut, il ne se passait plus rien.

— Une veste et une cravate, répéta doucement Kobryn. Sauf si vous avez déjà emballé toutes vos

34

affaires, naturellement. Auquel cas, venez comme vous êtes.

C'était une voiture gouvernementale — de l'ancien pouvoir, je veux dire, mais sur laquelle les hommes du nouveau régime avaient peint l'araignée noire, emblème du mouvement d'extrême droite *Patrie et Liberté.* La carrosserie portait quelques éraflures de balles, mais était-ce avant ou après que la voiture avait été peinte au signe de l'araignée noire ? Avant, je pense, car depuis le coup d'État les armes étaient toutes dans le même camp.

Malgré la protection des motos de l'armée qui nous escortaient, le chauffeur multiplia les changements d'itinéraire comme s'il craignait une embuscade. En réalité, l'officier qui nous avait pris en charge voulait nous montrer la terrible efficacité de la junte. On fit un détour par les *poblaciones*[1] ravagées d'où montait une puanteur de cendres, comme après un de ces tremblements de terre dont le Chili est coutumier.

Dans la lumière de nos phares, des gens hébétés marchaient parmi les cabanes disloquées dont les tôles fumaient encore. Ils ouvraient des portes, et les portes leur restaient dans la main ; ils poussaient la carcasse d'une voiture qui obstruait le passage, et l'épave tombait en poussière avec seulement le bruit léger d'un effritement. Les choses n'avaient plus aucune consistance, seuls les cadavres abandonnés sur place donnaient paradoxalement l'impression d'exister.

1. Quartiers pauvres.

Enfin, tard dans la nuit, je vis Léna Kobryn.

J'ai oublié le nom du palais où ils avaient amené son corps. Peut-être était-ce un musée ? Au cours de ces heures de violence, les bâtiments changeaient sans arrêt d'affectation. Je me souviens d'une enfilade de couloirs dallés de marbre, de cette fraîcheur caractéristique des édifices où l'on ne vit que le jour. Il y avait des soldats appuyés contre les murs. Au fur et à mesure que nous avancions, ils se formaient en cortège derrière nous. Puis nous entrâmes dans une pièce tendue de jaune fané, avec des bustes de glaise sur des trépieds, et elle était là, étendue sur un sofa.

Ils ne l'avaient pas allongée comme une morte : elle reposait sur le flanc, un genou replié, un bras pendant du sofa, les cheveux sur les joues.

J'ai déjà dit qu'elle portait une blessure au front, une entaille en forme d'étoile dont l'autopsie révéla qu'elle était due à un coup de crosse. J'ai dit aussi que sa bouche était tuméfiée en raison d'un bâillon qu'on lui avait imposé. Mais ce n'était pas la torture qui l'avait tuée : comme en témoignaient les trous dans sa poitrine et dans son ventre, elle était morte fusillée.

— Où est l'ambassadeur des États-Unis ? demanda Kobryn d'une voix cassée.

— Il sera là d'un instant à l'autre, señor, dit l'officier qui nous avait conduits jusqu'à Léna. Il est prévenu. D'ailleurs, comme vous pouvez le voir, il a dépêché deux *marines* pour rendre les honneurs.

— Ma seconde et dernière question, dit Kobryn, sera : qui est coupable de cet assassinat ?

— Les responsabilités, señor...

— Je parle de culpabilité, interrompit Kobryn. J'exige

un nom et un châtiment. Et je vous prie de dire à vos hommes de s'abstenir de fumer dans cette pièce.

Il s'approcha du sofa, se pencha légèrement pour écarter les longues mèches qui masquaient les yeux fermés de Léna. Sans se retourner, il dit encore :

— Mon pays tirera de ce meurtre les conséquences qui lui paraîtront justifiées. Je veux maintenant vous faire part de mes conclusions personnelles : votre putsch n'est pas un putsch de militaires, messieurs, mais de bouchers.

Je cite de mémoire ce discours absurde. Une mémoire douteuse, qui plus est, car j'écoutais à peine. Je détestais Kobryn qui interposait ses épaules voûtées entre Léna et moi — il ne me restait que quelques pauvres minutes avant de cesser de la voir pour toujours —, j'avais honte des paroles banales qu'il prononçait, que je le soupçonnais d'avoir répétées dans la voiture marquée d'une araignée noire.

Je savais maintenant qu'il ne s'agenouillerait pas pour embrasser Léna, qu'elle n'aurait pas d'autre caresse que ce geste automatique qu'il avait eu pour dégager ses cheveux.

Quand il insista pour qu'une autopsie fût pratiquée en présence d'un médecin désigné par l'ambassade US, je sortis.

Sur l'esplanade, il y avait une cabine téléphonique entourée de soldats qui faisaient chauffer du café sur un petit réchaud de camping. Je leur montrai mon passeport et leur demandai si cette cabine fonctionnait. Ils dirent que le téléphone n'avait pas été coupé dans Santiago, ils acceptèrent de me fournir les piécettes nécessaires à une communication. Ils croyaient que je voulais appeler une femme pour lui fixer un rendez-vous et menacèrent de tirer sur moi si je ne leur révélais pas son nom. Je dis que c'était Léna, et alors j'eus à peine le temps de me détourner pour qu'ils ne me voient pas pleurer.

Dans la cabine, je composai le numéro de l'aéroport. J'étais décidé à prendre le premier avion quittant le Chili, même s'il n'allait pas à Chicago. L'aéroport ne répondit pas.

Ensuite, j'ai marché à travers Santiago désert sans me soucier du couvre-feu ni des patrouilles. Personne ne s'intéressa à moi.

C'était à la mi-septembre 1973.

Fin août 1985, Burton Kobryn m'envoya à mon adresse de Chicago une lettre brouillonne, bâclée à l'encre épaisse sur ce papier recyclé qu'il affectionnait : « *Je ne vous ai pas oublié, David, malgré les apparences. Vous avez bien fait de ne pas venir à Stockholm : tout était trop proche encore, nous n'aurions pas su que nous dire. Mais, à présent, je veux vous parler. Retrouvez-moi en France, estimez votre séjour chez moi à une quinzaine de jours. Bien sûr, tous vos frais sont à ma charge. Vous aurez appris par les journaux que je me suis remarié. Elle s'appelle Anne. Sans elle, c'est moi qui serais allé vers vous. Mais elle ne désire pas connaître l'Illinois, du moins pas en hiver. Or je crains de ne pouvoir attendre plus longtemps pour m'entretenir avec vous. Dès que possible, télégraphiez jour et heure d'arrivée.* »

Je préférai téléphoner, dans l'espoir qu'il m'expliquerait en quoi j'allais lui être utile.

Il s'exprimait comme autrefois, avec cette exceptionnelle précision du langage qui le faisait si souvent désigner pour prononcer à la tribune les discours de synthèse des congrès.

Il me conseilla utilement sur le type de voiture fran-

çaise que j'aurais intérêt à louer en débarquant à l'aéroport, sur le nombre de chandails que je devais emporter,
sur les médicaments dont il fallait me munir faute d'en
trouver l'équivalent dans le village où il habitait.

Mais il resta étrangement évasif quant aux mobiles pro-
fonds de son invitation.

Rien d'important ne me retenait à Chicago : je venais
de toucher un chèque pour avoir servi de consultant à un
pool de scénaristes préparant un film sur le thème de
l'extinction du Soleil, j'étais en chômage volontaire
jusqu'au mois de juin de l'année suivante, époque à
laquelle je devais être intégré au département de radioastronomie de l'observatoire d'Arecibo dans la jungle de
Porto Rico.

Je conviai ma logeuse à déjeuner, et nous allâmes
ensemble retenir mon billet d'avion. Mrs. Hudson était
partagée entre la déception que lui causait mon départ et
sa fierté d'accompagner quelqu'un qui achetait un aller et
retour pour l'Europe sans même se préoccuper de savoir
s'il existait des tarifs spéciaux.

Elle regardait l'employée de l'agence avec l'air de dire :
« Vous voyez, ma petite, j'ai dépassé la quarantaine et ça
ne m'empêche pas d'être au bras d'un jeune homme qui
voyage en *first*. Et vous remarquerez, ma chère, que
Mr. Bissagos paie avec sa propre carte de crédit. »

Nous avions envisagé d'aller ensuite nous promener au
bord du Michigan, mais il faisait décidément trop froid ;
j'avais horreur de sentir le nez glacé de Mrs. Hudson
s'enfouir dans mon cou ; c'est par cette partie de mon
corps que je m'enrhume généralement.

Nous nous réfugiâmes dans un cinéma, où je me livrai
à un intéressant calcul de probabilités : dans cette salle
qui devait contenir de trois cents à quatre cents specta-
teurs, combien allaient connaître un destin exceptionnel

dans les, disons, quarante-huit heures à venir ? Sans doute étais-je le seul appelé à vivre un voyage en France dont j'ignorais le pourquoi.

Ce départ était tellement irrationnel pour le scientifique que je suis qu'il me comblait et me donnait envie d'être indulgent et généreux envers mes semblables.

Alors, j'embrassai Mrs. Hudson sur la bouche. Puis je caressai ses genoux sous sa robe en laine couleur lilas. Elle portait des bas nylon. En les frottant très vite, je réussis à produire quelques crépitements d'électricité statique, ce qui nous amusa énormément. Nous riions tant et tant qu'on nous ordonna de déguerpir. Mrs. Hudson eut beau protester que le film n'en était qu'au milieu et qu'elle voulait en connaître la fin, il fallut sortir.

Dehors, la nuit tombait. Il avait neigé un peu pendant la séance, mais maintenant le ciel était à nouveau dégagé. Mrs. Hudson dit que nous nous étions conduits comme des enfants (et, bien sûr, elle ne faisait pas seulement allusion à l'électricité statique), puis elle ajouta :

— Allons-nous cesser, ou bien continuer ? Aidez-moi, David, je ne sais plus ce que je dois faire. Je ne suis qu'une ignorante. Vous auriez honte de moi si je vous avouais le nom des magazines que j'achète pour lire le soir dans mon lit.

Nous les avons lus ensemble, dans son flat qui ressemblait au mien comme un frère, sauf qu'il était encombré de meubles récupérés auprès de locataires insolvables. La plupart étaient atroces. Mais chacun avait une histoire, chacun rappelait à Mrs. Hudson un visage gris et une voix geignarde, ou au contraire des yeux brûlants d'insolence.

Pour me faire plaisir, tandis que nous basculions enlacés sur son lit, Mrs. Hudson mit la cassette du cri de l'étoile *Infante 1*. Un système permettait de relire indéfiniment l'enregistrement. Cette étoile m'exaspérait, mais du moins son grotesque « arheû » couvrait-il les grondements du métro aérien.

Afin d'atteindre le degré d'excitation voulu, j'imaginai que Mrs. Hudson se plaisait à humilier et brutaliser ses amants. Mais elle était désespérément douce. Douce et paumée. Le genre de femme qui se jetterait un jour sous les roues du métro avec ses paquets de provisions dans les bras. Les flics de Chicago ne comprendraient jamais comment une femme peut s'acheter pour huit jours de bonnes choses à manger et se suicider dix minutes après avoir quitté le supermarché. A la vérité, des personnes comme ma logeuse ne se tuent pas pour qu'on les comprenne. C'est stomacal : elles sont nauséeuses le matin, face à la nouvelle journée qui s'annonce sans aucun intérêt, alors elles se penchent au-dessus du ballast comme pour vomir ; et c'est un spasme qui les précipite sous la rame, pas une réflexion compliquée.

On voudrait sauver des êtres comme Mrs. Hudson mais, pour ça, il faudrait toute la vie leur tenir la main, celle qui n'est pas occupée par les paquets de provisions.

En restant cousu à elle comme une ombre, aurais-je pu sauver Léna Kobryn ?

Tout en elle était si profondément enfoui et scellé !

Je me rappelle ce jour de fin d'hiver où elle vint visiter l'observatoire dans la Cordillère. Des brumes hautes délavaient le ciel qui se confondait avec les neiges éternelles.

Kobryn m'avait désigné pour la guider. Désireux de me mettre à la portée de Léna, de ne pas lui infliger des explications trop austères, je répétai mon laïus toute la nuit précédente, ménageant des blancs pour lui permettre de trouver une ou deux bonnes questions à poser. Alors, je pourrais dire : « Très pertinent, Mrs. Kobryn ! Rien ne vous échappe, à ce que je vois. La plupart des gens auraient évidemment laissé passer ce détail. »

Je la supposais d'autant plus sensible à l'éloge qu'elle vivait aux côtés d'un intellectuel. Sans doute devait-il, même involontairement, lui faire sentir qu'il la dominait sur le plan mental. Avec un tact charmant, j'allais donc rétablir l'équilibre. Et Léna me regarderait autrement que tous ces pantins qui l'assommaient avec leurs platitudes sur le rayonnement de son visage et la grâce infinie de sa démarche lente.

Mon plan rata absolument.

Quand je la raccompagnai jusqu'à l'hélicoptère qui devait la ramener à Santiago, elle se contenta de me tendre la main. Durant toute la visite, elle n'avait pas posé la moindre question ni risqué le plus petit commentaire. Elle s'était promenée de salle en salle dans un silence tel que j'en arrivais à être gêné par le son de ma voix.

Le plus déconcertant furent les messages d'amitié que Kobryn me transmit soi-disant de la part de Léna :

— Elle vous remercie de toute votre patience, elle me charge de vous dire que vous avez le don de rendre clair ce qui est obscur. Il y a longtemps que j'essayais en vain de l'intéresser à mes travaux. Or depuis sa visite ici, elle me parle fréquemment de cette nuée interstellaire que nous étudions : « Est-ce que cela prend la tournure que tu désires, Burton ? Y a-t-il des signes que quelque chose se prépare, qu'une future étoile soit contenue là-dedans ? » Si je m'étonne de cette passion soudaine, elle dit : « David m'a fait comprendre tant de choses merveilleuses. »

A entendre Kobryn, Léna ne manquerait pas de me convier bientôt à la *Residencia* — elle avait en effet le privilège de dresser seule la liste des invités. Prévoyant, j'écumai toute la ville en quête d'un smoking mettable. Je finis par en dénicher un, poussiéreux mais d'un bleu nuit admirable. Il n'était, hélas! pas question de le louer : à cause des incertitudes de la situation politique, les loueurs craignaient de ne jamais voir revenir leur marchandise et vous contraignaient à payer cash, en dollars de préférence.

Je me ruinai pour ce smoking dont je n'eus pas l'emploi : Léna ne m'invita jamais à la *Residencia*.

Eût-elle finalement consenti à me recevoir si je n'avais pas quitté le Chili, si le putsch n'avait pas éclaté, et surtout si elle n'avait pas trouvé une mort imbécile et affreuse ?

Naissance d'un rêve : j'entends d'abord mon nom aboyé par un serviteur indien — un descendant des Kunzas du Gran Norte, bien sûr, pas un Araucan comme elle. Puis je me glisse parmi la petite foule des attachés d'ambassade et des *Herr Doktor* dont elle a fait sa cour, et qui semblent tous avoir épousé la même femme : une personne cartonneuse de partout sauf du visage qui est flasque, riant en montrant ses gencives et formant des projets pour aller passer Noël en groupe à Heidelberg.

Au bout de la salle, solitaire, là où la lumière des lustres porte mal, Léna Kobryn est adossée contre une colonne de marbre.

Ses épaules sont nues, son visage sans maquillage. Quand elle est de profil, je remarque qu'un imperceptible duvet trame sa lèvre supérieure. Elle paraît moins grande que l'autre jour, quand je l'ai aidée à monter dans l'hélicoptère. Elle me sourit, je vois enfin briller ses dents mouillées :

— *Bienvenida*, David. Burton vous a dit, n'est-ce pas, tout le bien que je pensais de vous ?

Sa voix que je n'entendis jamais est un peu rauque. Non pas celle d'une femme livrée à toutes les sensualités, plutôt celle d'une enfant enrouée.

Avec cette colonne blanche que ses bras enlacent et une sueur légère à ses tempes, elle ressemble à un saint Sébastien.

Mais elle s'écarte déjà de la colonne et redevient pleinement Léna Kobryn. Elle ouvre une porte-fenêtre et nous passons sur la terrasse qui domine la ville. Il n'y a là qu'un homme élégant, maigre et triste. Son visage est bleui par la barbe. Accoudé à la balustre, il épie les lumières de Santiago comme on surveille un volcan. Sa tête parcourt l'horizon d'un bord à l'autre avec un mouvement de balancier.

— C'est un conseiller d'État, me souffle Léna. Il a dans sa poche un drôle de petit appareil qui fera bip-bip s'il se passe quelque chose dans les casernes. Il est là dehors parce que, dans le grand salon, il craint de ne pas entendre le bip-bip à cause de la musique et des conversations.

— Pourquoi l'avoir invité ? Il a l'air malheureux d'être ici.

— Il serait lugubre n'importe où par la faute de l'appareil à bip-bip. Il sait qu'il va retentir, mais il ignore quand. Il vit dans cette expectative depuis le 6 août, depuis que le gouvernement a soumis à la torture des sous-officiers de la marine accusés de mutinerie. Un État qui supplicie ses soldats enfonce le fer dans sa propre moelle épinière. Il subira d'abord la paralysie, c'est ce qui arrive maintenant avec ces grèves un peu partout. Puis il sera secoué de convulsions et mourra en quelques heures. Prenez-moi dans vos bras si vous en avez tellement envie, ajoute-t-elle. Vous pouvez aussi m'embrasser. Car je dois vous faire une révélation que je tiens de source sûre : la flotte

44

de combat que tout le monde croyait au large est revenue mouiller dans la baie de Valparaiso. A l'aube, les marins vont se soulever et le pays tout entier s'embrasera. C'est la dernière fête que je donne à la *Residencia*. Nous n'avons peut-être plus beaucoup de temps à vivre.

— Vous êtes citoyenne américaine par votre mariage, vous n'avez rien à craindre d'une révolution.

— Vous vous faites une idée trop littéraire de ce qu'est un coup d'État : l'onde de choc frappe en aveugle, comme celle de nos tremblements de terre — dont vous aviez, je suppose, une vision romantique. Ah! personne n'a l'air de croire que le Chili est un vrai pays. Allons, que décidez-vous? Voulez-vous me prendre dans vos bras et m'embrasser?

Si tout cela avait été réel, bien sûr que je l'aurais serrée contre moi et embrassée. Malgré la présence de l'homme triste au bout de la terrasse, malgré le risque de voir surgir Kobryn et de devoir m'empoigner avec lui, j'aurais aimé Léna toute la nuit, bien au-delà de l'heure fatale du soulèvement de la marine à Valparaiso, et jusque sous les crachats de métal et de terre rouge des premières bombes.

Mais c'est seulement un rêve que je fais quand j'avale des tranquillisants avec un grand verre d'alcool.

Dans mon rêve, je ne suis pas pressé : je sais qu'il existe chez le dormeur une sorte de mécanisme autocenseur qui l'arrache au sommeil s'il a l'audace de vouloir pousser le songe jusqu'à la satisfaction complète.

Donc, je préfère m'asseoir sur la tête d'un lion en lave noire dont l'échine a été creusée pour servir de bac à fleurs, et contempler en silence Léna dont la silhouette se découpe sur les pentes du cerro San Cristobal, Léna qui ouvre grand sa bouche chaude pour dire « oh! » parce qu'elle vient de voir passer une étoile filante.

De retour à Chicago, je parlai de Léna à mes amis.

Elle ne les intéressa que très modérément : ce n'était pour eux que l'histoire inachevée d'une femme que je n'avais pas eue. Ils aimaient mieux que je leur raconte le putsch du 11 septembre, la destruction du palais de la Moneda par les roquettes des vieux chasseurs à réaction *Hawker-Hunter*, et si oui ou non Salvador Allende s'était suicidé en se tirant une rafale de mitraillette dans la mâchoire. Là au moins, les choses étaient allées jusqu'à leur terme.

Mais, terré dans mon appartement durant les premières heures du coup d'État, je n'en savais pas davantage que le reste du monde. Alors, je me mis à inventer. Mes amis s'en aperçurent et je dus convenir que je n'avais pratiquement rien vu. J'en tins responsable le couvre-feu qui obligeait à garder les persiennes closes.

Je leur payai des bières contre le droit d'évoquer Léna.

Comme je ne fréquente que des assoiffés chroniques, ils virent bien où était leur intérêt. Faisant contre mauvaise fortune bon cœur, et espérant que j'allais chatouiller leurs fantasmes, ils me supplièrent de leur décrire la poitrine, les fesses, les pieds de Léna.

Du coup, l'odeur de la bière me devint intolérable. Mes amis n'étaient plus mes amis, il me fallait d'urgence fuir ces bars, rentrer à la maison rayer leurs noms de mon calepin.

J'appris qu'ils disaient de moi, ensuite, restés seuls devant leurs bières puantes : « Ce pauvre Bissagos, ça ne tourne plus rond. La vérité, c'est qu'il a voulu s'envoyer la fille. Kobryn l'a su, lui a cogné la tête contre les murs et joliment fêlé le crâne. »

La route se mit soudain à grimper, soulevée par le dos herbu d'un vallon.

Là-haut, il n'y avait plus de brouillard. Mais un givre fin, chassé par la bise, courait sur la route. La voiture filait comme un bateau au milieu d'un raz crémeux d'écume.

Le ciel avait cette pureté qu'on lui voit seulement par les nuits de grand froid. Les gouffres de noirceur entre les astres donnaient l'impression d'être solides — des plaques de houille parfaitement polies, des blocs de verre sombre. C'était une image assez juste de ce qu'est l'espace. En définitive, le vide absolu n'existe pas : il y a seulement des sortes de terrains vagues où errent des atomes, une trentaine par mètre cube, et des océans de gaz invisibles qui se contractent ou s'étirent en marées fabuleuses dont les amplitudes se mesurent en millions d'années-lumière.

J'arrêtai la voiture et commençai à nommer les étoiles.

Cela remplace pour moi le décompte des moutons auxquels on fait sauter une barrière. Je savais que je n'irais pas jusqu'au bout du ciel, que je m'endormirais bientôt, le visage renversé.

Mais en tournant le regard vers la droite pour accompagner le tracé d'une constellation, j'aperçus la toiture d'une haute maison à la façade dissimulée par un rideau d'arbres.

Fatigués par une conduite pénible, mes yeux n'étaient pas encore assez acclimatés à l'obscurité pour distinguer des détails. Mais après quelques minutes, je vis que ce que j'avais pris pour une toiture uniforme était en réalité un enchevêtrement de toits appartenant à plusieurs bâtiments. D'une cheminée montait un filet de fumée grise.

47

A travers le lacis des branches scintillaient des lueurs troubles pouvant être celles de lanternes murales.

Je descendis de voiture, fis quelques pas à travers champs et prêtai l'oreille.

Je n'entendis d'abord que le bruit soyeux des grains de givre glissant dans les sillons. Puis, portée jusqu'à moi par le vent du nord, une voix de femme rappelant un chien enfui.

J'eus l'intuition que cette femme était Anne Kobryn.

— Vous êtes glacé, dit-elle. Viens toucher ses pauvres doigts, Burton.

Je savais d'avance que Kobryn n'en ferait rien. Probablement n'a-t-il jamais serré qu'une seule main dans sa vie, celle du roi de Suède, lors de la cérémonie de remise du prix. Il esquissa donc le geste de se lever, mais pour aussitôt retomber au fond de son fauteuil.

— Approchez-vous du feu, David, il brûle en votre honneur. Vous frissonnez? Je vous avais prévenu : en France, il faut tester tous les accessoires d'une voiture avant de la louer. Avec ce temps de chien, le chauffage est d'ailleurs bien plus qu'un accessoire.

Je dis que la voiture était irréprochable. Si j'avais froid, c'était pour avoir rejoint la maison à pied par les labours, ayant renoncé à trouver un chemin carrossable.

— Il n'y en a pas, admit Kobryn. Du moins, pas au sens où vous entendez le terme carrossable. Vous vous apercevrez vite que les mots français n'ont pas le même contenu que nos mots d'Amérique.

La pièce était mal éclairée par des lampes en opaline, très belles mais équipées d'ampoules trop faibles.

Seule tranchait la silhouette de Kobryn, touchée par le reflet des flammes.

Je ne le trouvai pas vraiment vieilli, mais il avait la pos-

49

ture et l'accoutrement d'un homme d'âge : il m'accueillait en pantoufles, de hideuses pantoufles bordées d'une fourrure roussie çà et là par les crépitements du feu. Le reste du costume était à l'avenant, avachi et lustré. Cherchait-il à donner l'image du gentleman farmer dont la fortune et la position sociale font excuser les vieilles choses fanées dont il s'affuble ?

Il était en tout cas fort loin du personnage tiré à quatre épingles dont j'avais envié les chemises coupées à ses mesures et les chaussures importées d'Italie. Malgré le froid parfois intense qui régnait dans les Andes, Kobryn refusait les vêtements doublés qui, disait-il, engoncent et déforment ; souvent vêtu d'un simple complet d'alpaga, il offrait de lui-même une vision singulièrement fine et acérée, d'une élégance hautaine à l'unisson des sommets qui nous encerclaient et dont les contours étaient certains matins d'une netteté presque intolérable.

C'était ici tout le contraire : tassé dans son fauteuil, il évoquait un animal abruti par l'hibernation, une grande bête qui se serait peu à peu vidée et dont il ne resterait qu'une enveloppe flasque.

— En effet, dit-il comme s'il devinait mes pensées, la dernière fois que nous nous sommes vus je portais un habit de soirée. Je conçois que cela vous ait marqué — eh ! oui, en pleine nuit révolutionnaire, en pleine tragédie... Mais c'était un costume de deuil, ça voulait en être un, je n'avais de convenable que cette jaquette pendue à mes cintres. Elle venait de chez Joaquim, dans l'Alameda.

— Pardonnez-moi, rectifiai-je, mais il me semble que Joaquim était paseo Huérfanos.

Il réfléchit quelques instants, puis se mit à rire :

— Quelle mémoire, David ! C'est vous qui avez raison : tout un étage sur le paseo Huérfanos, un appartement bleu avec des moulures dorées, et cet inimitable parfum des étoffes anglaises juste sorties des caisses. Saviez-vous que Joaquim avait été arrêté, puis remis en liberté ? Dans l'intervalle, hélas ! on lui avait brisé les os des mains. Par la suite, ses coupes furent moins précises. Cinq ou six essayages devinrent alors nécessaires, et pour un résultat final qui n'avait plus rien à voir.

Un long moment, nous continuâmes ainsi à discuter de mode.

Puis Kobryn évoqua ma présence au congrès de Shanghai. Je pensai qu'il était curieux de connaître la réalité de certains travaux, entre autres l'avancement des recherches sur les trous noirs dont on soupçonnait l'existence dans des galaxies géantes comme NGC6251. Mais il me questionna seulement sur les soieries que j'avais pu voir chez des tisserands chinois.

Alors l'idée me traversa l'esprit qu'il avait insensiblement sombré dans la folie : après nous être quittés devant le cadavre d'une femme que nous aimions tous les deux, après tant d'années de silence et de séparation, il m'offrait quinze jours en Europe — et nous passions notre soirée de retrouvailles à parler chiffons.

A quelques nuances près, l'évolution est la même pour tout le créé, l'inerte et le vivant : naissance, croissance, stade majeur et décadence. D'une façon plus marquée que la plupart des gens, Burton Kobryn souffrait le sort des étoiles. On sait qu'à un certain moment de leur existence, les soleils se nourrissent de leurs propres cendres et entrent dans un deuxième cycle de fusion. C'est un temps de gloire intense, mais bref.

Concernant Kobryn, je situai cette période entre la nuit où il reconnut le corps de Léna et cette autre nuit où il reçut son prix à Stockholm.

Après quoi, l'astre se fane. Au terme´ d'une dernière journée parfaite, il n'est plus qu'une immense boursouflure rouge. Kobryn en était là. Son génie, qui avait été réel, s'éteignait à présent. Les congressistes cruels, à Shanghai, ne s'y étaient pas trompés. Le grand homme n'avait plus rien à nous dire, sauf qu'il se sentait à l'étroit dans un gilet :

— ... car je vous montrerai demain, David, le gilet gris que m'a coupé Joaquim juste avant mon départ de Santiago. Il craque de partout, mon cher. Je n'ai jamais pu l'endosser sans en faire sauter les boutons. Pourtant, je n'ai pas grossi. Mais ce pauvre Joaquim, avec ses mains mal recollées, n'avait plus la manière. Les épingles lui tombaient des doigts, se perdaient dans les rainures du parquet. Il devait s'accroupir et les rappeler à lui à l'aide d'un gros aimant.

La voix d'Anne Kobryn me fit l'effet d'une délivrance.

— Burton, dit-elle en allant vers lui et en lui caressant doucement le front, peut-être devrais-tu monter te coucher ? Je m'occuperai de Mr. Bissagos, qui doit mourir de faim. Va, Burton. Sinon, tu seras fatigué demain et tu ne pourras pas profiter de la présence de ton ami.

Ensuite, Anne m'entraîna tout au long d'un couloir percé d'ouvertures en ogive.

Ce couloir, m'expliqua-t-elle, faisait comme un pont reliant les deux ailes de la maison : l'aile du jour, celle de la cuisine, de la buanderie, de la salle à manger et du bureau de Kobryn, et l'aile de la nuit, l'aile des chambres et du salon où l'on se retirait le soir ; Kobryn avait voulu cette disposition pour que sa maison se comporte en planète et connaisse ainsi les jeux du nycthémère.

A travers la neige qui tombait maintenant à gros flocons, je tentai d'apercevoir la portion de route où j'avais abandonné ma voiture ; impossible de me rappeler si j'avais ou non éteint les phares.

— Vous ne verrez rien d'ici, dit Anne. Vous veniez de l'est et ces fenêtres regardent au nord. L'orientation n'a plus de secrets pour moi. Burton m'a appris à reconnaître les étoiles, je sais même l'emplacement de celles qu'on ne distingue pas à l'œil nu.

Elle portait un chandelier allumé ; Kobryn ayant donné la priorité absolue à l'installation très complexe et très coûteuse de son observatoire privé, cette partie de la maison n'avait pas encore été électrifiée.

Mais le chandelier était trop massif pour qu'elle pût le tenir à bout de bras. Son coude ployait, le chandelier revenait près de son visage et son haleine couchait les petites flammes. Qu'elle éternue seulement à ce moment-là et les bougies s'éteindraient pour de bon, ce serait l'obscurité, je ferais un faux pas et ma bouche viendrait s'écraser contre la lourde tresse blonde dans la nuque d'Anne Kobryn.

— A présent, reprit-elle, un de mes rêves est de découvrir le ciel de l'hémisphère Sud. Mais il faudrait voyager. Et, en ce moment, je crains que Burton n'en soit pas capable.

— Oui, dis-je seulement.

Elle se retourna avec brusquerie :

— Oh ! Burton n'est pas malade, ce n'est pas ce que j'ai voulu dire. Mais il a tant de sommeil à rattraper. Il passe des nuits entières enfermé dans l'observatoire. De mon lit, j'entends le bruit de la coupole qui tourne. Quand il me rejoint au matin, il semble à bout de forces. Il a les doigts gourds, et les lèvres si gercées qu'il ne peut presque plus articuler. D'ailleurs, il n'a pas envie de parler. Je le laisse dormir jusqu'à midi. J'ai même renvoyé la femme de ménage, elle était trop bruyante. Il y a encore par ici des femmes qui vont en sabots. Alors, forcément, ça résonne sur les dalles. Mais avez-vous jamais vu une paire de sabots, là-bas dans votre Amérique ?

Elle ne m'aimait pas.

Anne effleura une touche sensitive, illuminant la cuisine.

Il y avait des appareils partout, de couleur brune avec des portes ou des hublots en verre fumé. Certaines machines devaient être au travail car elles produisaient un bruissement feutré. Sous l'effet de leurs vibrations, des verres se déplaçaient lentement sur un plateau d'altuglas.

Pour la première fois, j'examinai Anne en pleine lumière.

Je l'avais vue en photo sur des magazines, accompagnant Kobryn à Stockholm. Mais elle s'effaçait humblement derrière lui, ou bien mettait une main devant son visage comme quelqu'un qui pouffe. Sans compter qu'il avait fait en Suède un temps épouvantable et qu'Anne était emmitouflée dans des capes ou des manteaux dont les capuches rabattues ne laissaient apparaître que sa bouche ; et cette bouche était barbouillée d'une épaisse couche de pommade blanche contre les crevasses.

Maintenant, elle cassait des œufs sous un éclairage fluo, et je pus constater qu'elle était moins belle que Léna. Anne ressemblait simplement à ces milliers de filles saines et fades dont la publicité fait une consommation effrénée, surtout pour vendre des shampooings. Comme elles, Anne marchait sans grâce, bien que trouvant des attitudes spontanées et charmantes dès qu'elle s'immobilisait.

Je fus frappé par sa grande taille qui l'obligeait à se pencher de façon comique pour manipuler les instruments de cuisine. Un peu à cause de sa blondeur et de son tablier sur le ventre, elle me fit songer à ces images d'*Alice au pays des merveilles,* quand la gamine est immense dans un logis minuscule, quand ses membres roses sortent comme des plantes grimpantes par les fenêtres et par la porte, et sa tête par la cheminée.

Kobryn avait bien fait de ne pas épouser une Léna II, il aurait perdu son temps à dresser des tableaux comparatifs — douce, accaparante manie que partagent les scientifiques, les veufs et les divorcés. En secondes noces, en même temps qu'il changeait d'hémisphère, il s'était offert une femme au visage de bébé joufflu : révolution comme à Santiago, incarnation toute neuve et pas du tout métempsycose de Léna.

A cette enfant, il fallait un jouet pour s'occuper.

Kobryn lui acheta une vaste étendue de broussailles à perte de vue : « Fais-toi donc un jardin ! » Et la petite géante passait les heures maussades de l'hiver à compulser des catalogues, à dessiner des touffes et des massifs sur des calques conçus exprès, à associer des couleurs de pétales, des nuances de feuillages. Elle avait toujours de la terre de bruyère sous les ongles, un rhume au bout du nez, elle perdait dans le compost les bijoux qu'il lui offrait.

Un jour, elle montra à Kobryn la graine d'une toute petite fleur fragile et bleue, une plante himalayenne qu'elle se proposait d'acclimater. Kobryn mesura le volume de la semence et le mémorisa dans sa calculatrice, demandant ensuite à la machine de lui dire combien de fois l'étoile Eta, qui brille comme cinq millions de soleils dans la constellation de la Carène, était plus grande que la graine himalayenne. Bravement, la calculatrice essaya de répondre. Puis elle se déconnecta d'un coup, toute seule, ce calcul dépassant ses possibilités d'affichage, même en utilisant le système des puissances. Kobryn prit alors sa jeune femme dans ses bras et lui dit : « Tu vois, nous ne vivons pas dans le même monde. »

C'est Anne qui me contait cette anecdote dans la cuisine, avec un sourire poli.

— Au fait, s'enquit-elle, comment aimez-vous l'omelette ? Avec du noir comme sur les crêpes, ou baveuse ?

Je haussai les épaules. Anne versa alors la mixture dans la poêle, en tenant le bol très haut comme si elle servait du thé à la menthe. Cette fille était décidément trop longue de partout, notamment des bras. Mais peut-être était-elle jolie de loin, l'été, sur un plongeoir.

Je m'approchai du fourneau, fronçai le nez au-dessus de la poêle où ma future omelette tremblait en faisant des bulles.

— Ne vous fatiguez pas, dit Anne, je sais ce que vous brûlez d'envie de me raconter, mais je suis déjà au courant : c'est ainsi que l'Univers a commencé, n'est-ce pas, par une sorte de cuisson prodigieuse. Sauf qu'il n'y avait pas de récipient pour contenir la mélasse. Ça tenait tout seul dans le vide, il y a quinze milliards d'années. Mais je suis insensible au vertige, Mr. Bissagos.

Elle s'exprimait avec cette insolence désabusée des étudiantes californiennes qui en savent toujours plus que leurs professeurs.

Je me souviens d'avoir enseigné la cosmographie à des jeunes filles de Los Angeles, dans le cadre d'une session de vacances.

Elles me considéraient comme un minable. Aujourd'hui, j'ai oublié leurs visages. Mais je reverrai toute ma vie leurs baskets sous les tables en bois : au bout, elles avaient tracé au feutre noir des mâchoires comme celles du requin des *Dents de la mer*, ce qui attirait invinciblement mon regard vers le bas, vers le parquet poussiéreux et gris. Et c'était alors, dans mon idée du moins, comme si je rampais aux pieds de ces jeunes filles, comme si je me traînais à plat ventre pour dénouer avec mes dents les lacets de leurs terribles petites chaussures blanches.

Mais l'insolence d'Anne Kobryn ne me fit ni chaud ni froid, c'était elle qui aurait dû se sentir humiliée, elle qui n'avait rien compris : mon intention n'était pas de lui parler de l'origine du monde, mais de lui dire que je détestais l'omelette de quelque façon qu'on la cuise.

Elle s'assit sur un tabouret à trois pieds. Le menton dans ses mains, elle rêvait. Ce qui ne l'empêchait pas d'être attentive à tous mes besoins — enfin, à ce qu'elle imaginait être mes besoins : elle remplit mon verre de vin, rabota un quart de beurre pour en arracher des copeaux qu'elle déposa avec gravité sur le bord de mon assiette, gratta pour moi la croûte de cendre d'un fromage de brebis, m'éplucha une orange que je n'avais pas réclamée.

Entre chaque intervention, elle reprenait sa pose contemplative. Ce n'était pas vraiment moi qu'elle regardait, mais plutôt à travers moi, et très loin. Elle respirait lentement, comme quelqu'un qui dort. Tout à l'heure, quand elle avait battu les œufs, ses joues étaient rouges et luisantes, des joues vernissées de poupée scandinave. Elles étaient pâles, à présent. N'y avait-il pas assez de sang en elle pour irriguer son grand corps ?

Je voulus l'aider à faire la vaisselle ; elle refusa. Elle avait une façon d'être fière qui me rappelait les chiens de prairie au Colorado quand vient le printemps.

— Mettez seulement la radio, dit-elle en désignant le tableau de bord d'une chaîne hi-fi encastrée.

Je sais faire marcher les calculateurs d'un radiotélescope, mais je me débrouille mal avec ces petites machines satinées. A Chicago, je branche mon transistor en plastique (il peut tomber dans le bain, il continue à fonctionner quand même) uniquement pour écouter les prévisions de la météo ; c'est la seule information qui ait réellement de l'importance pour un type dont la voiture est en panne un jour sur trois et qui doit courir après les bus.

J'appuyai au hasard sur une touche marquée d'une note de musique, et c'était la bonne.

— Plus fort, dit Anne, je ne supporte pas le bruit de mes gants de caoutchouc sur les assiettes mouillées.

J'obéis sans comprendre pourquoi la nouvelle Mrs. Kobryn ne se servait pas du lave-vaisselle. Je ne la croyais pas stupide, mais peut-être incohérente.

Je vis qu'elle soufflait son haleine sur un verre avant de l'essuyer.

Je n'aurais jamais accepté d'épouser une femme se conduisant d'une manière aussi peu hygiénique avec des verres à pied.

Dans l'aile de la nuit, ma chambre était une pièce haute de plafond avec des poutres apparentes. Il y avait des taches humides sur le papier mural, les portes de l'armoire grinçaient, et les tiroirs collaient.

Seul élément moderne : près de la fenêtre, un télescope Meade de 152 millimètres avec monture équatoriale motorisée, équipé d'un chercheur achromatique. Bête d'amateur, mais jolie petite bête quand même qui devait frôler le millier de dollars.

— Les retombées de Stockholm, dit Anne. Les fabricants ont offert des tas d'appareils à Burton pour qu'il les teste et écrive ensuite tout le bien qu'il en pensait dans des revues spécialisées.

Elle fit glisser ses doigts sur le tube du Meade.

— Si vous avez des neveux que ça peut amuser, ajouta-t-elle, emportez-le. La maison est déjà bien assez encombrée comme ça.

Je n'avais pas de neveux et, quant à moi, qu'aurais-je fait d'un télescope ? Jouer les voyeurs depuis mon flat de Chicago ? Le métro aérien me bouchait la vue.

Dans le parc, un grand chien noir courait sur la neige, un lapin égorgé en travers de la gueule. Je savais que Kobryn possédait un labrador nommé Kochab, lui aussi avait eu droit à sa photo dans les journaux au moment du Nobel, mais je croyais avoir lu quelque part qu'il était mort.

— Il est mort, confirma Anne. Ce chien, dehors, c'est la sœur de Kochab, c'est Bérénice. Parfois, Burton se trompe. Il crie : « A la maison, Kochab, rentre immédiatement ! » Je pense que Burton a des problèmes avec ses souvenirs. Par exemple, Mr. Bissagos, quand êtes-vous né ?

— En 50, dis-je.

— En 50 ! répéta-t-elle. Eh bien, Burton s'imagine que c'était en 45. Pourtant, je le gave de sels minéraux : phosphore, magnésium, tout ça. Oh ! mais il triomphera de cela comme du reste ! Et puis, je préfère les pannes de mémoire à l'hypertension. On ne meurt pas d'amnésie, n'est-ce pas ?

Je me sentis réconforté d'entendre cela. Je devinais la raison de ma présence ici : Kobryn voulait écrire ses Mémoires, je serais l'agenda. Je me souvenais de tout, même des cycles de Léna — c'était facile car, paraît-il, elle devenait odieuse à l'approche de ses règles ; alors Burton désertait la *Residencia* et restait dormir à l'observatoire, sur un lit de camp que je lui dressais.

Je me rappelais comme si c'était hier les dates où Léna

se montrait injuste et hostile. Je n'ai pourtant aucun attrait pour ce qui touche au sang menstruel. Mais j'aimais Léna très au-delà de ce que, d'habitude, je trouve répugnant.

Il y avait à l'entrée d'une des *poblaciones* de Santiago un vaste tas d'ordures. Les gens du bidonville avaient beau l'arroser d'essence que les plus jeunes se chargeaient d'aller piper dans les réservoirs des voitures des beaux quartiers, la colline de détritus refusait de brûler. J'étais sûr que si Léna acceptait de grimper pieds nus jusqu'en haut de ce tas, le feu se mettrait tout seul dans l'empreinte de ses pas : elle était à mes yeux si belle et si pure, Léna Kobryn, que les immondices tourneraient en cendres rien que d'être foulées par elle.

— Regardez encore une fois autour de vous, dit Anne, et assurez-vous que vous ne manquerez de rien.

Je vis un radiateur électrique au cas où la chaudière aurait une défaillance pendant la nuit, une masse de couvertures sur le lit, des magazines en anglais sur une chaise, une coupe bleue avec des figues et des abricots secs.

— Tout est parfait, Mrs. Kobryn.

— Sauf le tapis qui est au nettoyage, dit-elle. Burton n'avait pas l'intention de vous appeler ici à la mauvaise saison. Il croyait que ça pouvait attendre le retour des beaux jours. Mais les choses se sont précipitées.

Elle m'apprit alors que Kobryn avait fait une tentative de suicide en septembre. Bien que le mot juste, précisat-elle, fût plutôt *tentation*.

Il n'avait pas avalé de médicament, ni essayé de s'ouvrir les veines ou de se tirer une balle. Simplement, pendant toute une journée, il en avait eu envie au point de ne plus pouvoir penser à autre chose. Bien que ce fût affreusement pénible et dégradant pour lui, il le lui avait avoué tout de suite, dès la première bouffée de désir.

— Je ne l'ai pas quitté, dit-elle. Je respectais seulement son silence. Sinon, j'allais partout où il allait. Tout, dans la maison, me paraissait meurtrier : c'est effarant, Mr. Bissagos, le nombre d'objets quotidiens qu'un homme peut utiliser pour mettre fin à ses jours. Vers le soir, il s'est apaisé. Il m'a demandé de l'accompagner, il voulait marcher dans la campagne. Dans le chemin creux, nous vîmes passer deux jeunes filles à bicyclette. Je tenais alors Burton par le bras, de peur qu'il ne m'échappe, ou qu'il tombe, je ne sais plus. Toujours est-il que les jeunes filles se sont méprises et nous ont crié en riant : « Salut et bonne promenade, les amoureux ! » Kobryn a eu l'air content, oui, presque joyeux. Il m'a dit : « Ces jeunes filles le long des haies sont un joli moment de ma vie, Anne. Tout n'est peut-être pas perdu. Mais il faut à présent que David Bissagos vienne ici aussi vite que possible, même si nous n'avons pas de tapis à mettre dans sa chambre. » Je vous raconte cela sur l'insistance de Burton, il tenait à ce que vous le sachiez, mais sans devoir s'expliquer par lui-même. Et moi, depuis votre arrivée, j'attendais l'occasion de vous dire ces choses.

De ses doigts repliés, elle frappa contre le carreau de la fenêtre comme pour attirer l'attention de quelqu'un :

— C'est Bérénice. Elle dévore le lapin qu'elle a capturé. Je n'aime pas qu'elle fasse ça. Il était peut-être malade, ce lapin. Je devrais lui courir après pour l'obliger à rentrer. Mais la nuit est si froide.

— Nous aurons moins froid à deux, dis-je en enfilant mon manteau italien.

Manque d'argent, je me présente chez les gens les mains vides. Mais, sitôt franchi le seuil, je m'efforce de rendre de menus services.

61

La chienne nous éventa. Assurant dans sa gueule le lapin disloqué, elle détala en direction du verger.

La neige était molle, et Anne Kobryn enfonçait dedans jusqu'aux chevilles, donnant enfin l'impression d'être moins géante.

J'aurais voulu lui dire quelque chose de gentil, mais quoi ?

D'habitude, quand j'invite une femme au restaurant, à regarder souffler les geysers du Yellowstone, ou que je l'emmène patiner, je ne reste jamais muet. Même si cette femme ne m'attire pas, sa seule présence à mes côtés fait que je pose sur le monde un œil différent. Me voilà soudain parti à échafauder des thèses, à inventer des théories. La minute d'avant, je ne soupçonnais même pas que ces théories pouvaient exister. Grâce à la femme près de moi, je les construis sans peine, au fur et à mesure que mon haleine s'échappe de ma bouche en faisant du brouillard. Il semble que rien ne puisse me faire perdre le fil de mes idées saugrenues.

Je sais aussi que si je m'interromps, ma compagne renversera son visage pour que je l'embrasse, alors que je sors parfois avec des femmes que je n'ai pas envie d'embrasser.

En même temps qu'ils me protègent de cette femme, mes absurdes discours me grandissent à ses yeux. Elle se persuade être amoureuse de moi et que son bonheur serait de consacrer sa vie à m'écouter, alors que je ne lui ai livré de moi qu'une bouillie de paroles incohérentes.

C'est ainsi que je fascine Mrs. Hudson, à qui jamais personne avant moi n'avait parlé de façon grandiose et creuse.

Mais Anne Kobryn n'était pas Mrs. Hudson, elle n'aurait même pas pu en être une cousine éloignée. Et puis, s'il y a mille inepties à raconter sur la composition chimique des pizzas, sur la ponctualité des geysers et les lois de l'équilibre en patinage, je ne voyais rien à dire concernant ce champ de pommiers normands où nous courions dans la neige, Anne Kobryn, la chienne et moi.

Je connais un Japonais qui aurait décrit cela d'une manière tout à fait exaltante. Il s'agit d'un ami, Mr. Mishibita. Un jour, dans mon appartement de Santiago, tout en lapant du *pisco* chilien, Mr. Mishibita m'a dépeint un raz de marée dont il avait été le témoin effrayé.

Avec seulement les inflexions de sa voix et quelques gestes lents et sauvages, il figurait le vent crépusculaire de la haute vague brisant les maisons du rivage comme des allumettes.

Mon ami Mishibita était un grand écrivain, mais qui l'a su ?

Il commit le crime de composer des romans faciles pour des magazines du cœur. Des années durant, il fit s'affronter des guerriers samouraïs, des princesses de l'époque de Kamakura et des grillons — est-il nécessaire de préciser que ces grillons étaient en réalité des hommes du clan des Minamoto, victimes de divers sortilèges ?

Mishibita avait connu Mishima et Kawabata. Ces messieurs ne manquaient pas de saluer mon ami quand ils le rencontraient dans des réceptions, au théâtre et même dans la rue. Oh ! mon ami n'était pas dupe : ce n'était là que politesse, exquise et japonaise politesse de la part de ces messieurs. Au fond d'eux-mêmes, ils le méprisaient.

Le jour où un séisme ravagera l'île Tanega où il vivait, on trouvera dans les décombres de la maison le manuscrit d'un livre de cinq cents pages, son chef-d'œuvre.

La trame est celle-ci : un matin d'avril, une petite fille appelée Kyô part pour l'école — et Mr. Mishibita avouait avoir cherché toute une année le prénom de l'enfant, car il ne savait pas si ce prénom devait claquer comme un coup de fouet pour contraster avec l'immensité qu'il entendait donner au livre, ou bien s'il devait à l'inverse être le plus long prénom féminin qui se pût trouver au Japon ; on voit par cet exemple que Mr. Mishibita ne prenait pas la littérature par-dessus la jambe, et je regrette que Yasunari Kawabata et Yukio Mishima aient quitté ce monde sans avoir jamais eu connaissance de ce fait.

Donc, voilà toute l'histoire : Kyô part pour l'école.

Mais, à travers Kyô, c'est l'humanité entière qui bâille et essuie son pouce qu'elle a sucé toute la nuit, qui rince sa bouche à l'eau parfumée, se brûle la langue avec du thé trop chaud, embrasse ceux qu'elle aime en se demandant si elle les reverra le soir (peut-être certains d'entre eux seront-ils morts, peut-être Kyô elle-même sera-t-elle morte ?).

Le livre s'achève à l'instant où Kyô franchit le seuil de sa maison, juste quand elle aperçoit à travers la brume légère de ce matin d'avril un policier qui règle la circulation, et un autobus jaune avec des bandes bleues, et sur le trottoir d'en face une fillette qui lui ressemble comme une sœur, une petite Kyô n° 2.

Quand on peut composer sur ce thème un demi-millier de pages qui laissent le lecteur ébloui et haletant, on est évidemment capable de parler de pommiers sous la neige à une femme pour qui on n'éprouve rien, sinon une légère exaspération comme lorsqu'on doit sortir du bain pour répondre au téléphone.

Rapetissée par la neige où elle pataugeait, sa natte blonde lui battant les épaules, Anne pouvait passer pour une petite Kyô. Elle s'égosillait d'ailleurs comme une enfant au jeu du ballon prisonnier :

— Par la droite, Mr. Bissagos, essayez donc de la coincer devant l'ancienne bergerie !

Je m'élançai. J'ai, paraît-il, une silhouette attrayante quand je cours. Grâce aux minces coulées de sang que le lapin laissait sur la neige, il me fut facile de pister la chienne dont je finis par couper la retraite au seuil de cette grange basse qu'Anne appelait une bergerie.

Bérénice s'aplatit, grondante, et secoua la tête de façon convulsive, maltraitant la dépouille du lapin qui se vidait et d'où montait une odeur fade.

C'était un spectacle cruel et sans aucune beauté, mais qui ne sembla pas troubler Anne. La jeune femme me rejoignit et, un peu essoufflée, s'appuya contre moi. Je sentis la chaleur de son corps irradier le mien à travers l'étoffe du manteau italien.

— Laisse, Bérénice, dit-elle.

Elle avait parlé doucement. La chienne leva les yeux sur elle, rampa et vint abandonner le lapin mort à ses pieds.

Dans le pelage de la petite bête, l'empreinte des crocs de Bérénice faisait comme des impacts de balles.

Anne dit alors — et je sus que nous avions pensé à la même chose au même instant :

— Il faudra que vous me racontiez qui était Léna. Burton n'a rien gardé d'elle, ni lettres ni photos. Et vous êtes la première personne à l'avoir connue qu'il invite à la maison. C'est trop d'oubli pour être de l'oubli, même chez un amnésique. Pour me rassurer, j'essaie de me persuader que cette pauvre Léna avait horreur d'écrire des lettres et de poser pour des photos, je veux croire aussi que Burton a donné en quittant le Chili toutes ses robes, tous ses bijoux aux femmes pauvres de Santiago. Ne vous dérobez pas le jour où je vous proposerai de venir voir la mer au Havre. Burton n'en sera pas. Vous savez ce qu'il pense de

65

la mer ? Faux infini, illusion d'optique. Donc, nous serons seuls. Je conduirai, vous parlerez. Ensuite, si cela ne vous ennuie pas, je voudrais tant aller manger des huîtres et danser le charleston.

— Je croyais que plus personne ne le dansait.

— Oh ! je connais un endroit. Vous acceptez ?

Sa voix comme celle d'une personne fiévreuse qui réclame à boire, fièvre non feinte car son flanc toujours collé au mien devenait brûlant...

— Quand, Mrs. Kobryn ?

— Eh bien, seulement quand nous serons sûrs qu'il n'y a aucun risque à laisser Burton toute une journée sans surveillance. Je devrais d'ailleurs monter le rejoindre, à présent.

Elle s'éloigna, la chienne sur ses talons.

— Je m'occupe du lapin, dis-je.

Je me penchai pour ramasser le garenne. Je le saisis par ses oreilles, déjà rigidifiées par la mort et le froid de la neige. Une voix me criait : « Jette-le vite, allons, c'est dégoûtant ! » Mais je ne le trouvais pas dégoûtant, simplement d'une tristesse affreuse.

Ce lapin n'était-il pas moi, dans longtemps ? Car qui pouvait dire si je me marierais jamais ? Peut-être aurais-je malgré tout une existence heureuse, remplie d'amours diverses ; mais, si je restais célibataire, il était probable que je mourrais seul. Ou au milieu d'étrangers, ce qui revient au même.

Je crois que ce sera dans un cinéma : soudain, il me semble que quelque chose ne va pas dans le son du film, comme si la pellicule n'était plus étroitement pressée contre la tête de lecture, les dialogues et la musique sont lointains et brouillés, j'entends à leur place un bourdonnement de plus en plus aigu ; les images elles-mêmes se décollent de l'écran, elles flottent dans le vide et puis elles pâlissent, et il n'y a plus que du noir. Je sens confusément que je bascule sur ma gauche, mon voisin me repousse, il croit que je dors, mais la vérité c'est que je meurs. Je dis — ou j'ai seulement l'intention de dire — que je ne me sens pas bien, mais que ça ira mieux si je peux respirer de l'air frais. Je me lève, c'est alors que je tombe. Une chute douce, sans effroi. Je ne pense à aucune des personnes que j'aime, je ne pense même pas à moi. Je m'effondre dans mon fauteuil, le menton sur la poitrine. Mon voisin croit toujours que je dors. Le film continue sans moi.

Le lapin dans la gueule du chien a dû mourir comme ça. Pour lui, le film était cette neige qui défilait sous lui, au rythme de la course du chien. Le lapin regardait intensément le film de la neige, c'était sans intérêt mais tant pis, il s'en mettait plein ses yeux rouges, avide jusqu'au bout.

En remontant vers le corps principal de l'ancienne ferme, tenant toujours la petite bête par les oreilles et cherchant un endroit pour m'en défaire, un semblant de tombeau où il ne serait pas retrouvé par la chienne ni dévoré par les renards, je vis l'observatoire.

C'était une demi-sphère massive, coiffant le colombier dont les pierres disjointes avaient été consolidées par des injections de béton.

L'ensemble surgissait d'un grand désordre d'herbes folles et de ronces, certaines figées par le gel et d'autres écrasées par les éclaboussures du ciment des travaux.

Cela me rappela un rêve de mon enfance, au cours duquel je remontais un jardin vitrifié dont les fleurs paralysées étaient trop serrées pour que je puisse me faufiler

67

entre elles sans les briser. Elles se cassaient sans bruit, et alors la matière vitreuse qui les gainait se liquéfiait et coulait le long de leurs tiges comme une sève. Le sol devenait glissant et, perdant mon équilibre, je me rattrapais à ce que je pouvais, et je cassais ainsi de plus en plus de fleurs.

Mon angoisse venait de ce que j'ignorais en les fracturant si je tuais les fleurs ou bien si je les délivrais.

J'aurais voulu me retourner pour voir ce qu'il advenait d'elles : se fanaient-elles en quelques secondes, comme exsangues, ou au contraire recommençaient-elles à frissonner dans le vent ? Mais il m'était interdit de jeter un regard derrière moi.

Cette nuit, et cela du moins était sûr, les orties bétonnées craquaient sous mes semelles et ne se redressaient pas.

Une légère opalescence de la coupole en matière plastique trahissait la présence d'une ou de plusieurs lampes allumées à l'intérieur de l'observatoire.

Je contournai la tour jusqu'à repérer une porte métallique barbouillée de minium, assez basse, sans poignée extérieure, seulement munie d'une serrure. Je frappai, mais mes coups rendirent un son mat qui laissait supposer quelque chose comme un blindage.

Kobryn n'avait évidemment pas prévu qu'un visiteur se présenterait une nuit à la porte de l'observatoire ; et il semblait n'exister aucun moyen de le prévenir que j'étais là, cherchant à pénétrer.

Contre toute attente, la porte s'ouvrit pourtant.

— Je vous ai deviné, dit Kobryn. Là-haut, j'ai beau ne rien entendre, ne rien voir d'autre que le ciel, je suis sensible au moindre frémissement. Un matin, j'ai ainsi flairé la présence magnifique d'une biche et de ses faons. Eux n'avaient pas éventé mon odeur d'homme. Comment expliquez-vous cela, David, cette faculté de sentir la vie à travers des pierres scellées ?

— Par une mise en alerte extrême de tous vos sens, je suppose. C'est cette capacité de tension, Burton, qui a fait de vous le plus grand d'entre nous. Certaines nuits dans la Cordillère, j'ai eu peur pour vous : vous entendiez des souffles infimes que nous autres n'entendions pas, vous voyiez sur les moniteurs des échos d'une fraction de seconde que nos yeux à nous n'enregistraient pas. Vous êtes un génie, Burton, ajoutai-je en riant de bon cœur, vous planez haut, trop haut pour vos assistants, trop haut pour les biches et les faons. Cela dit, les génies ont besoin de sommeil. Ne deviez-vous pas vous coucher ?

— Je suis bel et bien monté, mais, en tirant les volets, j'ai vu qu'il ne neigeait presque plus, que le ciel se dégageait.

Il poussa le cri d'un enfant caché à l'angle d'un couloir et qui se jette sur vous comme un loup :

— Et alors, vous n'avez pas su que je me sauvais, ni vous ni Anne ! C'est grâce à mes pantoufles. Elles sont moches, je vous l'accorde, mais vous ne trouverez nulle part au monde de pantoufles plus silencieuses.

Je le suppliai d'en rester là avec ses pantoufles. Je ne me sentais pas la force de soutenir une nouvelle discussion d'ordre vestimentaire.

Car je souffrais de la puanteur du lapin, du froid, du décalage horaire, et aussi du souvenir de Léna que ravivait sournoisement la voix de Kobryn — avais-je jamais connu Léna autrement que par la voix de Kobryn, exception faite du jour où elle vint en hélicoptère, mais n'ouvrit pas la bouche ?

J'aurais à parler de Léna avec Anne, ainsi que je le lui avais promis, avant d'aller manger des coquillages et danser le charleston dans un vieux palace moisi au bord de l'océan.

Mais Kobryn devait m'en parler le premier.

Il y avait encore tant de choses que j'ignorais, comme par exemple la façon dont son corps avait été rapatrié aux États-Unis (certainement pas à bord d'un contre-torpilleur, le cap Horn est détestable et le canal de Panama trop chaud pour les morts), et je ne savais pas non plus où ce corps était enseveli.

Avait-on seulement enterré Léna Kobryn?

Elle semblait dormir, telle que les soldats l'avaient couchée sur le sofa dans la salle jaune, sa mèche sur les yeux et ses doigts frôlant le marbre du sol. Elle portait des blessures, sans doute, mais si nettes, si propres, comme si elles eussent fait partie de son être depuis le jour de sa naissance. Douze ans après avoir vu ces blessures, je ne parvenais pas à les situer avec exactitude : une sur le front, les autres dans la région des seins, dans la région du ventre, mais sans pouvoir être plus précis.

La seule image que le temps n'avait ni atténuée ni déformée était celle de ses cheveux sur les yeux, et je revoyais aussi la main droite de Kobryn soulevant cette longue frange, la rejetant en arrière, et ainsi la toute dernière vision que je gardais de Léna était-elle celle d'une femme assoupie qu'on touchait pour l'arracher au sommeil, dont on écartait une mèche pour permettre à la lumière de frapper ses paupières ; quelque chose d'elle avait bougé, voleté sur son front, et ce mouvement silencieux et plein d'une grâce subtile envahissait ma mémoire, chassant tout ce qui n'était pas lui.

Une nuit que je somnolais blotti contre Mrs. Hudson, juste après le passage du dernier métro, quelque chose m'avait fait tressaillir : Léna n'était pas morte.

70

Je me rappelle m'être entortillé dans les draps comme quand j'avais neuf ans et peur des bruits dans la nuit.

Et puis je finis par enfiler chemise et pantalon, je pris l'ascenseur et je quittai l'immeuble. En fermant sa boutique de jeans, Jennifer avait abaissé une grille anticasseurs. Mais des projecteurs mauves restaient allumés dans la vitrine. Une fille se tenait adossée contre la grille, mâchant du chewing-gum et montrant ses genoux.

— On y va ? fit-elle en sortant le chewing-gum de sa bouche.

— Est-ce que je te demande quelque chose ? dis-je.

Elle haussa les épaules :

— Oh ! c'est comme tu voudras, mais je vois bien que tu me tournes autour. J'essayais seulement de t'aider. Je suis moi-même une ancienne timide.

Elle se fourra de nouveau le chewing-gum dans la bouche et se remit à le mastiquer avec ardeur.

— C'est réellement extraordinaire ! m'écriai-je en donnant un coup de pied dans la grille. On sort de chez soi pour prendre l'air, et il y a justement là une putain qui vous agresse.

— Je t'ai agressé, moi ?

— Écoute, dis-je en prenant un ton calme, si je monte avec toi, je ne résisterai pas au désir de te tuer.

Elle gonfla ses joues et fit une bulle de chewing-gum :

— Sans rire ?

— Sans rire. Je donnerais des millions pour savoir ce qu'est une femme morte, à quoi ça ressemble vraiment, et tout ça.

— Quarante dollars suffiront. Les mortes, figure-toi, c'est ma spécialité.

Toutes ces filles autour des piliers du métro aérien sont toujours spécialisées dans ceci ou cela, et particulièrement dans ce que je recherche quand je les aborde. C'est juste

71

pour faire grimper les prix, en réalité elles font l'amour comme tout le monde. Elles se contentent, avec des mots ou une espèce de mise en scène misérable, de faire démarrer nos cinémas secrets.

Je la suivis. Sa robe était blanche avec des zébrures noires et s'achevait en volant, haut sur les cuisses.

— Le nom de ta morte? me demanda-t-elle dans l'escalier.

— Maria-Elena. Mais on disait simplement Léna.

— Bon, alors appelle-moi Léna, ça te facilitera les choses.

Son studio était strié de noir et de blanc, comme sa robe. Il y avait sur les murs des posters représentant de grandes chasses en Afrique et sur la table basse, éparpillés, des prospectus de chez Land-Rover.

— Tu n'as jamais eu envie de partir très loin? fit-elle.

Je répondis que j'en revenais, et elle n'insista pas. Ces grandes images lui servaient à fixer son regard sur quelque chose pendant qu'on la pénétrait et qu'elle avait les yeux ouverts tout ce temps-là. Elle ne partirait jamais. Les prostituées du métro aérien restent toute leur vie sous les arches. D'ailleurs, c'est un quartier où il n'y a pratiquement pas d'agences de voyages. Quand les filles vieillissent, elles s'habillent de cuir, s'épinglent des insignes militaires allemands sur la poitrine, achètent un martinet et battent les hommes qui aiment ça. Un jour, elles disparaissent, on retrouve juste quelques mégots à bouts dorés sur leur coin de macadam.

— Parlons de Léna, dit la petite pute habillée en zèbre. Je dois me coucher comment? C'est le cancer qui te l'a prise, ou un camion en travers de la route? Je peux me poser une perfusion, si tu veux, j'ai le matériel pour ça.

Après avoir étalé sur ses lèvres une pommade étrange qui les rendait livides, elle s'étendit sur le lit, essayant d'empêcher sa poitrine de se soulever. Elle croqua une capsule coincée entre ses dents, et quelque chose qui ressemblait à du sang mais qui sentait la framboise s'écoula lentement de sa bouche.

Je m'aperçus alors qu'elle avait les cheveux courts, beaucoup trop pour ramener une mèche devant ses yeux. Je m'excusai pour le dérangement, déposai les quarante dollars sous l'abat-jour et partis en courant.

Je retrouvai Mrs. Hudson profondément endormie sur le dos et faisant du bruit avec sa bouche (mais ce n'était pas vraiment ce qu'on appelle un ronflement). Je la secouai et lui dis que je n'étais pas sûr que Léna Kobryn fût morte, que personne dans Chicago ne pouvait me renseigner, que j'avais mal dans la nuque et le dos ruisselant de sueur glacée.

— Vous êtes un enfant, murmura Mrs. Hudson, un pauvre cher petit enfant qui rêve. Venez dans mes bras. Évidemment, qu'elle est morte.

— Je l'ai tuée, dit Kobryn.

— Non, dis-je, pensant qu'il faisait allusion au lapin que je tenais par les oreilles. Non, c'est votre chienne qui a fait ça.

— Oh! reprit-il, je parlais de Léna.

Il se détourna et verrouilla la porte en fer qui n'avait pas de poignée.

Puis il abaissa un interrupteur, et alors un panneau de la coupole commença de s'écarter, dégageant une portion de ciel noir dans l'axe du télescope.

Les nuages de neige avaient filé sur la mer, toutes les étoiles étaient de nouveau visibles.

— Laissez-moi m'expliquer, dit Kobryn.

Il me désigna l'escalier en spirale :

— Montons d'abord.

Il me précéda sur les marches à claire-voie vers le long tube blanc du télescope, sans faire plus de bruit qu'un chat ; ses atroces pantoufles étaient décidément des prodiges de silence.

L'air froid s'engouffrait par l'ouverture de la coupole, charriant avec lui une âcre odeur d'humus et de souches mortes. Kobryn mit aussitôt en marche l'appareil de réchauffage destiné à empêcher la buée d'envahir l'optique.

— Ce n'est pas un engin assez performant pour sortir du système solaire, dit-il. Mais c'est encore assez bon pour occuper les nuits de Burton Kobryn.

J'approchai mon œil de l'oculaire. Le télescope était braqué sur Mars, à hauteur du site de Noctis Labyrinthus. Un givre fin, ténu, luisait autour des rochers. Le ciel martien était rose.

Kobryn s'empara d'un chiffon souillé qui devait lui servir à éponger le trop-plein de graisse qui suintait des engrenages, et s'en tamponna les tempes et le front. Il suait. J'avais toujours cru que les hommes devenaient secs en vieillissant ; ce n'était pas le cas de Kobryn.

— Il y a peu de planètes comme Mars, dit-il, peu de mondes à propos desquels on ait proféré tant de bêtises. Ces grandes cicatrices rectilignes que les astronomes avant nous croyaient être des canaux !... Et, à partir de ça, ils imaginaient un monde où la fête était un état permanent, un monde de vendanges et de moissons, avec des moulins sur les rives, des jeunes gens et des jeunes filles canotant sur des cours d'eau couleur tomate. On sait la vérité, aujourd'hui. Je n'attends de vous aucune pitié. Je ne vous demande même pas de me comprendre. Seulement de m'écouter.

— Parlez, Burton. Mais n'oubliez pas que j'étais près

de vous quand vous avez reconnu le corps de Léna. J'ai entendu les officiers chiliens déplorer ce qui était arrivé. J'ai vu les blessures faites par les fusils du peloton d'exécution. Ce n'est pas vous qui l'avez tuée.

— Nous reprendrons nos rôles d'autrefois, dit-il simplement. Vous ne m'interrompiez jamais. Quel assistant respectueux et déférent vous avez été !

— Oui, Burton, presque un disciple.

Le mot parut le surprendre :

— Un disciple, vraiment ? Je ne m'en doutais pas. Vous m'aimiez bien, alors ? Je me demande pourquoi.

— Vous ne trouverez pas, dis-je en souriant. Eh bien, parce que vous étiez toujours le premier à apercevoir le condor de l'aurore.

Je lui rappelai ces petits matins où, épuisés par une nuit de travail le plus souvent stérile, nous sortions de l'observatoire pour admirer le lever de soleil sur les Andes.

Des brouillards dorés s'élevaient des vallées ; tout se taisait, sauf la neige crissant sous nos pas et le goutte à goutte des glaces qui fondaient.

Subitement, Kobryn tendait son doigt vers l'infini et s'écriait : « Le condor, David ! Il vient de quitter son aire, il part en chasse, voyez comme il est beau ! »

A cet instant, Mars quitta le champ du télescope. Les ténèbres se glissèrent comme une coulée à travers le jeu des lentilles et des miroirs. Et Burton Kobryn commença à parler.

II

Récit de Burton Kobryn

C'est tout au sud, dans la grisaille de Puerto Montt au sortir de l'hiver austral, que je vis Léna pour la première fois.

Il avait plu énormément ; mais ce n'est pas, à dire vrai, une notation très originale : quand ne pleut-il pas, à Puerto Montt ? Les maisons de bois étaient semblables à des dessins d'enfants : marbrées de taches humides, de sombres traînées comme si un pinceau imprégné de couleur à l'eau se fût maladroitement promené dessus, insistant sur les pans de façades qui recevaient le trop-plein des gouttières.

Le train n'allait pas plus loin, la route non plus : au-delà de Puerto Montt, on ne se déplace guère autrement qu'en bateau. Les charrettes elles-mêmes entrent dans la mer jusqu'au moyeu pour recevoir les cargaisons de coquillages qu'apportent les barques de l'île de Chiloé.

Ce voyage à Puerto Montt se situait environ trois semaines après mon arrivée au Chili.

J'étais déçu par Santiago, par les plages du Pacifique et les stations de ski andines : tout cela, à première vue du moins, se rapprochait par trop des États-Unis de l'après-guerre — un luxe tapageur et clinquant, mais sur fond de toitures en tôle, de lignes de chemin de fer désaffectées, d'épiciers stockant l'huile et le sucre. Je m'étonnais presque de ne pas voir pourrir en rade de Valparaiso les masses blanches et noires des grands paquebots des années 50 : c'est là, dans cette carte postale entre ocre et bleu, face à l'inextricable fouillis des cabanes perchées à flanc de colline, que les navires surannés auraient dû venir rouiller, offrant aux couteaux des enfants pêcheurs leurs coques hérissées de clovisses et de moules.

On parlait espagnol et allemand, deux langues qui ont toujours évoqué pour moi respectivement une certaine forme de misère et une certaine forme de malédiction.

Suite à la décision d'Allende de nationaliser les mines de cuivre, les restaurants de Viña del Mar étaient le rendez-vous des ingénieurs américains de l'Anaconda Copper Company. Désœuvrés, plus ou moins en instance de rapatriement, ils buvaient beaucoup. Les uns pariaient sur une intervention de la CIA, les autres échangeaient des recettes de reconversion. Leurs épouses écumaient les antiquaires en quête de qui consentirait à leur racheter les meubles et les bibelots folkloriques dont elles avaient rempli leurs villas pendant les années glorieuses. Il régnait une atmosphère maussade et irritée d'exode.

Débarqué avec un contrat de recherche pour cinq ans, je faisais figure d'original.

Mes compatriotes m'évitaient, vaguement hostiles envers cet Américain qui s'installait au moment où eux-mêmes pliaient bagage. J'imagine que la plupart voyaient en moi un de ces idéalistes de gauche dont nos milieux scientifiques produisent des fournées.

A propos, David, j'ai su vos sympathies pour l'Unité populaire. J'avoue les avoir partagées, mais secrètement, mais prudemment : la chute de Salvador Allende et le changement de régime que j'avais pressentis avant même mon arrivée à Santiago ne devaient en aucun cas m'impliquer ni porter une quelconque atteinte à mes travaux.

Les Chiliens, eux aussi, me tenaient à l'écart. Au plus fort de la campagne nationaliste et anti-américaine, j'étais un lépreux.

Tandis qu'on aménageait l'observatoire de la Cordillère selon mes indications, mais avec les retards que vous pouvez supposer dans un pareil climat politique, je décidai de m'accorder quelques jours de retraite et d'aller chercher le Chili là où il était vraiment : dans l'un ou l'autre de ses excès géographiques, soit au nord vers Calama et Iquique, aux portes du désert le plus aride du monde où, paraît-il, il y a des coins où il n'a pas plu depuis quatre cents ans, soit au sud aussi bas que je pourrais descendre sans que cela devînt une épopée trop ardue.

Je choisis le Sud humide et gris, ses forêts géantes où certains arbres ont un tronc dont la circonférence équivaut à la longueur d'un cheval des naseaux jusqu'à la queue, où le vent austral assombrit le ciel au lieu de le laver — c'est au point, je vous assure, qu'on oublie presque les lois de rotation de la Terre et qu'on en vient à croire que c'est lui, ce vent chargé de ténèbres, qui tire la nuit sur le monde comme on tire une bâche.

Le concierge de mon hôtel à Santiago était originaire de Puerto Montt. Il me conseilla cette ville d'où je pourrais embarquer pour l'une ou l'autre des trente mille îles du Chili.

Si j'étais prêt à sacrifier environ mille dollars, me dit encore le concierge, je ne devais manquer sous aucun prétexte l'excursion vers la lagune San Rafael ; là-bas, je pourrais me promener sur un iceberg.

81

J'arrivai à Puerto Montt un vendredi. Le bateau pour la lagune n'appareillait que le lendemain. Je descendis donc pour une nuit à l'hôtel *Vicente Perez Rosales*. Dans la salle à manger, la musique du piano électrique était parfois couverte par le crépitement de la pluie sur les fenêtres.

Léna entra au bras d'un vieil homme.

Par une étrange coïncidence, il se produisit alors un de ces petits tremblements de terre dont le seul effet est de faire courir les cuillers sur la nappe, de désorganiser les bouquets et d'agiter les lustres.

Le vieillard qui accompagnait Léna me sourit en passant près de ma table :

— Il n'y a pas de danger, señor. Il suffit d'ailleurs de se réfugier sous le linteau de la porte : c'est toujours la partie de la maison qui s'écroule en dernier.

Sans doute y avait-il un peu d'ironie dans ses propos. Notre terreur des séismes est pour les Chiliens un sujet de plaisanterie. Mais personne encore depuis mon arrivée au Chili, exception faite du concierge de mon hôtel de Santiago, ne s'était ému de ce que je pouvais ressentir. Les Chiliens comptent pourtant parmi les peuples les plus accueillants que je connaisse ; mais la politique, David, la fichue propagande politique, faisait provisoirement de tout Yankee un diable impérialiste de l'Anaconda Copper Company.

Alors un sentiment de gratitude m'envahit à l'égard de cet homme qui s'était penché vers moi et m'avait rassuré sans que je lui demande rien. Peut-être était-ce une reconnaissance excessive, mais toujours est-il que je me levai et conviai le vieillard et sa compagne à s'asseoir à ma table.

— Prenons un verre ensemble, dis-je, je suis impatient

de savoir ce qu'il faut réellement penser des tremblements de terre.

A peine avais-je formulé l'invitation que je m'en voulus : le vieux monsieur entendait probablement profiter de sa soirée en tête à tête avec la jolie fille qui l'accompagnait, peut-être avait-il intrigué pendant des semaines avant d'obtenir la promesse de quelques heures d'intimité. Pour lui, chaque seconde devait avoir son importance.

Je me hâtai de trouver une quelconque excuse qui pût lui permettre de se dérober :

— Ah ! je suis stupide : le service du dîner est maintenant presque terminé et, si je vous accapare, on ne vous présentera plus que des plats froids.

— En effet, dit le vieil homme, nous sommes déjà fort en retard. Mais je vous remercie de votre amabilité, señor.

Il s'inclina. Durant notre bref échange, Léna s'était écartée et avait suivi le maître d'hôtel jusqu'à une table située près du piano électrique. Elle portait une robe noire qui s'ouvrait quand elle marchait, laissant voir ses genoux. Elle s'absorba aussitôt dans la lecture du menu, apparemment certaine que mon invitation à partager des cocktails n'était qu'une formalité sans suite. Le vieillard la rejoignit. Tous deux allumèrent une cigarette et se mirent à fumer en silence.

J'étais fréquemment sorti avec de très jeunes filles, moi aussi, et je plaignis le vieillard. Pour peu que l'on soit allé chercher la jeune fille en taxi, tout ce qui pouvait être dit l'a déjà été dans la voiture. On a longuement épilogué sur la journée morose qu'on a passée en attendant ce moment. La jeune fille se contente de souffler sur ses ongles qu'elle vient de vernir, et de répondre « oui, moi également » à tout ce que vous énoncez. A table, l'examen du menu autorise encore à débiter quelques banali-

83

tés. Mais le moment vient toujours où le silence s'installe. Encore heureux si l'on a choisi un restaurant au bord de la mer, où le mouvement des bateaux peut suggérer une ou deux remarques.

Je pourrais avoir de la conversation, pourtant. Mais l'hypothèse selon laquelle les dinosaures auraient disparu de la surface de la Terre à la suite de l'explosion d'une supernova n'excite que très médiocrement l'intérêt des jeunes filles. Il s'agit là d'une indifférence navrante : si les dinosaures n'avaient pas été exterminés pour une raison quelconque, on est en droit d'imaginer que l'humanité serait descendue de ces reptiles formidables ; auquel cas les jeunes filles pondraient peut-être des œufs, ce qui ne devrait pas les laisser aussi apathiques.

Le vieillard qui soupait avec Léna ne possédait pas un pareil savoir. Je le soupçonnais d'être quelque chose comme un grossiste en araignées de mer.

Il fumait pour masquer son impuissance à parler, mais la cigarette le faisait tousser. Il s'étouffait dans sa serviette de façon pitoyable. Léna le dévisageait avec une tristesse glacée.

Ce soir-là, j'avoue m'être intéressé davantage à cet homme âgé qu'à sa compagne. Léna devait être sa secrétaire, une fille engagée pour comptabiliser le poids des crustacés, le prix qu'il en coûtait pour les sortir de la mer et le tarif auquel il convenait de les vendre. Elle accompagnait son directeur dans l'espoir d'obtenir de lui un travail un peu moins morne, ou de garder le même emploi mais en touchant le double.

Quelles que soient ses espérances, elle allait devenir la maîtresse du vieillard qui ne savait que lui dire et qui s'étranglait avec la fumée de ses cigarettes. Ils feraient l'amour dans une chambre aux vitres battues par la pluie. Je me persuadai que Léna serait habile, que le marchand d'araignées de mer en tirerait un vif plaisir, puis je montai me coucher.

Le bateau pour San Rafael ne part que trois fois par mois, et il est presque toujours complet. Mais, sans doute à cause du temps détestable, ce n'était pas le cas quand je montai à bord et je pus choisir ma cabine. Je me décidai pour un logement situé très à l'arrière, car je voulais entendre le bruit des machines — peut-être par habitude de dormir le jour dans la rumeur des grandes villes, peut-être parce que mon travail s'effectue dans le silence et les chuchotements et que le bruit m'est devenu synonyme de repos, de vacuité de l'esprit ; à l'inverse de vous, David, la paix du néant ne m'inspire que dégoût et répulsion.

Aussi loin que je remonte dans mes souvenirs, mon bonheur fut toujours lié aux clameurs.

Mon premier amour, quand j'avais quatorze ans, fut Sally Nathanson. Elle était ma cousine, et je ne la voyais que rarement, à l'occasion de tel ou tel événement familial. Ses parents la tenaient à l'écart, en raison d'une surdité de naissance qui la faisait parler d'une manière très étrange. En fait, on eût dit qu'elle chantait des mélopées sauvages, alternant des murmures presque inaudibles et des cris rauques. Elle employait les mêmes mots que nous mais, dans sa bouche, ils étaient comme réinventés, elle les cassait parfois en deux, susurrant la première syllabe et hurlant la deuxième à vous faire dresser les cheveux sur la tête. Je croyais chaque fois qu'une douleur subite venait de la traverser, et je la serrais contre moi. Elle lisait sur les lèvres, ce qui l'obligeait à garder les yeux légèrement baissés et lui donnait un air humble qui m'affolait.

Aux mariages et aux enterrements, Sally était toujours placée près de moi. Sitôt qu'elle m'apercevait, son regard s'illuminait, puis ses yeux pâles descendaient vers mes lèvres comme pour y butiner les mots affectueux que j'avais préparés pour elle.

Un été, Sally devint ma maîtresse, dans la mesure où ce mot peut s'appliquer à une adolescente en robe de percale blanche qui n'avait aucune expérience de l'amour.

J'en avais à peine davantage, mais je réussis à la dévêtir, à la caresser et à m'allonger sur elle.

J'enfouis mon visage dans son cou qu'elle avait effleuré quelques heures auparavant d'une touche de parfum qui évoquait la jacinthe. Elle ne pouvait plus lire sur mes lèvres, alors ce fut elle qui parla tout le temps que dura notre étreinte. Les cris rauques l'emportèrent largement sur les murmures. Je continue d'associer le vacarme à cette sensation merveilleuse que j'éprouvai à quatorze ans dans les bras de Sally Nathanson.

Le bateau devait relâcher pour la nuit dans l'île Melinka. Un dîner fut servi à bord sitôt que les machines eurent stoppé. Il ne pleuvait presque plus, et je gagnai la salle à manger en passant par le pont promenade.

J'eus la surprise d'y rencontrer Léna et le vieillard ; accoudés au bastingage, ils regardaient les lumières du navire se refléter sur les eaux inertes et lourdes comme celles d'un lac.

En me reconnaissant, le vieil homme se mit à rire :

— Oh ! ce n'est que vous, señor ?

Je m'excusai, bien que je n'eusse pas réellement à le faire. Le pont du bateau était à tout le monde, n'est-ce pas ? Mais j'ai toujours peur de me mêler des histoires des autres. Ces histoires finissent par vous attirer et vous réduisent en cendres. Rappelez-vous le sort de certaines étoiles qui se risquent dans la sphère d'attraction d'astres plus denses qu'elles, et finissent dévorées. Nous avons observé ensemble quelques-uns de ces banquets écœurants, David. Au jeu cannibale des étoiles démesurées, comme je préfère l'équilibre placide des corps qui évoluent dans leur solitude, ayant pour seule relation avec les autres mondes le fait de brûler au milieu de la même nuit qu'eux !

Léna portait une robe fendue, comme la veille. Elle s'arracha en silence au bastingage et se dirigea vers la salle à manger, repérable à ses grandes fenêtres carrées derrière lesquelles se balançaient des lanternes de marine.

Nous suivîmes Léna. Le vieillard me prit le bras et dit :

— Si vous le voulez bien, señor, nous allons nous asseoir à la même table. Je crains fort, voyez-vous, d'être une charge pour cette jeune femme qui m'accompagne. Je lui ai promis une joyeuse croisière, et qu'elle verrait les icebergs du glacier San Valentin. Oh ! pour les glaçons, ils seront au rendez-vous. Mais je me suis trop avancé en ce qui concerne la joie. Car plus je regarde Léna, señor, et plus je m'attriste : il est clair que je ne saurais lui inspirer aucune espèce d'amour.

— Elle a accepté votre invitation, non ? N'est-ce pas là une forme de contrat tacite ? Dans mon pays, ajoutai-je, une fille qui consent à suivre un homme dans un voyage sait bien ce qui l'attend.

Tandis que la pluie revenait par le sud, je m'étais mis à haïr Léna. Sa beauté suffisait à cela : une de ces beautés inaccessibles, extraordinaires, que l'on a envie de blesser pour prouver qu'on a barre sur elles. J'aurais voulu voir le marchand de crustacés et sa secrétaire noués l'un à l'autre, le vieillard faisant bleuir les chairs de la petite à force de les pétrir avec ses os saillants, mouillant cette peau brune, souple, au grain serré, de ses larmes, de sa salive, de tout ce qui pouvait sourdre de lui.

Le bruit de l'averse hachant l'eau sombre autour du navire devait sûrement empêcher Léna de nous entendre. Alors son compagnon sourit et ses doigts maigres se refermèrent plus étroitement sur mon bras :

— Ce à quoi vous pensez est arrivé hier soir à l'hôtel *Vicente Perez Rosales*. Rien que de très normal, d'ailleurs : puisque vous allez prendre place à sa table, vous devez savoir que cette femme est une sorte de prostituée. Elle ne s'offre pas pour de l'argent, mais en échange de choses dont elle a envie. Dix mètres d'un ruban de velours ou une voiture de sport. Le plus ardu n'est pas forcément de payer, mais de deviner son envie du moment. Car elle se garde bien de vous livrer des indices. A vous d'être perspicace. Lors de nos contacts préliminaires, je lui proposai de nous rencontrer à Pelluco. C'est une station balnéaire tranquille, à quelques minutes de la ville. L'eau a la réputation d'y être particulièrement froide. Et pourtant, tandis que nous parlions, Léna ôta ses souliers et fit quelques pas dans la mer. Ce fut pour moi une révélation magnifique. « Petite fille, lui demandai-je, as-tu jamais vu la lagune San Rafael et le glacier San Valentin ? As-tu jamais marché sur les fragments de glace qui s'en détachent ? » Elle ne répondit pas, mais son regard étincela ; je sus que je serais son amant, oui, malgré mon âge et bien que je ne sois pas un homme riche.

Léna venait d'entrer dans la salle à manger du bateau. Elle fit claquer ses doigts pour appeler le maître d'hôtel. Comme si nous n'existions pas, elle laissa la porte battante se refermer sur le vieillard et moi.

— Eh bien ! dis-je avec agacement, que voulez-vous de plus, à présent que vous avez fait l'amour avec elle ?

— Le refaire, señor. Mais Maria-Elena ne se donne pas deux fois de suite. A quoi rêve-t-elle désormais ? Quel sera le nouveau prix à payer ?

Contre toute attente, le souper fut enjoué. Aux hors-d'œuvre, le vieillard prétendit que peu d'hommes pouvaient se vanter d'avoir eu une existence aussi vide que la sienne. Il entreprit de nous le démontrer, et c'était si vrai que Léna et moi nous mîmes à rire. A la fin, cela devint nerveux et tout ce que disait le vieil homme était prétexte à nous esclaffer.

Léna avait une façon de rire déroutante. A l'inverse de la plupart des gens, l'hilarité ne la faisait pas grimacer, ne plissait pas son visage, mais semblait l'apaiser. Elle pouffait les yeux ouverts, le front serein, les lèvres épanouies.

Lorsque l'accès touchait à sa fin, elle balançait sa tête d'avant en arrière, et j'admirais la souplesse de son cou, puis elle prenait sa serviette, en pressait le coin sur sa bouche pour étouffer un dernier hoquet, et alors, quand elle l'écartait, la serviette portait l'empreinte rouge de ses deux lèvres avec, dans l'angle, une auréole humide qui était un peu de salive.

Il est certain, David, que Léna n'était pas la plus belle des femmes : ses dents de devant étaient régulières et blanches, mais il en allait autrement des dents du fond ; elle avait des oreilles dont la partie supérieure était beaucoup trop pointue, la finesse de sa taille ne compensait pas l'épaisseur relative des poignets et des chevilles.

Mais à bord de ce navire immobile sur une mer hérissée de pluie glaciale, et surtout quand mon regard se posait sur l'homme sénile qui avait réussi à percer l'un de ses rêves secrets, elle me paraissait désirable.

Je l'avais ignorée hier soir à l'hôtel, tout à l'heure je l'avais haïe, maintenant c'était son compagnon que je détestais, c'était ce vieillard à l'existence insipide que j'aurais voulu voir disparaître, se ramasser sur lui-même et se consumer.

— Maître d'hôtel, appelai-je, venez avec le ramasse-miettes.

Il s'approcha de notre table avec son petit instrument chromé. Je lui désignai le vieil homme assis en face de moi :

— Enlevez ces cendres, je vous prie.

Le grossiste en araignées de mer — car je ne m'étais pas trompé, c'était en effet sa profession, et il se nommait Esteban — esquissa un sourire :

— Il s'agit de moi, *caballero*. Je suis le tas de cendres en question.

— Veuillez m'excuser, dit le maître d'hôtel, mais la croisière commence à peine, il serait navrant que les passagers se disputent. Nous allons bientôt voir des paysages admirables, des fjords et des villages de pêcheurs d'une beauté étonnante. Depuis le temps que je fais la ligne, je ne m'en lasse pas. Alors, au nom de la compagnie maritime, puis-je vous inciter à faire taire vos querelles et à ne plus songer qu'aux merveilles qui vous attendent ?

C'était là un discours appris d'avance que le maître d'hôtel avait probablement mission de réciter aux voyageurs pris de boisson et qui s'injuriaient. Loin d'apaiser le vieillard, ce sermon naïf, prononcé sur un ton geignard, le fit entrer dans une violente colère.

— *Caballero* stupide ! s'écria-t-il. Pourquoi nier qu'il existe des gens sans importance, des gens qui ne valent même pas le ramasse-miettes pour les avaler, et que j'en suis ? Étiez-vous là quand j'ai raconté à mes amis ce qui me tient lieu de vie, quand je leur ai prouvé que j'aurais aussi bien pu ne pas naître ? Ils ont raison de m'appeler cendres : c'est moi qui le leur ai soufflé.

Il prit la main de Léna, effleura d'un baiser le bout de

90

ses doigts. Il mit dans cette caresse toute la servilité dont il était capable.

Puis il nous révéla que les hommes vieillissants fournissent l'essentiel du cheptel des masochistes qui vont dans les maisons de rendez-vous se faire humilier et flageller ; car, nous dit Esteban, ils ont alors le sentiment d'être victimes de quelque chose d'injuste et, prenant ainsi pitié d'eux-mêmes, ils réussissent enfin à s'aimer un petit peu.

Léna l'écoutait, absente.

Le lendemain, le navire appareilla pour l'estuaire d'Aysen et Puerto Chacabuco. Le ciel matinal était dégagé, mais à l'horizon une barre de nuages empourprés laissait présager une prochaine reprise des averses.

Léna apparut sur le pont, seule, peu avant midi. Elle avait revêtu une robe blanche que le vent plaquait sur elle, dessinant le galbe de ses jambes. Elle portait autour du cou une longue écharpe d'un jaune lumineux, qui se mettait à scintiller comme une étoffe d'or quand des embruns venaient en pailleter les brins de laine. Elle jouait parfois à enrouler les pans de l'écharpe autour de ses poignets, se liant les mains à la manière lâche et gracieuse dont les peintres ont l'habitude de garrotter les martyrs.

Je lui demandai pourquoi le marchand d'araignées de mer ne l'accompagnait pas.

— Oh ! il ne se sent pas bien, expliqua-t-elle avec ennui. Il a passé la nuit à étouffer plus ou moins. Il doit être asthmatique. S'il y a une pharmacie ouverte à l'escale de Puerto Chacabuco, il descendra acheter des remèdes.

Elle ajouta qu'il se reposait et se ferait sans doute servir à déjeuner dans sa cabine.

91

— En ce cas, proposai-je, me tiendrez-vous compagnie à la salle à manger ?

— Oui, je déteste les chambres de malades.

— J'aurai à vous parler, Léna.

— Vraiment ? Je vous écoute.

— Pendant le repas, dis-je.

Le malaise d'Esteban me laissait le champ libre, mais j'avais besoin d'un peu de temps pour préparer une stratégie.

Léna s'accouda au bastingage, son écharpe flottant au-dessus du sillage. Ses pieds battaient le pont en fer au rythme d'une musique qu'elle était seule à entendre. Puis, brusquement, elle se retourna et me regarda en ouvrant de grands yeux effrayés :

— Mr. Kobryn, m'aiderez-vous si Esteban meurt ?

— Vous le trouvez si mal que ça ? En ce cas, votre devoir est de prévenir le commandant.

— Ah ! ne compliquez pas tout, fit-elle sèchement. Je vous demande seulement si vous êtes d'accord pour m'aider. Je serais très ennuyée, je ne saurais pas du tout quoi faire de lui — de son cadavre, je veux dire. J'ignore même où il habite.

— Son adresse figure sur ses papiers d'identité.

— Oui ? Mais à moi de le ramener, hein ! Et une fois dans sa maison, s'il vit seul, je devrai le coucher sur son lit. Est-ce qu'on enlève les chaussures des morts, Mr. Kobryn ?

De ma vie, David, je n'avais vu quelqu'un d'aussi désemparé. L'idée me traversa l'esprit que le vieillard était décédé au cours de la nuit. Il avait beaucoup trop bu et trop mangé pour un homme de son âge, et nous lui avions porté malheur en le traitant de tas de cendres. Léna était restée près de lui aussi longtemps que cela lui avait été supportable. Puis, enfilant la première robe qui lui tombait sous la main, enroulant autour de son cou l'écharpe dont les pans pourraient si nécessaire lui servir à essuyer ses larmes, elle s'était mise à ma recherche. M'ayant trouvé, elle n'avait pas pu m'avouer d'emblée la vérité. Question de désarroi, peut-être.

Je courus à la cabine du marchand d'araignées de mer.

Assis sur son lit, une bouteille de vin chilien roulant sur la couverture au gré des mouvements du bateau, il riait :

— Je parie que la fille vous a laissé entendre que je n'atteindrais pas vivant Puerto Chacabuco, n'est-ce pas, señor ? Mon intention est d'assister un jour à son enterrement à elle. Les funérailles d'une jeune et jolie fille sont toujours un fier spectacle, surtout quand elle a couché avec la moitié de la ville. Les hommes n'osent pas venir, mais ils suivent la procession à travers les fentes de leurs volets. Ils envoient des fleurs, toutes les fleurs qu'on peut espérer trouver dans un trou perdu comme le nôtre. Mais la merveille, señor, ce sont les chats. Il y a des centaines de chats derrière le corbillard, et savez-vous pourquoi ? Parce que la charrette des morts sert aussi au transport des coquillages et des crabes. Les chats suivent l'odeur du poisson, comprenez-vous, et l'odeur de la mort n'en est pas si éloignée.

— Taisez-vous, dis-je, vous êtes ignoble.

— Non, señor, je ne crois pas. C'est elle qui se conduit mal envers moi. Elle se refuse. Ça, je peux l'admettre. Mais elle est si blessante, alors ! Cette nuit, quand elle a commencé à avoir des paroles méprisantes, j'ai fait le malade pour qu'elle se taise. Ça a marché, señor. Même qu'à un certain moment, elle a déboutonné mon pyjama et posé son oreille fraîche sur ma poitrine pour écouter mon cœur. Je respirais le parfum de ses cheveux. J'étais

93

bien. En réalité, je ne lui en ai jamais demandé davantage : juste un peu de tendresse, voilà tout, car à mon âge on hésite à faire l'amour, on a un peu peur de ne pas pouvoir honorer la dame. Ai-je prétendu que j'avais possédé cette femme à l'hôtel *Vicente Perez Rosales* ?

— Vous avez même ajouté que vous brûliez de recommencer...

Il se laissa retomber en arrière, ferma les yeux. Il paraissait accablé :

— Qu'est-il arrivé au monde, señor, pour que les vieillards deviennent menteurs ? N'est-ce pas à eux qu'on s'adressait autrefois pour savoir la vérité ? Pour ma part, je me rappelle qu'on traitait mon grand-père comme un oracle. Au repas du dimanche, on lui offrait la place d'honneur, le croupion du poulet ou la tête du crabe, et c'était lui qui entamait et finissait la carafe de vin. Il parlait peu, mais l'enfant que j'étais cessait de mastiquer et baissait les yeux pour l'écouter. Au lieu de quoi, pire qu'un écolier, je me suis vanté auprès de vous d'exploits que je n'ai pas accomplis.

Il flottait dans la cabine de ce faux malade une odeur vraie de maladie : la fadeur du lit imprégné de sa sueur et de celle de Léna, l'aigreur d'un peu de vin renversé, et le souvenir aussi d'avoir comparé Esteban à des cendres grises et froides.

— Eh bien, dis-je, vous avez menti. Mais tout reste encore possible d'ici notre retour à Puerto Montt.

Esteban secoua la tête, sans toujours ouvrir les yeux :

— Je quitterai la croisière ce soir à l'escale, sous prétexte que l'air de la mer ne me vaut rien. Mon honneur sera sauf, ainsi. Je suppose que la petite putain restera à bord, puisque ce voyage à la lagune est un de ses rêves. Mais elle n'a pas payé le prix. Cette idée va me tracasser. Ah ! je vous assure que je n'arrête pas d'y penser depuis qu'elle est sortie d'ici en se dandinant dans sa robe blanche.

Il était plein de colère, il parlait en marchand trompé.

— Don Esteban, dis-je après un instant de silence, voulez-vous que je sois votre dépositaire ? Voulez-vous que je reçoive en votre nom ce qui vous est dû ?

Il me prit les mains comme si elles eussent été celles de sa propre mère, les appliqua sur ses joues rêches :

— Vous feriez cela, mon ami ?

Assis sur le bord de la couchette, mes paumes réchauffant son visage, je lui contai l'affaire. Il y prit un plaisir intense et me dit que ce moment lui rappelait certaines nuits de tempête à Puerto Montt, quand les équipages de l'île de Chiloé ne pouvaient reprendre la mer et se rassemblaient alors dans sa maison pour boire et évoquer leurs campagnes de pêche. Le vieillard s'y croyait, il empoignait les bras de son fauteuil, se balançait et poussait de longs cris comme les marins quand ils voient monter derrière la barque une vague plus haute, d'un vert plus terrible que les autres.

Sous le regard apitoyé des passagers, il quitta le bateau au crépuscule. Sa valise en peau de porc à la main, il titubait sur le quai, crispant parfois ses longs doigts maigres sur sa gorge comme quelqu'un qui étouffe. Le navire salua son débarquement de trois coups de sirène.

— Pauvre homme ! dit Léna qui se tenait à la coupée. Il aura voulu sauver les apparences. Mais moi, je ne suis pas dupe. C'est parce que j'ai refusé de m'ouvrir pour lui qu'il s'en va. Et si je ne m'ouvrais plus jamais pour personne ? Tenez, ajouta-t-elle en riant, même pas pour vous, Mr. Kobryn.

Je ne répondis pas. La lumière fuyait sur la mer. Sans

les projecteurs de la vedette, la silhouette du vieillard se fût déjà perdue dans l'ombre. Tandis que dans cette lumière blanche où voletaient des moucherons, nous pouvions tous voir le marchand de crustacés claudiquer sur le quai, nous présentant son dos bossu.

Je crois que nous pensions tous la même chose : quand va-t-il disparaître à nos yeux ? Mais ça n'en finissait pas, parce que le quai lui-même était très long et perpendiculaire au bateau, parce que don Esteban traînait sa valise et ses pieds.

Les voyageurs ne le plaignaient pas : ils avaient seulement hâte de se débarrasser de lui, car il était encombrant comme un mort au milieu des vivants. Si un taxi ne s'était pas arrêté près de lui pour le charger, l'emporter enfin, quelques-uns des passagers sur le pont supérieur se seraient mis à crier pour l'encourager à presser le pas, comme les garçons d'abattoir vocifèrent après un cheval traînard.

Don Esteban parti, les projecteurs du bateau s'éteignirent et l'équipage alluma une simple guirlande de lampions qui courait de la proue à la poupe. Je n'essayai pas, cette nuit-là, de forcer la cabine de Léna.

D'ailleurs, je ne suis pas un forceur de cabines ni de quoi que ce soit. Je fouille l'infini, mais je ne le viole pas.

Le lundi fut une journée à terre. Au matin, un bus nous emmena visiter Puerto Aysen et le parc national Rio Simpson.

Léna se joignit à l'excursion, mais sans y participer vraiment. Elle me dit qu'elle ne quitterait pas le bus, car le vent lui donnait la migraine. Il y avait dans cette excuse quelque chose de désuet qui m'enchanta — oui, de songer que la métisse recourait à ce vieux prétexte de migraine dont nos femmes américaines, après les mondaines d'Europe, se sont fait une spécialité exclusive.

Je fus la seule personne à qui elle consentît à adresser la parole. Sinon, elle garda tout le temps du voyage son front appuyé contre la vitre dont la fraîcheur calmait les élancements dans ses tempes, si tant est qu'elle en eût, considérant le paysage splendide d'un regard absent.

A un certain moment, nous descendîmes pour faire quelques pas dans le sous-bois.

Les feuillages étaient d'un vert profond, ils ruisselaient très haut par-dessus nos têtes avec un bruit de ressac, le sol était spongieux comme du sable mouillé, nous avions l'impression de nous aventurer sous la mer.

Je me retournai et je vis le visage immobile de Léna, les yeux grands ouverts derrière la fenêtre du bus. Elle avait légèrement écarté les lèvres et, de la pointe de sa langue, cueillait les gouttes de buée qui dévalaient le carreau. On eût dit une femme engloutie avec une épave, une femme vivant encore et traquant sur les parois de sa prison les derniers atomes d'oxygène.

Nul autre que moi n'eut l'idée de l'observer. Les voyageurs avaient oublié jusqu'à son existence, trop impatients de découvrir les enchantements d'une cascade appelée *el Velo de la novia*. La cascade était belle, sans doute, mais tellement moins que Léna. Surtout, il y avait comme une agressivité dans le grondement de la chute d'eau, tandis que le silence de Léna derrière sa vitre possédait je ne sais quoi de poignant.

La veille encore, et ce matin même quand elle avait traversé le bus pour aller s'asseoir seule à l'arrière, j'envisageais diverses méthodes pour devenir au plus vite son amant — ne fût-ce que pour tenir la promesse faite au marchand de crustacés. A présent, il me semblait avoir l'éternité pour moi. Peut-être avez-vous déjà éprouvé cette certitude que quelque chose vous est dû, et que vous l'obtiendrez tôt ou tard quels que puissent être les événements.

Don Esteban avait été formel : Léna se donnait aux hommes qui concrétisaient ses rêves. Mais Léna ne rêvait pas tous les soirs. Un désir exaucé la rassasiait sans doute pour longtemps et, dans cet intervalle, elle se comportait comme une femme fière, solitaire, inaccessible.

Je ne tentai pas de me rapprocher d'elle.

Le soir, de retour à bord, je me présentai le premier à la salle à manger, pris place et commandai mon repas sans attendre Léna. Celle-ci agirait à son gré, se joindrait à moi ou attendrait que j'eusse terminé pour souper seule.

En fait, elle ne dîna pas du tout. Je l'aperçus tout à l'avant du navire, étendue sur une chaise longue, contemplant le spectacle de la rade. Elle m'appela en agitant ses doigts avec frénésie, comme si j'eusse été un quelconque steward ; et j'accourus, m'inclinant en effet devant elle comme un steward.

— Mr. Kobryn, dit-elle, demain nous jetterons l'ancre dans la lagune. D'après le programme, nous nous répartirons dans de petites embarcations à moteur qui nous promèneront parmi les icebergs que le glacier pond sans arrêt. J'aimerais faire quelques pas sur un de ces gros glaçons, mais il paraît que les marins se font prier pour y aborder.

— Le complexe du *Titanic,* probablement.

Je m'attendais à ce qu'elle demandât : « Qu'est-ce qu'un complexe, Mr. Kobryn ? » mais non, c'était le *Titanic* qu'elle ne connaissait pas.

— Ah ! dit-elle après m'avoir écouté lui conter le naufrage, vous me donnez de plus en plus envie de monter sur un iceberg. Arrangez cela pour moi, d'accord ? Je suppose qu'il suffira de payer le marin.

Elle se leva. D'un seul geste ample et rapide, elle fit de la couverture brune qui réchauffait ses jambes une cape pour ses épaules. Ainsi drapée, les lampions du bateau jetant sur sa chevelure des reflets, elle avait l'air d'une infante de la vieille Espagne envoyant ses capitaines lui découvrir un monde.

C'est très simple : un glacier d'une pureté remarquable descend vers les eaux moins froides de la lagune, là sa glace commence à fondre et se rompt, de grands fragments d'un bleu translucide se détachent et s'en vont à la dérive. Ils n'écrasent pas les flots comme les icebergs traditionnels, ils n'ont pas une masse suffisante pour cela, c'est au contraire le lac qui les porte, qui les berce doucement comme de jeunes cygnes.

Les canots à moteur bourdonnaient sur la lagune, allant d'un glaçon à l'autre.

À peine avait-on entrevu un iceberg qu'on criait au marin de s'approcher du suivant, qui paraissait toujours plus scintillant ou découpé d'une façon plus étrange. Les sillages créaient des turbulences qui animaient les icebergs, les faisant parfois se heurter avec des bruits graves qui arrachaient aux excursionnistes des clameurs d'effroi et de joie. Certaines glaces, dont la base s'était peu à peu dissoute, basculaient alors avec des éclaboussures, et une pluie d'éclats cristallins montait vers le soleil.

Notre canot était le seul à suivre une trajectoire en droite ligne.

— Inutile de perdre du temps à jouer au chien de berger, avait dit Léna. On laisse les moutons aux autres, on attend de trouver le bélier.

J'avais donné vingt dollars au marin pour qu'il consentît à n'embarquer que Léna et moi, et vingt dollars supplémentaires en échange de sa promesse de nous déposer sur l'iceberg que lui désignerait la jeune femme quel que fût le danger d'accoster.

Léna se tenait dressée à l'avant du bateau, les joues gonflées par le vent de la course qui lui entrait en force dans la bouche.

Enfin, elle arrêta son choix sur une sorte de champignon renversé dont le pied pointait vers le soleil pâle, perdant peu à peu sa substance.

Le marin coinça la barre entre ses jambes et fit décrire à son canot des cercles autour de l'iceberg.

— Pas celui-là, señor, me dit-il en secouant la tête. On ne sait pas si la base est accore ou si elle descend sous l'eau comme une scie circulaire — et si c'est le cas, cette maudite glace va nous ouvrir en deux sous la ligne de flottaison.

Léna se retourna, méprisante :

— Le señor t'a payé, non ?

— Pas assez pour avoir un bateau neuf si celui-là va au fond.

— Donnez-lui davantage, Mr. Kobryn, donnez-lui ce qu'il vous demandera.

N'importe qui à ma place eût traité Léna de femme inconsciente et capricieuse. Mais je suis fasciné par le désir, David. Il n'est aucun sentiment qui s'enfonce plus profond dans le mystère de l'être. Quand il a passé, assouvi ou non, la personne qui l'a exprimé ne vous est plus aussi étrangère : vous possédez d'elle quelque chose qui est son flamboiement même.

Si j'ai jamais su qui j'étais, ce fut un soir, quelques instants à peine après avoir quitté le salon familial et embrassé mes parents : je me surpris à rêver tout éveillé de Sally Nathanson, de son corps fragile toujours habillé de blanc et de sa grande bouche qui ne faisait que gémir ou hurler. C'était la première fois de ma vie que je désirais à ce point quelque chose — en l'occurrence un autre être dont je brûlais de toucher la peau, dont respirer l'odeur me semblait aussi urgent et vital que respirer tout court, dont les lèvres mouillées et chaudes étaient seules capables, en se posant partout sur moi, de m'apaiser.

Mais l'été commençant à peine, personne de la famille n'étant mort ni sur le point de se marier, Sally Nathanson se trouvait à deux jours et deux nuits de train. J'allai jusqu'au cabinet de toilette et me regardai dans le miroir. C'était effrayant à voir : j'aperçus, révélée par le désir, une part de moi-même qui n'existait pas encore, quelque chose de l'homme que j'allais devenir, que je suis aujourd'hui.

A l'avant du bateau, Léna avait le même regard que moi dans mon miroir.

Je sortis donc mon portefeuille et priai le marin de faire son prix. Il prononça un chiffre, exorbitant bien entendu.

— Léna, dis-je, il demande beaucoup d'argent.

Elle haussa les épaules sans répondre. La somme à payer ne l'intéressait pas ; non pas du fait que cet argent fût le mien, mais parce que son désir de débarquer sur l'iceberg était au-dessus de tout. Le vieil Esteban n'avait-il pas sacrifié sa réputation et plus de mille dollars pour lui permettre d'arriver jusque-là ? Quelle importance, alors, s'il fallait en dépenser à présent mille ou deux mille de plus ?

— Nous y allons, décidai-je en faisant sauter d'un coup d'ongle l'élastique qui maintenait une liasse de billets.

Le marin commença par vider de son contenu un sachet rempli de vers de vase et y enfouit sa nouvelle fortune. Ainsi les dollars ne risquaient-ils rien dans l'hypothèse d'un chavirement.

101

Puis il orienta la proue du bateau droit sur l'iceberg. A quelque vingt ou trente mètres du glaçon, il coupa les gaz et la barque continua sur son erre. Dans le silence qui venait de s'établir, on entendait les craquements de la glace qui fondait et le bruit sourd de l'eau quand elle investissait les cavernes creusées sous l'iceberg.

Au moment d'aborder, le marin donna un dernier coup de barre pour présenter l'embarcation parallèlement au flanc de glace. Nous glissâmes ainsi quelques secondes durant, puis la quille du petit bateau heurta quelque chose qui se dissimulait sous l'eau verte. Il y eut un crissement suraigu et, malgré l'immobilité de la lagune, notre esquif se mit à frétiller comme un lardon dans une poêle.

L'iceberg nous dominait de toute sa hauteur.

Le vent arrachait des paillettes de glace qui retombaient sur nous comme une pluie d'aiguilles. Il en résultait de magnifiques jeux de lumière : les rayons du soleil, réfractés et réfléchis par ces millions de gouttelettes et de cristaux, formaient un arc-en-ciel d'une définition et d'une brillance que je n'ai pas rencontrées depuis.

Léna souriait, mais il y avait encore quelque chose d'avide dans ses yeux clairs.

— Entendu, lui dis-je, gelez-vous tant qu'il vous plaira sur votre satané iceberg. Moi, je ne bouge pas d'ici.

Alors, Léna s'en alla sur la glace. Elle marchait comme une louve. Elle contourna la grande stalagmite qui figurait le pied du champignon et disparut à nos yeux.

A quel rituel singulier voulait-elle sacrifier sur la face cachée de l'iceberg ? Voilà ce que vous brûlez de savoir, n'est-ce pas, David ? Tandis que je raconte, vous échafaudez hypothèse sur hypothèse. Mais vous devinez que toutes vos suppositions seront fausses, et elles le sont, en effet.

Vous reconnaîtrez que certains mystères du ciel sur lesquels nous avons travaillé ne sont pas plus opaques ni plus confus que celui-là.

Quand Léna réapparut une dizaine de minutes plus tard, elle semblait apaisée. Elle vint vers nous en se déhanchant à nouveau comme une femme, et non plus comme un fauve. A bord, pendant que le marin s'évertuait à nous dégager de l'iceberg, je crus même qu'elle allait s'assoupir. Ses yeux se plissaient jusqu'à n'être plus que deux fentes, sa tête s'inclinait sur son épaule et, plusieurs fois, elle esquissa le geste, aussitôt réprimé d'ailleurs, de porter l'extrémité de son pouce à sa bouche.

— Tout va bien, Léna?

— Oui, murmura-t-elle, oui, Mr. Kobryn, tout s'est passé comme je l'avais prévu.

— Pouvez-vous me dire ce qui s'est passé, Léna, et ce que vous aviez prévu?

Elle sourit :

— Oh! rien d'important. Une question que je me posais, voilà tout.

Je compris qu'il ne me servirait à rien d'insister. Le canot filait sur la lagune à la rencontre des autres petits bateaux, Léna avait caché ses yeux américains derrière des lunettes noires et s'amusait à laisser traîner ses doigts dans l'eau glaciale.

Les paysages visités demeuraient exceptionnels, mais leur beauté me donnait à la longue une curieuse impression d'être au théâtre ou dans un rêve.

A présent, j'avais envie de retrouver le monde que j'avais quitté, d'entendre sonner des téléphones avec au bout du fil des personnes énervées, de recevoir des lettres m'impliquant dans tout un jeu d'actions et d'urgences. Je suppose que tel est le but de ce genre de croisière : vous arracher à votre routine puis, vers le terme du voyage, vous donner faim et soif de retrouver cette même routine.

Léna aussi, me semblait-il, était impatiente de rentrer à Puerto Montt.

Elle me parlait de plus en plus souvent de sa rue, là-bas, de la maison où elle vivait avec son frère. Il travaillait dur, comme pêcheur, et Léna avait fait le vœu de lui servir d'épouse jusqu'à ce qu'il prît une femme avec lui. Mais comment ce frère eût-il pu chercher une compagne puisqu'il passait le plus clair de son temps sur la mer ou à vendre le produit de sa pêche ?

Elle se passionna pour les instituts de mariage par ordinateur tels qu'ils existent chez nous. Elle était surtout fascinée par le fait que ce système permettait à des hommes d'entrer en relation avec des femmes vivant pourtant à des milliers de kilomètres :

— Les distances sont tellement folles, au Chili ! Alors, c'est ce qu'il faudrait à mon frère. Parce qu'il n'y a pas une seule fille digne de lui à Puerto Montt. Mais dans le Gran Norte, peut-être, une femme courageuse et qui saurait le prix des choses...

— Il y a sûrement un institut semblable à Santiago. Je me renseignerai dès mon retour là-bas.

— Merci, mais jamais mon frère n'arrêtera la pêche pour faire le voyage de Santiago.

— En ce cas, dis-je, venez à sa place. Vous connaissez ses goûts, vous remplirez le questionnaire vous-même. Apportez une photo de lui, c'est tout. Ensuite, l'agence lui enverra les candidatures à Puerto Montt. Il fera son choix comme sur un catalogue, et il lui suffira d'entrer dans une cabine pour appeler la femme qui lui plaît.

Elle se mit à rire :

— Commander une fiancée par téléphone ! Ce serait tout à fait dans les idées de mon frère. C'est un progressiste, si vous voyez ce que je veux dire. Mais voilà, reprit-elle pensivement, il y a le problème de l'argent. Vous croyez peut-être que j'ai de quoi payer le billet de train jusqu'à Santiago, les repas, les nuits à l'hôtel ? Après ce qui s'est passé, le vieil Esteban ne m'avancera sûrement pas tous ces pesos.

— Faites-moi savoir quand vous voulez venir, je vous enverrai le billet. D'ici votre arrivée, j'aurai bien trouvé une villa ou un appartement. Vous dormirez chez moi.

— Écoutez ça ! s'exclama-t-elle. Non, non, je crois que ce ne serait pas correct.

Que Léna jugeât inconvenant de passer la nuit sous le même toit que moi ne manquait pas d'ironie. Je ne pus retenir un petit sourire indulgent.

Elle avança la main, effleura mes lèvres comme pour en effacer le sourire :

— Si j'y vais, Mr. Kobryn, ce sera pour traiter les affaires de mon frère. Ce sera comme si vous receviez mon frère en personne.

Elle se leva. Elle portait, pour ce dernier jour de croisière, une robe fuschia coupée et cousue par ses soins.

— Restez, suppliai-je.

— Non, dit-elle vivement.

Portant une main à sa bouche comme pour réprimer une nausée, elle ajouta qu'elle ne m'en voulait pas d'avoir des idées d'homme en la regardant. Mais elle avait tout à coup affreusement mal au cœur.

Elle ne savait pas si c'était la conséquence du léger roulis qui agitait le bateau depuis quelques minutes, ou d'avoir évoqué son frère si stoïque et si seul.

Elle me priait de l'excuser pour tout, pour l'iceberg et pour cette soudaine envie de vomir alors que la conversation, pourtant, devenait tellement intéressante.

Plus tard, un matelot me dit lui avoir soutenu le front tandis qu'elle se penchait, très pâle, au-dessus du bastingage. Il précisa que Léna avait éclaboussé sa robe fuschia, et pleuré un petit peu.

Le lendemain, nous étions à Puerto Montt.

Il pleuvait comme au soir de mon arrivée. J'eus à peine le temps d'apercevoir Léna qui s'enfuyait, courbée sous l'averse, une main protégeant ses étranges cheveux courts et fournis comme un plumage d'oiseau, l'autre remorquant un baluchon de toutes les couleurs qui rebondissait sur le débarcadère.

Un homme en poncho brun maculé de traînées de pluie semblait l'attendre au bout du quai. Je ne sais pas si c'était son frère.

Dès mon retour à Santiago, je me mis en quête d'une maison, me reposant sur vous, David, pour ce qui touchait à la préparation de nos travaux à l'observatoire.

La *Residencia* fut la première demeure qu'on m'emmena visiter. Elle me plut d'emblée, malgré l'état d'abandon où elle se trouvait.

Elle avait appartenu à un député ou je ne sais qui de l'ancien pouvoir, quelqu'un qui s'était enfui en Argentine après l'élection d'Allende. Selon l'agent immobilier, l'homme avait autre chose à se reprocher que son militantisme d'extrême droite. Des tableaux représentant des jeunes filles entravées me firent penser qu'il s'agissait peut-être d'une affaire de mœurs. La découverte au sous-sol de rouleaux de cordages marins de différents diamètres me conforta dans ma conviction.

Même si je me trompais, l'idée que la *Residencia* ait été la tanière somptueuse d'un pervers était moins répugnante que d'imaginer la propriété servant de nid d'aigle à un aréopage de petits fascistes.

Parce qu'il avait d'autres chats à fouetter, le gouvernement marxiste ignorait superbement la *Residencia* qu'aucune réquisition ne menaçait. L'agence immobilière mettait la maison en location, sans garantie de bail :

— Si le propriétaire revient, il faudra déguerpir. Mais

c'est très improbable, señor. Pour qu'il ose remettre les pieds en ville, il faudrait que le régime s'effondre. Maintenant que le cuivre est nationalisé, nous allons réussir notre décollage économique. Notre président sera réélu autant de fois qu'il se présentera. Vous pouvez considérer cette magnifique demeure comme un bien d'État dont la jouissance vous est consentie pour aussi longtemps qu'il vous plaira.

On m'offrait, somme toute, d'être une sorte de squatter officiel. C'était amusant de me dire que j'allais occuper ces lieux en fonction de la stabilité du pouvoir. Désormais, l'évolution politique me concernait directement, je devais écouter les bulletins de la radio comme d'autres locataires prêtent l'oreille au vent qui menace d'arracher leurs tuiles.

— Où ira l'argent du loyer ?

— Sur un compte au nom du propriétaire, señor, mais un compte bloqué.

— Et si j'envisage des transformations ?

— Nous vous y encourageons, señor. Il faut donner du travail aux artisans de notre pays. Voyons, à quel genre de transformations pensez-vous ?

— Je ne sais pas. La couleur, d'abord. De quelle couleur diriez-vous qu'elle est, cette maison ?

L'agent immobilier regarda autour de lui en hochant la tête.

A l'origine, la *Residencia* avait dû être bleue. Mais les volets restés ouverts dans la précipitation du départ laissaient passer le soleil qui, peu à peu, décomposait le bleu initial. On voyait à présent monter comme une onde d'un rouge profond, qui venait du dedans des murs, s'étalait sous la couche de peinture bleue, l'irradiait pour donner une espèce de violet irrégulier.

N'y avait-il pas une autre teinte enfouie sous le rouge, et sous cette autre teinte une autre encore ?

— Finalement, dis-je, je crois que je ne toucherai à rien dans un premier temps. Par la suite, j'en parlerai avec Léna.

Rien pourtant ne m'assurait que je reverrais jamais Léna. La jeune femme m'avait quitté sans la moindre promesse, sans même un adieu. A supposer qu'elle eût marqué un quelconque intérêt à ma proposition de l'aider à caser son frère, de la recevoir chez moi en attendant de l'introduire dans une officine de mariages par correspondance, comment pouvait-elle me retrouver dans une ville comme Santiago? Nous n'avions pas échangé nos adresses.

Cependant, je n'envisageais pas de changer la couleur des murs sans prendre l'avis de Léna.

— A présent, dit l'homme de l'agence, je dois rentrer. Il n'y a aucun inconvénient à ce que vous restiez encore un moment, pour vous imprégner. Prenez votre temps, señor. Soyez seulement assez aimable pour rapporter les clés au bureau.

Il sortit. J'entendis ses pas crisser sur le gravier, puis le moteur de sa voiture ; ensuite, il n'y eut plus que la rumeur de la ville, le cliquetis du funiculaire du parc métropolitain, les cris joyeux des jeunes gens à la piscine Antilén.

L'escalier était flanqué jusqu'au premier étage d'une affreuse haie d'honneur constituée de statues de marbre, des femmes aux seins nus et lourds, de froides déesses, de fausses Grecques qui n'avaient pas leur place ici.

— Léna, dis-je, nos invités sont partis. Tu peux descendre à présent. Veux-tu que je te prépare une tasse de thé ?

Quand on rêve, c'est n'importe quoi ! Imagine-t-on une femme comme elle, une quasi-putain vivant avec son frère le pêcheur, buvant du thé ?

— Tu préfères la bière, dis-je. Je vais voir tout de suite si je te trouve une bière bien fraîche, Léna.

Je parcourus une succession de pièces immenses et désertes. Les parquets magnifiques étaient jonchés de mégots écrasés, de débris de verre et de porcelaine. L'ancien propriétaire avait dû presser excessivement les déménageurs qui vidaient sa maison. S'il avait une femme, celle-ci avait probablement souffert de voir briser ses vases, sa vaisselle.

Dans le coin d'un miroir, on avait oublié un petit bristol. C'était la carte commerciale d'une couturière à façon. Au verso figuraient un prénom, Jacinta, et un numéro de téléphone. Cette Jacinta était peut-être une des pauvres filles qui venaient à la *Residencia* se faire attacher les mains et poser des pinces cruelles au bout des tétons. Il se pouvait aussi qu'elle fût la secrétaire dévouée et clandestine à qui l'on avait téléphoné pour lui donner un ordre ultime avant de fuir. Ou enfin, plus simplement, Jacinta était le nom d'une des essayeuses d'un atelier de couture. Je n'ai jamais su la vérité sur Jacinta. Sans doute est-ce sans importance. Mais ce prénom était la seule trace humaine qui subsistât dans la maison. Le reste n'était que pierres, poussières, tringles sans rideaux. Et naturellement, il n'y avait pas de bière dans le réfrigérateur.

— Qu'est-ce que tu en dis, Léna ? Qu'est-ce qu'on décide ? On prend ? Je ne suis pas riche, je ne pourrai investir dans cette baraque que petit à petit. Et je ne resterai pas assez longtemps au Chili pour faire de la maison un palais. Mais ce sera toujours mieux que ta masure de Puerto Montt. Je ne te promets pas des meubles dans toutes les pièces. Il y a trop de pièces. Mais on invitera du monde : les consuls, les évêques, les officiers généraux, les femmes en fourreau, ça décore. Tu auras des meubles qui parlent et qui dansent le tango, voilà tout. Qu'est-ce qu'on demande au mobilier ? Juste d'occuper le terrain vide et de briller.

David, c'est la vérité. Je suis né dans une famille fauchée, et je croyais que tout le monde le savait. Mais, à la mort de mes parents, nous avons été envahis d'oncles, de cousins, de neveux qui venaient réclamer leur part d'héritage.

Quel héritage, mon Dieu ? Il n'y avait que des bêtises à leur distribuer.

Et eux disaient : « Ne soyez pas mesquins. Les fauteuils, les guéridons, les chandeliers, tout ça est à la cave ou au grenier, n'est-ce pas ? Nous venions ici pour Noël, nous avons vu toutes ces merveilles. » Ils ont fouillé partout, n'ont rien trouvé.

Ce qu'ils avaient tellement admiré dans notre pauvre salon, c'était eux-mêmes en habits de fête, c'était l'or des petites flammes des chandelles de suif, c'était la joie que ma mère mettait dans sa façon de les accueillir, de les débarrasser de leurs pelisses pleines de neige, de les servir à table.

Le lendemain, à l'ouverture des bureaux, je devins locataire de la *Residencia* pour une durée indéterminée.

Environ un mois plus tard, je vis Léna assise sur la margelle d'une fontaine du paseo Ahumada. Penchée en avant, le visage dans ses mains, elle semblait pleurer. Les jets d'eau de la fontaine avaient éclaboussé le dos de son chemisier vert, et elle n'avait plus qu'une sandale au pied droit.

Elle me reconnut, elle aussi, à travers ses doigts écartés.

— C'est une histoire de fous, dit-elle. Je ne savais pas

111

que la ville était aussi grande. Je pensais demander à n'importe qui où habitait Mr. Kobryn, et qu'on me répondrait. Mais non, les gens ne vous connaissent pas.

Je pris ses mains dans les miennes. Ses ongles étaient bordés de noir.

— Depuis quand êtes-vous à Santiago ?

— Trois jours. Emmenez-moi manger, j'ai faim.

J'en déduisis qu'elle n'avait rien absorbé depuis trois jours, et cela m'inquiéta : aurait-elle la force de s'arracher à la margelle, de me suivre jusqu'à un restaurant sans s'agripper à moi ?

Que penseraient les passants de l'Ahumada si cette fille s'affaissait sur les pavés, ses doigts sales crochant dans mon vêtement, et tout ça dans la pleine lumière de midi qui n'épargne rien, qui révélerait les cernes bistres sous ses yeux — des cernes de femme battue ou droguée, diraient-ils, car la propagande officielle niait que quiconque pût avoir faim au point de tomber en syncope ?

Les habitants de Santiago ne sont pas aussi indifférents que ceux de nos villes nord-américaines. Ils n'enjambent pas les corps étendus, ils appellent la police, et il y a toujours deux ou trois policiers à portée de voix.

Or je ne tenais pas à me faire remarquer. Au moindre incident, mon mandat scientifique pouvait m'être confisqué. Aucune police au monde n'aime ce que nous sommes, David : des hommes que la quête d'une vérité savante a rendus plus exigeants face à toutes les autres vérités.

Mais Léna se leva sans vaciller. Elle se mit à gambader autour de moi, comme une étudiante heureuse d'avoir été distinguée par son professeur, au point que celui-ci l'invite à déjeuner par un jour de beau temps.

A table, où elle se montra moins affamée que prévu, elle m'assaillit de questions sur la cherté de la vie à Santiago ; elle commença par s'enquérir du tarif des services publics, puis de celui de la nourriture, des chambres à louer, et finit par avouer en baissant les yeux d'une façon charmante qu'elle ne se considérerait comme véritablement arrivée ici que si elle pouvait glisser son corps dans une robe neuve — elle souhaitait l'acheter à un étalage en plein air, afin que l'étoffe fût encore chaude de soleil, imprégnée des effluves de la ville.

Enfin, mais seulement comme on s'acquitte d'une politesse ennuyeuse, elle me demanda si j'avais trouvé une agence matrimoniale qui accepterait de s'occuper du cas de son frère.

C'est ce jour-là que vous m'avez vainement cherché partout pour m'annoncer que les travaux à l'observatoire étaient achevés. Vous laissiez des messages de plus en plus impatients dans tous les lieux où j'étais susceptible de passer. Vous vouliez profiter d'une nuit qui s'annonçait idéale pour effectuer sous ma direction certains réglages définitifs.

Vos petits mots me firent l'effet de ces oiseaux de mer assourdissants qui se raréfient au fur et à mesure que le marin s'éloigne de la côte et gagne la haute mer.

J'entraînai Léna à la *Residencia*. Elle était toute fière de la robe neuve que je lui avais évidemment offerte en quittant le restaurant. C'était une robe d'un bleu profond, proche de ce bleu des porcelaines de Bayeux dont j'ai ici quelques jolies pièces qu'Anne vous montrera.

La présence de la jeune femme fit paraître la *Residencia* plus vaste et plus oubliée.

Je ne m'y connais guère en parfums et, de toute façon, je doute que Léna eût pu s'en payer. L'odeur subtile que je respirais était donc celle de son corps. C'était une odeur agréable mais dense, qui ne s'accordait pas avec sa jeunesse, ses cabrioles, ses éclats de rire à propos de tout et de rien. Cela montait de son dos, très précisément de la partie haute de son dos comprise entre le bas de la nuque et le sillon entre les deux omoplates que découvrait le décolleté de la robe bleue.

C'est là que je l'embrassai, tandis qu'elle s'immobilisait après avoir ouvert la porte à deux battants donnant sur le grand salon. Ce fut pour commencer un baiser presque chaste. Je n'ouvris pas les lèvres. Mon front, mon nez, mon menton la frôlèrent autant que ma bouche. D'ailleurs, elle ne se déroba pas, ni ne tressaillit, ni n'esquissa même le mouvement de se retourner.

Tout petit enfant, il m'arrivait parfois de flairer ma mère de cette manière, surtout quand elle rentrait d'une soirée et se penchait au-dessus de mon lit pour tapoter le drap. Son cou exhalait un mélange de poudre de riz, de tabac blond, et des épices dont on avait relevé les plats de son festin. Mon père appelait, depuis le fond du couloir : « Que fais-tu, Jane ? Il est tard, ne viendras-tu pas te déshabiller ? » Ma mère souriait dans l'obscurité de la chambre et disait : « Petit Burt me respire. Laisse, j'aime bien. Comme ça, je sais qu'il est vivant. »

Tandis que je restais là, le visage enfoui au creux de ses épaules, Léna entreprit de décrire à mi-voix le salon de la *Residencia* tel qu'il devrait être. Elle avait un sens inné de l'harmonie, assez inattendu chez une sauvageonne des territoires du Sud. Elle n'envisageait rien de clinquant ni d'ostentatoire, mais une sorte d'alliance sereine entre les formes, les teintes. Sa propre beauté lui avait peut-être servi d'école du bon goût.

Je me mis à lécher sa peau dont le grain, sans doute à cause de son métissage, était un peu épais.

114

— Mr. Kobryn, dit-elle en se cambrant légèrement, je ne sais pas du tout pourquoi vous faites ça.

Le savais-je moi-même ? En conduisant Léna à la *Residencia*, je n'avais pas prémédité de faire l'amour avec elle : il n'y avait pas de lit dans la maison, juste l'empreinte dans la poussière des quatre pieds d'un divan disparu.

Alors, c'est sur un banc de bois que je l'ai prise. Je l'y ai portée comme on porte un enfant, dans mes bras. Je l'y ai couchée, et j'ai bien vu que ce banc était affreusement étroit, qu'au moindre sursaut elle risquait de tomber sur le dallage ; mais du moins était-ce un banc très lisse, et doux par conséquent, sur lequel s'étaient assises des générations de Chiliens. Des entailles, sur un bord, témoignaient qu'on avait dû y hacher des feuilles de tabac au temps où l'on roulait encore les cigarettes. Il s'agissait probablement d'un banc de domestiques attachés à la grande demeure, ils le sortaient aux beaux jours et s'y installaient pour regarder le soleil surgir entre les sommets de la Cordillère.

Léna se laissa allonger dessus, les bras ballants, effleurant le carrelage de ses mains qu'elle ne savait où reposer.

Elle ne donnait pas l'impression d'abandon digne et bien poli que vous lui avez vu dans ce musée où nous sommes allés reconnaître son cadavre. Au musée, n'est-ce pas, elle semblait dormir.

Là, elle garda les yeux ouverts. Je déchirai la robe que je lui avais offerte quelques heures plus tôt. Je ne fis pas cela par goût du viol, que je n'ai pas, ni par frénésie. J'ai agi ainsi en souvenir du vieil Esteban, je savais qu'il eût aimé le bruit aigu de l'étoffe lacérée. Les petits boutons de nacre blanche sautèrent, dessinant sur les dalles une constellation qui ressemblait par hasard à celle du Cygne.

C'était la dernière fois qu'un homme traitait Léna

comme une putain : en me retirant d'elle, je la demandai en mariage.

J'ai épousé Léna par amour, oui, j'ai aimé Maria-Elena comme je vous défie d'aimer. A cet instant précis, du moins.

Sur le banc de bois, lorsque je fus incapable d'une érection de plus, je me servis de mes doigts, de ma langue, de mon menton, de mon nez même pour la fouiller. A l'aide de mes dents, j'ai épilé ses sourcils trop fournis, trop désordonnés. Elle gémissait, ma salive coulait sur ses yeux, se mélangeait à ses larmes.

Par-dessus la haie qui fermait le jardin, je vis passer un camion de l'armée plein de jeunes hommes poussiéreux qui jouaient de l'accordéon. Je dis à Léna que j'allais être pour elle tous ces jeunes hommes à la fois. Alors, et jusqu'à ce que le chant des accordéons disparût dans le lointain, j'ouvris son sexe à la limite de la déchirure, j'y glissai mes deux mains jointes. Ainsi, c'était comme si je priais en elle.

— Non, dit-elle quand je lui annonçai mon intention de l'épouser, non, je ne veux pas. Le jour où vous quitterez le Chili, vous me laisserez là. Mon père a fait pareil avec ma mère. Sûr qu'il était déjà marié en Amérique ! Mais qui d'entre nous pouvait se payer le voyage, juste pour vérifier qu'il avait déjà une femme, le salaud ? Ma mère, à Puerto Montt, tout le monde la savait mariée avec l'Américain. Elle est restée toute seule, même pas divorcée, même pas veuve. Oubliée, c'est tout. Chaque fois qu'il lui fallait un papier, un tampon, c'était toute une affaire. Occupez-vous plutôt de marier mon frère. Regardez comme il est beau.

Elle avait apporté une photo de foire, qu'elle me montra. Le garçon passait la tête à travers le hublot d'un faux avion en carton découpé. Sous le bâti de l'avion, on voyait ses grosses chaussures, dont l'une n'avait plus de lacet, et l'autre une couche d'étoupe pour remplacer la semelle. Il avait le visage lunaire et les cheveux huileux.

— On va essayer de lui trouver une femme, dis-je.

Nous visitâmes plusieurs agences. Je m'arrangeais pour ne présenter la photo du frère qu'au tout dernier moment ; car alors, ça ne ratait pas, on nous reconduisait à la porte.

Mais avant de nous flanquer dehors, tant qu'on croyait que c'était Léna qui cherchait une âme sœur, on ouvrait devant nous de grands albums richement reliés, pleins de photos de mariages plus magnifiques les uns que les autres, de menus de repas de noce, de fleurs séchées, de fragments de tulle. On nous lisait des extraits de lettres d'amour. Parfois, un vieux tourne-disque jouait en sourdine une chanson française. On alla jusqu'à nous offrir de la tisane sucrée, parfumée à la fleur d'oranger.

C'était uniquement pour cette panoplie sentimentale que je traînais Léna d'officine en officine, la plongeant, sans qu'elle parût deviner le piège, dans un univers obsessionnel d'épousailles, de calèches décorées, d'orgues et de robes blanches.

Ajoutés à la fatigue, l'odeur d'encaustique des vieux immeubles et les pouvoirs lénifiants de la fleur d'oranger provoquaient en Léna des sortes de défaillances. Elle s'appuyait alors sur moi, je caressais son visage qu'elle n'avait pas lavé depuis l'amour, dont la peau s'était comme raidie sous le sperme et la salive dont je l'avais baignée.

— Où vais-je dormir cette nuit ? chuchota-t-elle au soir du premier jour. Votre maison est vide, et je n'ai plus d'argent pour une chambre.

117

Je lui offris mon appartement à l'hôtel, précisant que je devais travailler toute la nuit dans la Cordillère.

Elle accepta et dit que je trouverais à mon retour le lit vide et refait, car elle repartirait très tôt le matin pour Puerto Montt. Elle me remercia de ce que j'avais fait pour son frère : ce n'était pas de ma faute si cela avait échoué, mais sans doute celle de son frère qui avait eu le tort de se faire photographier dans une posture ridicule. En réalité, disait-elle, il n'était pas lui-même sur ce cliché ; sa force et sa beauté ne se révélaient vraiment que quand il était en mer, surtout par grande houle, il avait alors le profil mystérieux et puissant des idoles de l'île de Pâques.

Je lui expliquai le fonctionnement du climatiseur et celui de la robinetterie. Elle éteignit les lumières de la chambre, elle embrassa ma bouche, puis, se séparant brusquement de moi, elle se jeta sur le lit, le visage enfoui dans l'oreiller. Je crus qu'elle pleurait. Elle priait la Vierge de me protéger toujours et de m'aider à découvrir cette étoile sur le point de naître que je cherchais dans le ciel.

Cette nuit-là commençait officiellement ma mission à l'observatoire.

Vous m'attendiez là-haut en grelottant, vos malheureuses bottines imbibées de neige. D'une certaine façon, vous étiez aussi pitoyable que le frère de Léna. Agité de tremblements incoercibles, vous sembliez sur le point de vous disloquer. Vous auriez tout aussi bien pu m'attendre à l'intérieur, ou du moins à l'orée du sas. Mais non, vous vouliez donner à mon arrivée une grande solennité, et me prouver d'emblée qu'il n'y aurait pas de limites à votre dévouement. Je crois avoir été assez ingrat pour vous rappeler qu'un assistant malade ne me serait d'aucune utilité. Vous avez souri d'un air entendu.

Avant de pénétrer dans l'observatoire, nous regardâmes un moment les immenses coupes blanches des antennes paraboliques.

L'atmosphère était d'une pureté extraordinaire. Des étoiles habituellement voilées par le brouillard ténu qui monte de la terre étaient ce soir-là visibles à l'œil nu. L'extrême froidure m'obligea à plisser les yeux, jusqu'à ne plus garder dans mon champ de vision que cette portion d'infini où, à des millions d'années-lumière, je prévoyais l'effondrement d'un grand nuage interstellaire et la naissance d'une étoile.

Dans la salle de calcul, les techniciens chiliens avaient dressé une table sur des tréteaux, disposé des coupes de champagne et des petits fours. Je leur dis que si des discours devaient être prononcés, il ne fallait pas compter sur moi pour y répondre, car j'étais ému et j'avais envie de me taire. Ils lurent tout de même l'un après l'autre les allocutions de bienvenue qu'ils avaient préparées.

Je trouvai étrange, et presque déplacé, d'entendre parler l'espagnol par d'autres que Léna. Cela me fit l'effet d'une caricature, comparé au langage moins rauque et moins tonique qui était celui de Léna. Cela m'agaça. Je demandai qu'on voulût bien abréger.

Il était d'ailleurs plus que temps de nous mettre au travail. J'avais choisi d'appliquer la méthode d'interférométrie à très longue ligne de base, des radiotélescopes situés à des distances de plusieurs milliers de kilomètres étant associés pour étudier la même radiosource à un moment rigoureusement identique. Nous obtiendrions alors une résolution supérieure à 10^{-3} seconde d'arc. Cela supposait évidemment une synchronisation parfaite, donc une prise de tops horaires aussi rigoureuse que possible. La première tâche à laquelle nous devions nous consacrer était la recherche de cette simultanéité.

Il s'agit là d'une opération peu gratifiante. Je vous en laissai le soin. Assis en retrait, j'observais votre minutie et votre zèle. Vos bottines détrempées produisaient un petit bruit crispant, mais, à ce détail près, vous étiez admirable.

Léna m'attendait à l'hôtel. Non qu'elle eût changé ses plans, mais elle n'avait pas su régler la minuterie du réveil. L'heure du train de Puerto Montt était passée.

Je me déshabillai et me glissai près d'elle.

— Vous êtes froid, Mr. Kobryn. Les hommes de chez moi ont souvent les pieds froids, mais là c'est vous tout entier qui êtes glacé.

— Il a neigé toute la nuit sur la Cordillère.

Elle m'attira contre elle, nos visages se touchèrent. Elle avait le souffle brûlant et fade des femmes qui ont dormi la bouche fermée.

— Avez-vous vu votre étoile, Mr. Kobryn?

— Oh! cela va prendre des mois et des mois. Et puis, elle n'existera peut-être jamais. C'est comme le train de Puerto Montt, ajoutai-je, peut-être que tu ne le prendras pas, peut-être qu'il n'existera jamais pour toi, lui non plus.

Elle se mit à rire :

— Oui, oui, Allende va supprimer tous les trains et les remplacer par des avions. Fini, on ne se tortillera plus pendant des jours dans la poussière. On verra les choses d'en haut. On dira que tout ça est à nous, parce que quand ça a l'air petit on croit qu'on peut l'avoir.

Je me recroquevillai et me fis aussi petit que possible

pour qu'elle eût envie de m'avoir à elle. Quand je me rétrécis de cette manière, les femmes ont habituellement tendance à me caresser la tête, en particulier les femmes qui ont connu beaucoup d'amants. Léna ne fit pas exception. Avec douceur, elle entreprit de me gratter la nuque.

— Pauvre Mr. Kobryn qui a eu si froid dans la montagne ! dit-elle.

— Je ne me réchaufferai jamais, fis-je en réussissant une pleurnicherie parfaite, ce sera comme ça tous les matins et tu ne seras pas là.

Je me dressai brusquement — les enfants ont de pareils sursauts, je les ai bien observés — et la pris aux épaules :

— Je t'épouse, Léna. Je suis un Américain habitué à voir tout plier devant moi. Aussi puis-je arranger les choses de telle façon que ce n'est pas encore demain que tu prendras le train de Puerto Montt.

— C'est pourtant un joli train, dit-elle. Il y a des rideaux blancs aux fenêtres.

— Tu peux en faire ton deuil, dis-je. Sais-tu ce qui va se passer, si on ne se marie pas ? Tu vas devenir ma maîtresse ! Oui, tu l'es déjà, mais je parle ici d'une maîtresse permanente, d'une femme qui me serrera contre elle tous les matins, d'une femme qui se tuera à me réchauffer. Et en échange de quoi ? Des nèfles !

Elle se cabra à son tour, des gouttelettes de salive chaude jaillirent de sa bouche et vinrent frapper mon visage. Elle soufflait comme un chat furieux :

— C'est sûr, Mr. Kobryn, c'est mon destin de toute façon, avec vous ou avec n'importe qui d'autre.

Elle n'aimait pas qu'on lui rappelât qu'elle ne valait rien comme prostituée — je veux dire en ce qui concerne les marchés qu'elle passait avec les hommes ; cette fille magnifique aurait dû toucher son premier million de pesos depuis longtemps, et elle en était loin.

Je pris sa figure dans mes mains, mes doigts étirant davantage ses yeux fendus. Ses lèvres avaient gonflé d'un coup, comme si elle était au bord des larmes. Cela me fit rêver au bel enfant qu'elle finirait bien par me donner, et je le lui dis. Elle cria :

— Eh bien, je peux faire un enfant sans être mariée, ça a déjà failli arriver !

— Mais je veux qu'il s'appelle Kobryn.

— Vous n'aurez qu'à le reconnaître.

— Il ne sera pas à moi, Léna. Tu l'emmèneras à Puerto Montt, je ne le verrai pas, je ne pourrai rien lui apprendre. Comment vous retrouver, l'enfant et toi, parmi toutes ces îles ?

Elle était ingrate. Je lui offrais ce qu'aucune petite putain australe n'a jamais osé rêver : la nationalité américaine, une villa à l'antique sur les pentes du cerro San Cristobal puis une maison dans la banlieue verdoyante d'une grande cité US, un compte en banque personnel que je m'engageais à alimenter au fur et à mesure qu'elle le viderait pour des stupidités.

Elle murmura, à peu près indifférente, qu'elle aurait tout ça quand elle voudrait. Tout ça et le reste, ajouta-t-elle sans préciser ce qu'était le reste.

J'admis qu'elle pouvait espérer obtenir tout cela sans moi. Puerto Montt ne resterait pas toujours le bout du monde. Il y viendrait d'autres touristes que ces jeunes gens crasseux, que ces vieux Allemands apeurés qui n'en finissent pas de fuir un mélange absurde de passé et d'avenir. D'accord, mais quel âge aurait-elle quand des hommes d'envergure descendraient enfin claquer leur fric tout en bas du continent ?

— Bah ! dit-elle.

L'argent ne l'intéressait pas. Elle avait vu trop de gens réussir à vivre sans en posséder vraiment. Elle se souvenait aussi d'avoir été témoin d'une attaque de banque au cours de laquelle les gangsters étaient tombés sous les rafales des policiers. Ils gisaient là, sur le trottoir, couverts de sang et de débris de verre provenant de la vitrine de la banque. Léna n'avait su que penser. Elle ne comprenait pas dans quel espoir ils avaient joué leur vie. Ne venait-elle pas de faire l'amour avec eux? Que voulaient-ils d'autre au point d'en mourir?

Léna m'écarta, quitta le lit. Elle se mit à déambuler toute nue dans la chambre, fébrile comme ces chiens qui attendent qu'on leur ouvre une porte.

Elle était d'une beauté parfaite. De ses longs doigts aux extrémités légèrement aplaties, elle massait ses reins où les draps avaient marqué. Malgré sa jeunesse, c'est à l'automne qu'elle me fit songer : elle en avait la tiédeur et le parfum doucereux, ses pieds se recroquevillaient sur la moquette et se cambraient, et repartaient un peu plus loin comme des feuilles mortes promenées par le vent, et la lumière jaunâtre dans la chambre accentuait encore cette impression d'ensoleillement brouillé.

— Je t'aime, dis-je.

— Vous partirez, dit-elle.

— Avec toi, avec l'enfant.

— Non, non, sans moi et sans l'enfant. Les Américains partent toujours. Mon frère a la radio sur son bateau, il l'écoute, il m'a raconté. Qu'est-ce qui s'est passé, au Vietnam? Vous n'êtes pas partis du Vietnam, peut-être? Bien sûr que oui, *gringo*, en abandonnant plein de femmes comme moi. Mon frère pense comme Allende, et je pense comme mon frère : on ne peut pas avoir confiance en vous.

Elle s'était adossée à la fenêtre. Il suffisait aux gens dans la rue de lever le nez pour apercevoir ses épaules, son dos, la cambrure de ses fesses. Heureusement, la vitre s'embua sous l'effet de la chaleur de son corps ; car j'étais jaloux à l'idée qu'on pût la voir nue, surtout des hommes de passage.

Elle inclina la tête sur le côté, si joliment que j'avançai vers elle pour embrasser sa bouche et toucher sa poitrine. Elle m'arrêta en crachant par terre, juste à mes pieds. Je baissai les yeux. La moquette mit de longues secondes à boire la petite mousse claire.

— La seule chose, dit pensivement Léna, c'est qu'à Puerto Montt, je ne me marierai pas devant Dieu. Ou alors très tôt le matin, et il n'y aura personne dans l'église. Et jamais on ne me permettra de mettre une robe blanche.

Je me rappelai les paroles du marchand de crustacés : il arrivait que Léna rêvât tout haut devant les hommes qui la désiraient. Il fallait alors saisir ces rêves comme on saisit sa chance.

Dieu ne me coûta que quelques dizaines de dollars. Il n'était pas cher de louer une église et les services d'un prêtre. Mais la robe blanche engloutit deux mois de mon traitement.

Léna choisit la plus somptueuse, la copie d'un modèle qui avait eu, paraît-il, les faveurs des cours princières en Europe.

La question de prix mise à part, je trouvai d'abord cette robe un peu lourde. Mais quand Léna se glissa dedans, l'espèce de pâtisserie s'épanouit autour d'elle, s'allégea de façon presque miraculeuse : le satin épousait étroitement les formes de son corps, les grandes ailes de tulle s'éva-saient et suggéraient l'idée de Léna courant dans une brume blanche, et les larges rubans qui m'étaient apparus

125

comme des liens devenaient des plumes allongées par le vent de la course, ils soulevaient Léna de terre au lieu de l'y enchaîner.

L'essayage eut lieu dans une boutique obscure, un jour pluvieux en fin d'après-midi. Léna n'en était pas moins éblouissante.

Alors, je dépensai sans compter. Je louai des calèches aux capotes vernies, destinées au transport des invités de la noce ; et aussi quelques limousines allemandes pour les vieilles dames, car ces personnes ont des frayeurs en pensant que les chevaux tirant les calèches pourraient bien s'emballer, et l'odeur mêlée du cuir et du crottin est parfois trop grisante pour elles.

Ensuite, je me préoccupai de savoir qui Léna et moi allions convier à la cérémonie.

Pour moi, la liste était vite faite. Ce qui me restait de famille voyait dans ce mariage un caprice exotique, comme de rapporter d'Autriche un chapeau tyrolien.

Sally Nathanson elle-même, bien que mariée de son côté, si aimante et si dévouée d'habitude, m'écrivit une lettre tachée de larmes : « *J'ai toujours su*, disait-elle, *que tu épouserais une indigène d'un pays lointain. Je pensais toutefois que ce serait une Noire, parce qu'elles transpirent moins que nous autres, et je connais ton aversion pour les peaux moites et l'odeur de la sueur. Est-ce d'avoir aimé une infirme qui t'a donné le goût des femmes différentes ? Je dis cela par pure méchanceté, mon cher Burton, et pour que tu te poses à jamais la question. Je souhaite que tu ne puisses ni contempler ni surtout baiser ta métisse sans avoir eu auparavant une pensée pour moi.* »

Mes oncles me firent savoir qu'ils me déshéritaient, ce qui, vu l'état lamentable de leurs fortunes respectives, n'avait qu'une importance très relative. Ceux de mes collègues qui prirent la peine de répondre à l'annonce de

126

mon mariage n'envoyèrent pas de cadeaux, sous prétexte que le service postal fonctionnait mal.

Un attaché de l'ambassade des États-Unis et vous, David, étiez les seules personnes certaines.

De son côté, Léna n'avait que son frère au visage de lune et aux cheveux gras ; et peut-être se trouverait-il en mer la semaine de nos noces.

Léna s'était enthousiasmée pour les calèches et les voitures noires. Elle éprouva un vif sentiment de frustration quand je lui avouai que tous ces véhicules risquaient fort de rouler à vide, et que la cathédrale métropolitaine serait à peu près déserte. Léna avait rêvé d'une foule bruissante envahissant la plaza de Armas qui fait face à l'église, de toute une multitude de femmes et d'enfants endimanchés l'assourdissant de leurs vœux de bonheur. Au lieu de quoi nous serions probablement relégués vers un autel latéral et nous sortirions de la cathédrale au milieu d'une indifférence générale.

— Tu as de l'argent, dit-elle, mais personne pour profiter de ta générosité.

— Il y a l'attaché d'ambassade, rappelai-je. Tout le monde n'a pas un attaché d'ambassade à son mariage.

— Tu ne verras pas le pan de son froc ! fit-elle avec dépit. Il fera prendre des renseignements. Quand il saura ce qui l'attend, cette horrible solitude, il ne se dérangera pas.

Elle avait sans doute raison.

Nous venions d'emménager à la *Residencia*. Le premier livreur à sonner à notre porte fut celui de l'imprimerie qui avait composé nos faire-part. Ceux-ci s'empilaient maintenant sur le marbre de la cheminée, car nous ne possédions pas encore de table. Emballés dans du papier brun, nos cartons montaient presque jusqu'au plafond. Ils nous narguaient. Nous les regardions avec un mélange de haine et d'humiliation. A plusieurs reprises, Léna esquissa le geste de démolir leurs piles prétentieuses.

— Laisse, dis-je. Il y a trois semaines que la terre n'a pas tremblé. On va y avoir droit, et à la moindre secousse...

Le soir même, en effet, vers dix-huit heures, la terre eut un léger soubresaut et les faire-part s'écroulèrent. Ça ne résolvait rien. D'une certaine façon, c'était même pire : je devais quitter Santiago pour monter dans la Cordillère, Léna restant seule pour ramasser ces stupides bristols qui s'étalaient partout.

Alors, dès le lendemain, j'entrepris de distribuer nos invitations aux jeunes gens qui prenaient le soleil et se baignaient à la piscine Antilén. J'en donnai aussi quelques liasses aux employés du parc métropolitain, j'en laissai à la disposition des voyageurs sur les banquettes du funiculaire. Certains les lisaient distraitement, puis les jetaient. Mais la plupart des gens les glissaient dans leurs poches. Les Chiliens aiment les réceptions, ils ne trouvent jamais incongru d'y être conviés, même quand ils ignorent qui les invite et pourquoi. Ils partent du principe que leur présence suffit à justifier l'existence d'une *party*.

J'exultai :

— Ce sera plein, Léna, la bousculade des grands jours. Je me demande à présent s'il ne serait pas plus sage de prévoir un service d'ordre sur la plaza de Armas ?

J'appelai l'attaché d'ambassade et le suppliai de me confirmer sa présence.

— Ma future femme est à moitié américaine, lui dis-je. Mais elle n'a pas beaucoup de tendresse pour cette moitié d'elle-même. Une habile démonstration de puissance et de faste pourrait ramener Maria-Elena à de meilleurs sentiments.

— Qu'appelez-vous une habile démonstration de puissance ?

— Votre voiture avec les fanions US sur les ailes et des motards tout autour. Enfin, il me semble, *sir*.

— Tout ça pour une fille, Mr. Kobryn ?

— Attendez de la voir, *sir*, vous comprendrez.

J'ajoutai que les habitants de Santiago seraient là, eux aussi, entassés dans des calèches et des Mercedes. Il y aurait une majorité de jeunes. Ce n'était pas du temps perdu, selon moi, de leur montrer que cette Amérique qu'ils essayaient de mettre à la porte acceptait volontiers de se mêler à eux, de prier, de chanter et de boire avec eux.

L'attaché d'ambassade n'était pas sûr que j'eusse raison. Il craignait que sa voiture ne fût dégoulinante d'œufs pourris et de légumes mous. De toute façon, c'était son métier et non le mien de savoir ce qu'il convenait de faire pour redorer le blason des États-Unis d'Amérique auprès du peuple du Chili.

Il ne vint pas à la cathédrale, et vous non plus parce que vous aviez pris froid à force de patauger dans les neiges de la Cordillère.

Ce fut tout de même un beau mariage. La foule ne fut pas considérable au point d'envahir la plaza de Armas, mais il y eut près de deux cents personnes dans la nef, et pas une calèche ne roula à vide.

Jusqu'à la dernière minute, Léna espéra l'arrivée de son frère. Mais les bulletins météo signalaient un front de tempête sur les côtes australes ; et tandis que Léna enfilait ses gants blancs qui lui montaient jusqu'aux coudes, son frère le pêcheur luttait probablement contre des vagues de dix mètres de creux et des rafales soufflant à plus de cinquante nœuds.

J'avais prévu sa défection, car on ne peut être sûr de rien quand on a affaire à des marins. Donc, c'est un général d'aviation en retraite qui vivait près de la *Residencia*, Fernando Cabrez y Soral, qui conduirait Léna à l'autel. Il se présenta en grand uniforme. Le ciel était ce jour-là d'un bleu très pâle.

Dans la voiture qui m'emmenait à la cathédrale, une chose déconcertante m'arriva : je vis mon avenir, ou quelque chose qui se prétendait tel, en une succession d'images fixes, léchées et vernies comme des tableaux anciens.

Les scènes ne comportaient rien de tragique, rien d'exaltant non plus. Juste un homme et une femme mangeant face à face, dormant côte à côte, voyageant ensemble dans des avions, s'extasiant devant des plants de tournesol qui fleurissaient dans le jardinet de leur maison, et dressant un portique pour un enfant qu'ils avaient mais que je ne voyais pas.

Les fleurs de tournesol s'épanouissaient à une saison qui n'était pas la bonne, car il y avait des plaques de neige sur le toit de la maison et sur le macadam de la route. Au milieu de tant de sérénité, quelque chose était déréglé.

L'infini est ainsi, tranquille, immuable en apparence. Il suggère une impression de quiétude et d'éternité. Mais le ciel est une épouvante. Il existe des régions où la matière est avalée, digérée, jamais restituée.

Je compris que les tournesols de ma vision, les visages paisibles de l'homme et de la femme dressant un portique pour leur enfant, la neige scintillante sur le toit, étaient un mensonge comme le ciel. Peut-être une réponse de mon subconscient à la peur tapie au fond de moi, une peur telle que je la refusais. Alors des glandes secourables déchargeaient en moi des substances chimiques destinées à assourdir cette peur, à transformer ma terreur en extase.

En approchant de la plaza de Armas, je vis le long cortège des calèches.

Toutes ces jeunes filles en robes claires, ces jeunes gens dont quelques-uns avaient apporté leur guitare ou leur flûte, faisaient un spectacle ravissant. Le vacarme des camions couvrait leur musique, mais, aux regards chavirés des jeunes filles, on comprenait qu'il s'agissait de chansons d'amour.

Je baissai la vitre de la Mercedes pour les écouter, pour entendre aussi claquer les fouets des cochers. Les invités me montraient du doigt et disaient : « Voilà le marié, un Américain, un astronome qui a choisi notre Chili parce qu'on y voit les étoiles mieux que de nulle part ailleurs ! Il se sert du pays comme d'un marchepied. »

C'était dit sans méchanceté, joyeusement.

Je sais qu'il est facile, le drame accompli, de prétendre en avoir éprouvé le pressentiment. Mais en remontant ce cortège de filles et de garçons insouciants, j'eus l'intuition, comme je venais de l'avoir à propos de mon avenir, que cette liesse ne durerait pas.

Il y avait dans les parcs et les jardins une éblouissante floraison de ces petites fleurs jaunes qui, là-bas, annoncent le printemps. Bien que leur cœur ne fût pas d'un noir aussi large, ces fleurs étaient les sœurs des tournesols dont j'avais eu la vision.

J'entrai dans la cathédrale. Le général d'aviation avait déjà conduit Léna jusqu'au prie-Dieu dans le chœur. Il s'éclipsa après m'avoir félicité sur la beauté incomparable de ma fiancée.

Je m'agenouillai près de Léna. Elle me sourit, c'était pour elle un jour extraordinaire.

— Tu as bien fait les choses, dit-elle. Tu sais, je n'ai plus de regret de l'absence de mon frère. Il n'aurait pas compris, il n'a jamais imaginé des choses aussi merveilleuses que tous ces gens qu'on ne connaît pas et qui ont pourtant mis leurs plus beaux habits pour venir à notre mariage. Mais pourquoi es-tu en retard ? Oh ! j'ai failli penser que tu ne viendrais pas, que tout ça allait disparaître.

— J'ai été retenu à l'observatoire. Un crépitement.

Cette nuit-là, après la prise des tops horaires, nous avions soudain capté une émission insolite en provenance d'une région de l'espace jusqu'alors silencieuse.

Le signal était faible, saccadé, entrecoupé de longs mutismes. Nous essayâmes de l'amplifier, mais en vain. D'une certaine façon, il semblait nous fuir, se perdre dans l'infini. Sa transcription graphique était absurde. Sur l'oscillographe cathodique, cela ne ressemblait à rien : une sorte de tousserie rauque et désespérée, comme produite par un banc d'électrons malades. L'ordinateur auquel nous avions immédiatement fourni des données magnétiques formula des réponses incohérentes.

Votre absence n'arrangeait pas les choses. Tous ces appareils étaient un peu votre ménagerie privée, ils ne m'obéissaient pas avec la promptitude voulue. Énervé, j'accumulais les fausses manœuvres.

Le jour était levé depuis deux heures lorsque le ciel se tut enfin. J'en éprouvai un soulagement. Nul doute que nous venions d'assister à la mort de quelque chose.

— Est-ce que tout ce qui meurt crépite ? me demanda Léna tout bas.

Je posai un doigt sur ses lèvres et lui dis qu'il ne fallait pas parler de cela le matin de notre mariage.

La journée fut admirable, et nous pûmes profiter pleinement de la terrasse et des jardins de la *Residencia.*

La vieille demeure s'ébrouait dans la lumière et les rires des jeunes gens. Ceux-ci couraient d'une pièce à l'autre en poussant des exclamations de surprise : jamais, me dirent-ils, ils n'avaient été autorisés à pénétrer dans la maison du temps de l'ancien propriétaire. Ils ne savaient pas que c'était si beau.

Les filles harcelaient Léna, exigeant qu'elle leur racontât comment elle allait à présent arranger, meubler, décorer les immenses pièces vides. Les garçons caressaient en riant les seins des déesses de marbre et les comparaient avec mille moqueries aux poitrines des fillettes présentes.

A la cuisine, le général d'aviation causait avec l'attaché d'ambassade qui avait fini par venir, mais en taxi, nous privant du spectacle de sa voiture officielle avec des drapeaux sur les ailes. Le vieux général et le diplomate prétendaient se réfugier à la cuisine pour échapper au charivari des jeunes gens et pouvoir deviser tranquillement de l'avenir du Chili. En réalité, ils étaient plus près du réfrigérateur où j'entreposais les alcools.

C'est à peine si je réussis à échanger trois mots avec Léna. Je passai le plus clair de l'après-midi à répondre à des questions sur l'astronomie et à régler des factures qu'on m'apportait — la note des cochers, des chauffeurs de limousines, celle des choristes de la cathédrale.

Mais chaque fois que la ronde des invités me lançait vers Léna et que celle-ci m'apparaissait soudain au milieu de son cercle de jeunes amies, une bouffée de joie m'envahissait. Je me rappelais les paroles du prêtre : « *... et ils ne*

133

feront qu'une seule chair ! » J'éprouvais la vérité de cette phrase avec force et certitude. Comme j'avais eu froid sans le savoir, avant Léna !

Car c'était moi, autrefois, qui réchauffais Sally Nathanson.

Qui se serait intéressé à une pauvre fille incapable de dire *oui, j'ai envie de toi, oui, viens en moi, maintenant, mon amour, maintenant !* sans l'aide d'une ardoise et d'un morceau de craie ? Quand elle n'écrivait pas les choses, elle poussait ces cris inarticulés dont je vous ai parlé, dont je doute que beaucoup d'hommes eussent supporté de les entendre. Ce n'est certes pas très honorable à avouer, mais Sally et moi avons pu nous aimer parce que je ne suis pas très friand de mondanités. Comprenez bien, David, qu'il était impossible d'emmener Sally au restaurant sans que toutes les têtes se retournent dès qu'elle se mettait à essayer de parler.

Les gens se retournaient aussi sur Léna, mais pas par pitié. N'importe qui était prêt à l'aimer. Et encore ne savaient-ils pas qu'elle avait enchanté les hommes les plus riches de Puerto Montt et les avait pliés à ses rêves.

Comme le soir tombait, d'autres jeunes gens qui sortaient de la piscine Antilén, guidés par la musique que jouaient nos invités, s'approchèrent de la *Residencia.*

Bien qu'ils n'eussent ni longues barbes ni couronnes d'apparat, ils venaient comme des Rois Mages : les rires et les chansons leur annonçaient que quelque chose d'heureux était arrivé là, derrière les murs de la vieille maison, et ils voulaient voir, admirer, partager, et ils s'arrêtaient éblouis devant Léna dans sa robe blanche. Certains s'en allaient sans un mot puis revenaient bientôt avec des cadeaux, de petits poissons marinés dans du jus de citron ou des coquillages préparés avec de l'huile et des oignons hachés. D'autres apportaient du vin.

Les lumières de Santiago scintillaient en bas de la colline. Cela me troubla. Ces petites étoiles-là valaient bien celles du ciel. Elles balisaient chacune quelque chose de vivant, peut-être des fêtes comme celle que ces garçons et ces filles inconnus étaient en train d'improviser pour mon mariage.

Si j'ai jamais douté de ce que vous appelez respectueusement ma « vocation », ce fut en cet instant. Léna venait de me rejoindre et, pour la première fois depuis notre départ de la cathédrale, je l'avais prise dans mes bras. Au fond de moi, je cherchais la phrase par laquelle je lui annoncerais mon intention de renoncer à fouiller le nuage interstellaire.

Il arrive à tout homme, un jour, de douter de soi au point de rejeter tout ce qu'il a bâti. Aussi fugitive soit-elle, c'est une crise extrêmement pénible et douloureuse, dont il reste toujours quelque chose même si elle est surmontée. Je suis certain que ce doute amer peut parfois entraîner vers le néant l'homme tout entier, le mener au suicide.

J'étais alors dans cet état d'esprit, et je dis à Léna :

— Verrais-tu un inconvénient à ce que je change de métier?

— Lâcher les étoiles? C'est ta passion!

— J'ai peur que ce soit un job, simplement un bon job.

— Quel autre métier voudrais-tu faire?

Je lui montrai les lumières de Santiago :

— Quelque chose qui ait un rapport avec ça. Je pourrais acheter un cinéma. Il s'agit toujours d'optique, après tout.

Je nous voyais déjà, elle et moi, après la dernière séance de la nuit, parcourant les travées pour ramasser les objets perdus, les bâtonnets de chocolats glacés, les bijoux de pacotille tombés sous les sièges. Nous ferions battre les portes à hublots pour dissiper l'odeur fauve. Léna grimperait sur un escabeau pour agrafer les affiches et les photos du prochain spectacle. Le régime chilien nous permettrait de programmer des films soviétiques étranges.

— Quelle drôle d'idée, fit Léna. Tu as trop bu, voilà tout. Reste ce que tu es. Tu ne vois donc pas comme tu les excites avec tes histoires d'étoiles ? ajouta-t-elle en se tournant vers les jeunes gens qui avaient envahi la maison.

— Ils posent des questions par politesse, dis-je.

À la fin des dîners mondains, il était fréquent qu'on m'interrogeât sur mes activités et les mystères de l'astrophysique ; mais c'est à peine si l'on écoutait mes réponses.

Léna sourit :

— Oh ! très bien, je vois ce qui ne va pas. Viens.

Elle prit ma main, m'entraîna vers l'escalier. Nous montâmes entre la double haie de déesses de marbre. Certaines avaient les lèvres luisantes de salive, parce que les jeunes hommes s'étaient amusés à les baiser sur la bouche ; d'autres avaient autour du cou des chapelets de saucisses à cocktail.

Là-haut, dans ce qui allait devenir notre chambre et qui n'était encore qu'un parquet désert avec un matelas, Léna prit mon poignet pour regarder ma montre.

— Minuit, dit-elle, c'est fini, nous ne sommes plus le jour de mon mariage. Je peux enlever cette belle robe, à présent.

Elle se déshabilla. Une fois dévêtue, elle me pria d'en faire autant. Elle avait l'habitude des hommes désemparés, dit-elle encore. Tous ses clients de Puerto Montt étaient ainsi, sinon ils n'auraient jamais déchu au point de s'afficher avec elle. Ils venaient quand l'angoisse les tenaillait plus fort que leur fierté. Léna ne soulageait pas seulement leur désir, mais leur âme. Quand elle s'allongeait sur eux, elle avait l'impression de les panser, d'être une charpie apaisante et douce.

— J'avais surtout des vieillards, dit-elle, des vieillards comme don Esteban. Les vieux ont des détresses terribles, ah ! tu n'as pas idée. Je n'essayais pas de les tromper, je ne leur mentais pas en leur racontant qu'ils étaient mieux que certains jeunes. Je criais quand ils s'enfonçaient en moi, c'était ma spécialité. Et ça les étonnait. Ils disaient : « Les autres filles ne crient pas, elles font semblant de jouir. » Je leur répondais : « Oui, mais c'est avec moi que tu montes quand ça ne va pas. Parce que je crie. Ça te réveille, pas vrai ? » Des fois, le vieil homme criait aussi. On criait tous les deux. C'était du vacarme, bien sûr, mais je ne recevais que les jours où mon frère était en pêche. Ça leur faisait du bien, aux vieux. Ils disaient : « Léna, je devais gueuler comme ça quand j'étais petit. Depuis, je n'ai jamais osé. Sauf au football. » J'espère que tu vas oser, toi aussi. Avec toute cette musique en bas, je serai seule à t'entendre. Après, tu verras comme tu te sentiras mieux.

Je ne criai pas, cela m'eût rappelé Sally Nathanson. Tant de choses, déjà, me rappellent Sally Nathanson. Mais quelque chose gronda au fond de moi, c'est vrai. Léna serra mon sexe entre ses genoux, le fit rouler. La laine noire de son pubis écrasa mon front, des larmes visqueuses et chaudes ruisselèrent sur mes joues. J'ouvris la bouche, je les recueillis. C'était puissant et parfumé, le jus d'un grand fruit patiemment mûri. Je bus comme je n'avais jamais bu, tétant la source pour la raviver quand il me semblait qu'elle allait se tarir. Je bus impunément, car ce qui coulait de Léna n'enivrait pas, ne rassasiait pas. Je pensai : « Cela peut durer indéfiniment, il faut que cela dure indéfiniment. »

Cela ne dura que le temps qu'elle voulut bien, un temps que je fus incapable d'évaluer. Léna disait : « Oh ! juste quelques secondes à peine, voilà ce que ça a duré ! » et je la croyais ; et elle disait encore : « Quelques secondes à peine ? Tu veux rire ! Tu m'as bue des heures, je me suis endormie sur toi », et je la croyais toujours.

La seule chose certaine est que le jour ne s'était pas levé quand elle s'écarta de moi.

Les jeunes gens avaient quitté la maison, laissant des mots de remerciement coincés dans le cadre du miroir, près du bristol oublié par la couturière Jacinta.

Un tremblement de terre timide faisait rouler des bouteilles vides sur le plancher.

Je m'avançai sur la terrasse. Sans hésiter, sans effleurer les lumières de la ville en contrebas, mon regard monta vers le ciel. Je reconnus les étoiles. Je me souvins du spectre de chacune d'entre elles. La crise était passée. Je ne doutais plus. Léna était le bonheur.

Léna meubla la maison, cette entreprise l'occupa jusqu'à la fin de l'été.

Je m'attendais à ce qu'elle eût cette fringale de dépenses dont sont coutumiers les gens qui disposent soudain de sommes importantes après avoir connu la pauvreté. Mais Léna rassembla le mobilier et les objets du ménage avec une lenteur déconcertante. Elle achetait les chaises à l'unité, les couverts un par un. Il arrivait alors que certains ensembles fussent dépareillés, et la *Residencia* prenait ainsi des allures de musée où chaque pièce exposée est unique.

Léna marchait de longues heures dans Santiago, s'arrêtant devant chaque vitrine et notant dans un carnet la description et le prix des articles qui lui semblaient intéressants. Elle laissait ensuite monter en elle le désir de chacun des objets répertoriés. Quand l'envie de les posséder devenait irrésistible, elle se précipitait dans le magasin.

Il était parfois trop tard. L'ustensile ou le bibelot avaient été vendus. Elle m'en parlait alors comme d'un chien disparu, se demandant où il pouvait bien être à présent. J'entrais dans son jeu, car j'aimais sa nostalgie et l'odeur de grande ville qui imprégnait son chemisier et ses cheveux quand elle revenait de ses expéditions.

Lorsque l'objet convoité se trouvait encore dans la boutique et qu'elle pouvait le rapporter à la maison, Léna organisait une fête pour nous trois — elle, l'objet et moi. La chose, vinaigrier ou simple torchon, était en quelque sorte intronisée, admise solennellement à paraître devant nous et à nous servir.

Cette lente course aux trésors et les abondants commentaires de Léna à propos de ce qu'elle avait vu ou acquis dans les magasins me dissimulèrent longtemps la vérité, à savoir qu'elle et moi n'avions rien à nous dire.

Elle n'était pas attentive à mes recherches. Impressionnée par ce que publiaient sur moi quelques revues scientifiques, elle avait décrété une fois pour toutes que j'étais l'un des plus brillants astrophysiciens de ma génération. Elle se mettait en colère quand paraissait un article contredisant mes théories et trouvait scandaleux qu'on ne mît pas davantage de moyens à ma disposition.

Mais, en réalité, elle se souciait peu de la façon dont progressaient mes travaux. Un « es-tu content, aujourd'hui ? » était pour elle le comble de la marque d'intérêt. Si je me laissais aller à lui raconter ce qui s'était passé à l'observatoire, elle m'écoutait poliment puis, nouant un tablier autour de sa taille, disparaissait dans la cuisine :

— Le repas sera prêt dans un instant, Burton. Mais continue, je t'en prie.

J'avais parfois un tel besoin de parler, de me délivrer de mes doutes ou d'épuiser mes accès d'enthousiasme, que je poursuivais mon récit. L'éloignement entre la cuisine et le salon faisait pourtant que Léna ne pouvait pas m'entendre. Elle réapparaissait un peu plus tard, souriante :

— Ça ne t'ennuie pas de m'aider à mettre le couvert ?

Il m'arrivait de la suivre dans la cuisine, de m'asseoir

sur un tabouret et d'essayer de garder le fil de mon discours. Mais Léna s'agitait, passant d'un placard à l'autre, pestant contre les choses qui tombaient des étagères et s'écrasaient par terre en salissant tout. J'élevais la voix pour capter son attention, elle s'immobilisait un instant, puis recommençait à ouvrir des tiroirs et à en fermer d'autres.

Je devais être vigilant, m'interdire le moindre silence entre deux phrases, faute de quoi Léna s'y engouffrait avec ses propres histoires qui avaient toutes trait à ses errances dans Santiago, à la puanteur des vieux autobus chauffés à blanc par le soleil d'été, à la malhonnêteté des hommes qui profitaient de l'affluence pour la serrer de près, lui souffler dans le cou ; ne voyaient-ils pas qu'elle portait une alliance ? Elle s'arrangeait pourtant, en s'agrippant aux poignées, pour mettre sa bague en évidence.

Ou bien, Léna parlait de son frère. Elle tentait vainement de le joindre au téléphone en appelant un bar de Puerto Montt où il allait parfois boire au retour de la pêche. La plupart du temps, surtout quand les mouvements d'extrême droite se lancèrent dans une vaste offensive de sabotage des pylônes, le bar ne répondait pas. Si d'aventure Léna réussissait à établir la communication, son frère n'était pas là. La personne qu'elle avait au bout du fil lui donnait tout de même des nouvelles de Puerto Montt, des gens qu'elle avait connus là-bas. Les nouvelles étaient souvent assez lugubres, l'été ayant été éprouvant pour tout le monde mais plus particulièrement pour les riches vieillards clients de Léna.

Elle évoquait alors Puerto Montt avec une telle mélancolie que, quittant la *Residencia* pour monter à l'observatoire de la Cordillère, je me demandais si Léna serait encore là le matin suivant.

141

Je n'accuse pas Léna. Je comprends que mes recherches ne l'aient pas intéressée.

Rappelez-vous cette longue saison morne et torride où rien de ce que nous tentions n'aboutissait.

Le grand nuage interstellaire n'évoluait pas comme je l'avais prévu. Les bruits que nous recevions manquaient de précision, et je n'étais pas loin de croire que nous ne captions pas les émissions du seul nuage mais une bouillie de signaux erronés produits par des radiosources avoisinantes. Je ne voyais pas du tout comment nous allions faire la part du bruit et celle de la confusion. Je gardais pourtant la conviction qu'une étoile au moins allait naître du nuage, et émettre quelque chose comme un cri pur qui dominerait le chaos.

Mais j'étais incapable de dire quand cela se produirait, et si même nous serions à l'écoute à cet instant-là.

Un soir, Léna proposa un pari :

— Si j'ai mon frère au téléphone avant que ton étoile ne crie, j'aurai gagné. Tu sais, les complots contre le gouvernement font que le téléphone fonctionne maintenant comme une loterie. Sans compter que mon frère est presque tout le temps en mer : à cause de la grève des camionneurs, les gens du Sud n'ont plus assez à manger, plus de ravitaillement, alors ils ont besoin de poissons, de crabes.

Cette grève des camionneurs ne me concernait pas. De son côté, Léna ne comprenait rien à la bataille que nous étions en train de livrer pour empêcher les discriminateurs électroniques de s'affoler.

— Parions, dis-je. Tu gagneras probablement. Qu'est-ce que tu désires, en cas de victoire ?

— Un poste à ondes courtes pour écouter les bateaux. Qu'est-ce que tu veux, toi, si je perds ?

— Que tu sois enceinte.

Elle se leva pour débarrasser et me demanda de sortir les poubelles.

On peut être incompris et heureux. Tout de même, j'avais raté mon mariage. Léna, en m'épousant, avait cherché un homme à aimer, un seul homme.

Cet homme lui manquait. Je la quittais le soir après avoir avalé un semblant de repas qu'elle me préparait mais ne partageait pas, car à cette heure-là elle n'avait pas encore faim. Puis je la retrouvais à l'aube, j'entrais sans bruit dans la grande maison qui sentait le lit chaud, le sommeil et les fruits entamés, oubliés sur un meuble. Je m'étendais contre Léna et je dormais une heure ou deux. Au réveil, j'avais l'illusion d'avoir passé la nuit près d'elle. Le matelas avait eu le temps de se creuser sous moi, et mes jambes de se mélanger à celles de Léna.

Nous nous levions, mais elle était seule à s'habiller. Pour moi, j'allais bientôt me recoucher et dormir jusqu'au début de l'après-midi.

Mal rasé, les yeux blessés par la pleine lumière du jour, la bouche empâtée par ce court sommeil volé, je me faisais l'effet d'un prisonnier brusquement arraché à sa cellule. C'était une image de moi laide et humiliante. Elle plaisait pourtant à Léna, sans doute parce qu'elle en avait l'exclusivité. Elle m'entraînait en souriant sur notre terrasse ensoleillée, mais recommandait :

— Cache-toi les oreilles, grand hibou. C'est plein d'oiseaux qui chantent et de klaxons de bus, ça pourrait te faire mal à la tête.

Je souffrais en effet du vacarme de la ville. Pour m'apaiser, Léna m'embrassait sur la bouche. Je n'aimais pas ça, je ne me trouvais pas le souffle assez pur. Mais cette impureté même excitait Léna. Je crois qu'elle attendait d'un homme qu'il y eût en lui une part d'animal. Sur la terrasse, entre deux sommeils, j'étais pitoyable, hargneux et fauve. Injuste, aussi : dans ces moments-là, la tendresse de Léna m'exaspérait. Pourquoi ne me laissait-elle pas tranquille, posé sur ma pierre chaude, dans ma flaque de soleil ? Non, elle me bourdonnait autour, m'effleurait, me reniflait, me léchait. Je la rabrouais. Une fois, je l'ai frappée. Sans cruauté, avec cette force molle des dormeurs qui giflent l'oreiller en se retournant.

Ensuite, nous prenions le café dans la cuisine, Léna disait :

— Va vite te recoucher, maintenant. Tâche de t'endormir avant que le café ne fasse de l'effet. Je vais te préparer une omelette, elle sera dans le frigo au cas où tu aurais faim tout à l'heure.

Elle s'en allait dans sa robe fraîche, parfumée, les cheveux lisses.

Je l'observais depuis la chambre. De dos, elle avait l'air d'une collégienne qui part pour l'école. Tout en gambadant, elle consultait le carnet où elle répertoriait les objets à acheter, les adresses des boutiques. Elle mouillait le bout de son doigt pour tourner les pages.

Et, d'une certaine façon, elle allait bien à l'école : elle savait encore peu de choses de la vraie vie, jusqu'à présent, elle s'était toujours préoccupée de survivre. Maintenant, elle achetait des journaux de toutes tendances, *el Mercurio, la Nacion, el Siglo, Puro Chile,* et même l'insultante *Tribuna.* Elle dévorait sa littérature dans les autobus, dans le cloître de la vieille église de San Francisco où elle se réfugiait à midi pour grignoter des crudités. Puis, s'étant délestée de ses journaux en les donnant à des mendiants (pour Léna, qui avait dû attendre d'être adulte

144

pour apprendre à lire, le papier imprimé avait une réelle valeur), elle reprenait sa course à travers les rues revêches, écrasées de chaleur.

Elle lisait dans les journaux l'annonce des manifestations, s'en faisait une joie, s'y préparait plusieurs jours à l'avance, se faufilait parmi les cortèges, rentrait les jambes flageolantes, la voix éraillée, les cheveux trempés par l'eau des lances d'incendie, le chemisier roussi par les lacrymogènes.

Elle menait en somme la vie divertissante d'une étudiante d'Amérique du Sud, avec quelques années de retard, grâce à mon argent et à la protection que lui conférait mon nom.

Nous nous croisions le soir, aussi brièvement que le matin. Mais c'était elle, alors, qui jouait les somnambules, et moi qui faisais la mouche. J'aimais la prendre sans la dévêtir, je me contentais de déchausser ses pieds en sueur d'avoir tant marché. Cela la rapetissait. C'était aussi le signe qu'elle devait se soumettre.

Le week-end, nous redevenions Mr. et Mrs. Kobryn. D'un strict point de vue social, je veux dire.

Il me plaisait d'exhiber Léna. Elle savait se tenir mieux que convenablement. Les Araucans n'ont pourtant pas engendré une civilisation aussi sophistiquée que celle des Mayas ou des Chibchas ; mais bien qu'attifés autrefois comme des hommes préhistoriques, ils possédaient déjà le sens instinctif de ce qui est digne. Cette dignité coulait d'abondance dans les veines de Léna, surtout quand elle portait une certaine robe de soie verte gansée de fils d'or.

Une ville comme Santiago pullule de personnages plus ou moins absurdes qui n'aiment rien tant qu'être conviés à des réceptions. En ces temps troublés, la ville s'était enrichie d'observateurs, diplomates et journalistes venus là pour assister à la chute de Salvador Allende.

Mais si cette chute était certaine, le président continuait de tenir bon, et rien ne laissait présager que le pronunciamiento fût proche. Les observateurs s'ennuyaient donc, et passaient le plus clair de leur temps à guetter l'atterrissage dans leur boîte aux lettres de petits bristols gravés.

J'avais décidé que nos fêtes seraient les plus courues, qu'on en parlerait encore bien après notre départ du Chili. Ne voyez là aucune vanité de ma part, mais le double effet d'une culture et d'une frustration.

Quand j'eus quinze ans, en effet, mes parents me donnèrent à choisir entre apprendre le français ou l'arabe. Ils craignaient que ma facilité pour les matières scientifiques ne fît de moi un de ces individus qui perdent pied sitôt qu'on leur confisque leur cahier d'équations.

Ils en tenaient pour l'arabe, je choisis donc le français par goût de la rébellion.

Mon professeur se nommait Fulvia, elle était d'origine italienne. Elle portait des bas noirs, une large ceinture étranglait sa taille, elle avait aux doigts de lourdes bagues de platine. Pour me punir, elle me faisait mettre à genoux, le nez sur la galette de sa chaise encore toute chaude de son empreinte. Évidemment, j'en conçus une passion violente pour les bas noirs, les ceintures de cuir et l'odeur des femmes.

Grâce à Fulvia, je découvris aussi la beauté du français. Dix-huit mois après ma première leçon, je lisais les poèmes de Prévert. Denver (Colorado) me parut un endroit détestable à côté d'une ville de France dont j'ignorais à peu près tout, sauf qu'il y pleuvait et qu'elle s'appelait Brest ; les étranges parfums de Fulvia étaient insi-

146

pides, comparés aux senteurs mouillées des cheveux de Barbara.

La veille de mon vingtième anniversaire, Fulvia disparut, tuée dans un accident d'avion. J'hésitai, pour honorer sa mémoire, entre porter des fleurs sur sa tombe ou m'acheter un dictionnaire de français — jusqu'alors, elle me prêtait le sien. Fulvia, pensai-je, eût préféré le dictionnaire. C'était un moyen de la continuer, alors que les fleurs se fussent bêtement fanées, surtout qu'on était en octobre et qu'il faisait un temps de chien.

Dictionnaire à portée de main, je lus Proust (mal) et Radiguet (un peu mieux). La description des soupers fins, des bals et des fêtes, m'éblouit. Je me promis d'en donner un jour de semblables.

Ce jour vint à Santiago. Voilà pour la culture.

Ma frustration, elle, était liée au fait que je n'avais eu ni assez d'argent ni assez de relations pour organiser des réceptions aux États-Unis ; sinon quelques fades sauteries universitaires, surtout destinées à attirer dans ma tanière, à éblouir petitement, à soûler si besoin, des étudiantes en astrophysique qui sans cela ne m'eussent jamais cédé.

Je rêvais d'autres fastes. La grande villa du cerro San Cristobal, ma ravissante épouse et l'ennui qui cet été-là contaminait Santiago, allaient m'en fournir l'occasion.

Après avoir relu mes chers auteurs français, essayé les traiteurs et auditionné des orchestres, je lançai mes invitations.

Notre première soirée fut une réussite qui me combla, même si sans être vraiment frivole, c'était un peu trop aimable. Il y manquait un piment fort, amour épouvantable, menace de meurtre ou scandale politique. Mais des élections capitales étaient fixées au 4 mars de l'année suivante, et la plupart des gens songeaient surtout à se donner du bon temps et à prendre, d'ici à l'échéance, un minimum de risques.

A minuit, Léna fit éteindre toutes les lumières de la *Residencia* et l'on passa sur la terrasse. Là, face au ciel admirable, je donnai une brève conférence, exposant en termes simples comment les astres naissaient et mouraient.

Intentionnellement, j'avais laissé ouvertes les portes de toutes les chambres. Mais aucun couple ne s'y réfugia. A l'aube, tandis que nous faisions la chasse aux mégots dans la maison vide, Léna dit :

— C'est la faute aux statues. Même si j'avais une envie folle de m'envoyer en l'air, ça me passerait à la seule idée de devoir d'abord défiler entre tes déesses. Ça fait bordel, et je te prie de croire que je sais ce que ça veut dire.

— Ce ne sont pas mes déesses, protestai-je. Elles étaient là quand j'ai loué.

— Il faut s'en débarrasser.

— Je me demande si elles ne soutiennent pas l'escalier ?

— Qu'est-ce que ça peut bien faire si ça s'écroule ? dit Léna. Il y aura de toute façon un tremblement de terre un jour ou l'autre. Nous en mourrons peut-être. C'est une idée qui t'effraie ?

— Samedi prochain, dis-je, je leur parlerai des séismes, des convulsions démentes qui secouent les étoiles. Ils nous quitteront avec l'impression d'avoir passé une soirée effarante.

Vous comprenez maintenant pourquoi je ne vous ai pas convié à mes fêtes. Vous avez du charme, David, et même une sorte de vernis qui peut faire illusion. Mais vous n'êtes décidément pas pervers. Votre fascination pour le néant, et donc pour les situations claires et nettes, définitives en somme, vous empêche d'apprécier la décomposition d'un monde.

Un matin très tôt, en descendant de la Cordillère, je vis des volutes grises s'échapper des fenêtres de la *Residencia*. Elles ne s'élevaient pas comme les fumées d'un incendie, elles retombaient pesamment et poudraient la terrasse, le jardin et la rue en pente.

Aidée de maçons recrutés je ne sais où, Léna détruisait les statues grecques.

Elle ne se contentait pas de les desceller comme j'avais prévu de le faire un jour ou l'autre : elle les pulvérisait. Un foulard jaune protégeant de la poussière sa chevelure et son front, elle cognait dessus à grands coups de masse. Les déesses n'étaient qu'en plâtre, simplement gainées d'une peinture habile imitant le marbre, elles s'abattaient facilement.

Léna courut vers moi, m'embrassa. Ses lèvres étaient couleur de farine, granuleuses comme du papier de verre. Elle désigna le curieux charnier fait de têtes décapitées, de fragments de membres, d'éclats de toges ou de jupettes :

— Tu les détestais, n'est-ce pas ?

Jusqu'à présent, je vous l'ai dit, Léna avait meublé la maison par petites touches. C'était comme dans un jardin où tout est à la fois imperceptible et subit : l'herbe de printemps ne s'est pas cachée pour verdir, cela s'est accompli sous vos yeux, et pourtant vous ne vous apercevez du miracle qu'un certain matin, à une certaine minute précise, à la suite d'un certain regard.

Eh bien, là, Léna bousculait tout de fond en comble. Elle ouvrait un chantier spectaculaire. La maison était imprégnée de l'odeur aigrelette de la sueur, du plâtre et du vin — car Léna versait à boire aux maçons et trinquait avec eux. Une cendre grenue crissait sous les pieds, couvrait les meubles et les bibelots comme après une éruption, filtrait la lumière même du jour.

Les maçons, ils étaient trois, semblaient enchantés de Léna :

— Votre dame, señor, a de la force et des muscles. On n'a presque rien fait, nous autres. On lui a juste montré comment cracher dans ses mains et empoigner la masse.

Ce qui ne les empêcha pas, la dernière statue fracassée et une ultime bouteille vidée, de me réclamer le prix fort sous prétexte qu'ils avaient travaillé à des heures où les honnêtes gens dorment encore. Ils partirent sans même proposer de nous aider à déblayer les gravats.

Léna avait dénoué son foulard jaune et l'agitait pour dissiper la poussière. Elle déambulait parmi les débris, déconcertée.

— Je me demande si j'avais le droit de faire ça, dit-elle en se mordant les lèvres. Je ne sais pas ce qui m'a pris. Il y a des nuits et des nuits que je ne dors pas. Ne prends pas ton air supérieur et stupide, Burton : comment pourrais-tu savoir si je dors ou pas ? Tu n'es jamais là ! Bon, je me suis levée, j'ai marché en direction du parc, j'ai rencontré ces trois types, et voilà. On ne va pas en faire une histoire.

— Je n'y attache aucune importance, dis-je. Si le propriétaire revient un jour, j'en serai quitte pour lui rembourser ses statues. Au prix du plâtre, je suppose que ça ne m'entraînera pas très loin. Mais pourquoi ne dors-tu pas ? C'est ça que je voudrais comprendre.

Elle haussa les épaules, passa dans la pièce voisine, décrocha le téléphone et composa le numéro d'une entreprise de nettoyage. A cette heure matinale, elle n'obtint évidemment pas de réponse. Elle continua pourtant à laisser sonner le téléphone, probablement pour ne pas avoir à réintégrer le salon et à croiser mon regard.

De ce jour, Léna parut se désintéresser de la maison. Elle cessa de rapporter quoi que ce soit de ses courses en ville.

Elle sortait comme d'habitude, toujours aussi légère, aussi fraîche et parfumée, mais elle n'allait nulle part en particulier. Elle s'en remettait au flot des passants de la rue Compania, montait dans le premier bus qui s'arrêtait, l'abandonnait bientôt au gré d'un mouvement de foule.

Elle ne fut jamais plus belle qu'à cette époque. L'éclat de ses yeux clairs et sa peau dorée s'accordaient à la splendeur des dernières journées de l'été. Elle semblait refuser de toute la force de son corps la transition vers l'automne, les jours plus courts, et les brumes matinales, déjà, sur le fleuve Mapocho.

Elle se mit à craindre les averses, elle qui venait d'une région où les pluies sont le lot quotidien, elle qui avait subi en dansant et en chantant les jets des lances d'incendie braquées sur les manifestants. Lorsque les nuages s'amoncelaient sur la ville, elle entrait dans un hôtel. Elle faisait mine de chercher quelqu'un, consultait sa montre, s'enfonçait d'un air accablé au fond d'un fauteuil. Elle fixait obstinément la porte vitrée.

Les concierges croyaient qu'elle guettait l'arrivée d'un amant. Léna surveillait seulement les progrès de la pluie. Si celle-ci durait, Léna se dirigeait vers les cabines téléphoniques et demandait une communication avec ce bar de Puerto Montt où son frère finirait bien par aller boire un verre.

Un matin, quelques jours avant les élections de mars, un de ces hôtels appela la *Residencia*. Après s'être assuré que j'étais Mr. Kobryn, le concierge me dit qu'une jeune personne se prétendant mon épouse attendait qu'on vînt la chercher :

— Elle a dépensé une quantité de pesos en communications avec le Sud, señor. L'ennui, c'est qu'elle n'a pas ces pesos sur elle. Mais elle affirme que vous réglerez sa dette. Venez avec beaucoup d'argent, señor, car elle a téléphoné presque toute la nuit.

C'était un hôtel triste et rustique comme il y en a tant au Chili. L'adresse donne l'impression qu'ils ont pignon sur rue, mais il faut en réalité contourner le pâté de maisons pour y entrer car la porte s'ouvre sur une venelle mal entretenue, derrière la façade. Une chambre coûte moins de trois cents pesos. Le seul avantage de ces établissements est qu'ils sont situés à proximité des stations de métro et des lignes d'autobus.

En attendant mon arrivée, on avait enfermé Léna dans une chambre inoccupée. Un petit garçon habillé en groom m'y conduisit.

Léna s'était endormie après avoir, me dit-on, tambouriné contre la porte comme une prisonnière. Le petit garçon se tint sur le seuil, me contant par le menu toutes les bêtises de Léna : les clients des autres chambres s'étaient plaints de son tapage, elle avait éventré le traversin et laissé exprès couler l'eau chaude dans le lavabo, par esprit de vengeance. Ce petit garçon se dressait sur la pointe des pieds pour débiter son discours, il ressemblait à un stupide perroquet rouge.

— J'ai entendu la voix de mon frère, dit Léna du ton exalté des personnes à bout de forces. Il était dans ce

152

maudit bar, mais trop soûl pour venir jusqu'au téléphone. Si tu savais ce qu'il endure sur la mer, Burton, tu ne le jugerais pas.

— Bon Dieu! dis-je, qui prétend que je le juge?

— Tu te penches sur moi comme un policier.

— Je voudrais seulement savoir pourquoi tu es restée si longtemps au téléphone puisque ton frère ne venait pas? Est-ce que tu as une idée de ce que ça nous coûte?

Elle frotta ses yeux cernés de mauve, se redressa :

— Ces salauds vont te compter aussi le prix de la chambre où ils m'ont séquestrée, dis? Et pourquoi pas, tant qu'on y est, toutes ces bouteilles de bière que mon frère a bues à plus de mille bornes d'ici?

Elle se tourna vers le petit garçon dans l'encadrement de la porte, pointa deux doigts vers lui, les fit vibrer à la manière des sorciers qui jettent un sort :

— Fous le camp. Laisse-moi avec mon mari. Même si tu deviens un jour directeur de cette saleté d'hôtel, tu ne seras jamais un homme aussi important que mon mari. Si ça lui chante, Mr. Kobryn peut t'écraser comme une mouche. Pas vrai, Burton?

Le petit garçon habillé en groom recula dans le couloir. Les enfants, je l'ai déjà remarqué maintes fois, ont peur d'être écrasés. Peut-être parce qu'il leur arrive fréquemment d'écraser eux-mêmes des choses dans leurs mains, des jouets fragiles, des œufs, des tartines. Ils ont un sens de la destruction que nous perdons en vieillissant. C'est un phénomène qu'ils éprouvent physiquement, comme nous autres le désir.

Même après que ses seins eurent poussé et qu'elle eut perdu sa virginité, Sally Nathanson refusait obstinément de passer sous les grues. Elle craignait que le contrepoids ne se détachât et tombât sur elle.

Cela s'était produit un jour sous nos yeux. Des rafales

formidables ébranlaient la ville, on n'avait pas eu le temps d'orienter les grues dans le lit du vent. Secouées par l'ouragan, des gueuses de béton rompirent les câbles qui les attachaient. Elles tombèrent à une cinquantaine de mètres de nous, sur des voitures en stationnement.

C'était à Denver, à l'époque du Nouvel An, il neigeait depuis cinq ou six jours. Les voitures fracassées étaient ensevelies sous une épaisse couche blanche. Je me rappelle que les autorités firent venir des chiens d'avalanche des montagnes Rocheuses. A cause du béton pulvérisé mêlé à la neige, les chiens furent pris de crises d'éternuements. Ces chiens avaient été appelés parce qu'il y avait des élections proches et que les autorités voulaient montrer leur zèle, mais tout le monde savait bien qu'on ne trouverait personne dans les voitures écrasées, et la foule restait là parce que c'était amusant de voir les chiens éternuer.

Sally Nathanson était la seule à sangloter. « Emmenez donc cette petite fille ! », dit quelqu'un. Sally pleura de plus belle. Elle n'appréciait pas d'être traitée de petite fille, surtout un jour où elle venait de faire l'amour avec moi. Pourtant, c'est très exactement ce qu'elle était, ce qu'elle n'a probablement jamais cessé d'être, même aujourd'hui à cinquante ans et plus.

Dans la voiture qui nous ramenait à la *Residencia*, Léna dit :

— J'ai gagné mon pari, Burton. D'accord, mon frère n'a pas pris le téléphone, mais je l'ai entendu brailler dans le bar.

Elle le voyait comme si elle y était : il jouait à l'Espagnol, au torero, il s'était emparé d'un des filets de pêche accrochés aux murs, le faisait virevolter devant lui comme la *muleta* rouge.

Il affrontait des taureaux par dizaines : des femmes qui dardaient leurs seins en guise de cornes, des hommes plus ivres que lui qui le piquaient avec des gaffes destinées à crocher les poissons par les ouïes.

— Tesson mâle contre poitrine femelle, aïe, aïe, ça déchire ! Tu ne comprendras jamais rien à mon frère, Burton. Quelle fête ! A côté, les tiennes sont des funérailles. Emmerdantes, en plus. N'empêche, tu me dois un poste à ondes courtes.

C'était l'objet subversif par excellence, la denrée rare qui décourageait les revendeurs les plus téméraires du marché noir. Le régime craignait que la droite s'en servît pour coordonner de nouvelles manifestations ; de son côté, la droite redoutait que, le jour où elle tenterait de reprendre le pouvoir, l'Unité populaire utilisât cette poussière de petites radios pour faire descendre le peuple dans la rue, pour le lancer contre les *tanquetas.*

Je pouvais prétexter ses frasques de la nuit pour punir Léna en lui refusant le poste. Elle n'aurait pas protesté. Elle aimait se soumettre. Non par masochisme — elle ignorait sans doute jusqu'à l'existence du mot, les prostituées des petites villes australes pratiquent l'amour le plus simple qui soit, la vie se charge de mettre leurs clients au supplice —, mais c'était sa part indienne qui s'exprimait là. Elle croyait devoir un sacrifice aux divinités qui avaient doré son destin en faisant d'elle une femme considérée, presque riche, mariée mais libre.

Cette part indienne m'empêchait de considérer Léna comme une simple poupée. Même étendue, abandonnée, quelque chose d'elle restait érigé, en alerte, indomptable.

J'ai toujours eu la certitude que Léna était plus forte que moi, d'une force que je voudrais comparer à celle des étoiles splendides à travers nos télescopes, et qui engendrent pourtant des puissances si terribles que je songe parfois que c'est une aberration de situer l'enfer vers le bas.

Vous rappelez-vous Arturo Valdizar ? Il s'occupait de la maintenance de nos appareils à l'observatoire et n'aimait rien tant que les désosser, étaler tubes, diodes, transistors sur un velours vert qu'il appelait son tapis de jeu.

Arturo accepta de bricoler pour moi, à partir de notre stock de pièces détachées, un récepteur à ondes courtes.

Il neigeait d'abondance le matin où je descendis de la Cordillère, le poste posé sur le siège, à ma droite. Au moindre dérapage de la voiture, à chaque tentative de freinage un peu trop prononcée, le petit engin s'écrasait sous la planche de bord où il subissait alors les assauts de la soufflerie du chauffage.

Cela me désespérait. J'ai toujours éprouvé de l'angoisse en offrant un cadeau. Je suis persuadé, tandis qu'on défait mon paquet, que le présent apparaîtra brisé, inutilisable.

Je ne suis pas loin de penser la même chose à propos de moi.

Je n'ai jamais réellement admis qu'on pût m'apprécier. C'est sans doute ingrat envers ceux qui m'ont aimé, s'il y en eut, mais c'est ainsi.

Peu importe tout cela. Le poste d'Arturo Valdizar résista aux mauvais traitements. A l'exception de quelques éraflures et d'un cadran de vumètre brisé, il était encore très présentable. Je lui trouvai l'air fruste et un peu funèbre, avec son boîtier de bakélite noire entouré de fines baguettes chromées, mais Léna l'admira, le caressa comme s'il s'agissait d'un bijou rare.

156

D'une nature pourtant peu expansive, elle n'en finissait pas de me sauter après, mouillant mon visage de ses baisers, prenant mes mains dans les siennes et les serrant comme quelqu'un à qui l'on a rendu la vie.

A dater du jour où elle entra en possession de son poste à ondes courtes, Léna ne quitta pratiquement plus la maison.

La position dominante de la *Residencia* sur le Cerro San Cristobal favorisait la réception des émissions, du moins celles en provenance des zones littorales et des navires sur l'océan.

Avec l'aide de ces hommes désœuvrés qui erraient aux abords du parc et dont elle s'était constitué comme une petite armée de mercenaires, Léna chassa les oiseaux qui avaient élu domicile dans nos combles, gratta leurs fientes, obtura les fissures, passa de la chaux partout et scella un bâti de cornières métalliques dans lequel elle encastra son appareil.

Ce fut désormais là son royaume.

La seule chose préoccupante était l'antenne au sommet du toit, maintenue par des haubans. Je craignais qu'elle n'attirât l'attention des services de police. Je résolus de prendre les devants et d'informer qui de droit que nous possédions un appareil à ondes courtes, en insistant sur le fait qu'il s'agissait d'un simple récepteur.

Sachant la perte de temps qu'occasionnait à l'époque la moindre démarche administrative, je remis au lendemain.

Coupable négligence, sans doute. Mais les réceptions de fin de semaine à la *Residencia* n'avaient jamais été aussi brillantes. Je connaissais à présent tous les hauts personnages qui comptaient à Santiago. En cas de difficulté, il me serait facile de me recommander de l'un ou de l'autre. D'ailleurs, Léna ne manquait pas de leur faire visiter son repaire sous les toits, et aucun n'avait sourcillé ni même émis une quelconque mise en garde.

J'oubliai la grande antenne, sauf les jours de vent, lorsque ses haubans chantaient.

C'est alors que Léna, sous prétexte qu'ils la gênaient pour ajuster son casque d'écoute, décida de sacrifier ses cheveux. Ils étaient devenus longs. Elle les coupa elle-même, à la veille d'une de nos fêtes. Je la revois assise sur un tabouret, au milieu du salon où les traiteurs décoraient les buffets de grappes de fleurs fraîches, une grande serviette blanche jetée sur ses épaules.

J'entends le crissement des ciseaux. Je me rappelle cette étrange neige noire, douce et bouclée, qui glissait sur elle, tombait à ses pieds, et qui volait quand les traiteurs faisaient du vent en secouant les nappes.

Quand tout fut terminé, Léna se leva et me fit face. Elle ressemblait à un saint Sébastien. Je vous l'ai confié le soir même, en vous retrouvant à l'observatoire — un saint Sébastien délivré de ses flèches et de ses liens, que le supplice aurait rendu exsangue et gracile, un Sébastien devenu une toute jeune Sébastienne. Vous avez souri et vous m'avez dit :

— Et cela vous trouble, vous aussi ? Je vous prêterai un livre : *Confession d'un masque*, de Mishima. Il semble que Mishima ait eu la révélation de son homosexualité précisément en contemplant une image de saint Sébastien. Mais le sien, au contraire de votre Sébastienne, incarnait la virilité même. Je me demande comment il aurait réagi en voyant Mrs. Kobryn, quelle pulsion il aurait eue ? Il aurait écrit d'autres livres, peut-être. Ou peut-être encore ne serait-il jamais devenu un écrivain.

C'était un de ces jeux spéculatifs auxquels vous vous plaisiez tant, une agaçante manie dont j'ai toujours voulu vous guérir parce qu'elle s'oppose à notre rigueur scientifique.

Vous m'avez demandé si Léna portait sur elle une quelconque trace de sang. A mon tour, j'ai souri :

— Mon cher David, l'allusion à saint Sébastien était purement intellectuelle.

A la réflexion, pourtant, un peu de sang avait coulé juste sous l'oreille gauche, une infime écorchure due à un mouvement maladroit des ciseaux.

Je ne sais pas pourquoi je vous l'ai caché. Sans doute était-il trop tôt pour vous permettre de partager des détails aussi intimes. J'ai éprouvé une sorte de jouissance à l'idée que vous aviez posé une question très pertinente, intuitive, et que je vous privais de la satisfaction de m'entendre vous répondre :

— Oui, David, une goutte de sang sous l'oreille gauche.

Il suffit à Léna de quelques heures pour assimiler le code international, dans lequel son prénom s'épelait *Lima Echo November Alpha*.

Elle en fit un talent de société ; lors de nos soirées, les invités la priaient de traduire, dans ce code des bateaux, des avions et des tanks, leur patronyme ou le petit nom d'une maîtresse.

J'avais pensé que cette histoire de radio ne serait qu'une foucade. C'était compter sans le passé de Léna, lorsque l'essentiel de sa vie consistait à écouter le morne babillage des hommes.

Le langage des navires longeant les côtes chiliennes était à peu près aussi insipide. Les capitaines échangeaient des nouvelles de leurs enfants, décrivaient avec des mots navrés mais stéréotypés l'agonie puis les funérailles de leurs vieux parents, parlaient du temps qu'il faisait, de la voiture pour laquelle ils n'arrivaient pas à trouver des pneus neufs.

Léna recevait toutes ces conversations dans ses écouteurs et hochait gravement la tête comme quelqu'un qui comprend, qui partage. Elle suivait la course d'un navire jusqu'à ce que ses émissions fussent trop faibles, et passait à l'écoute d'un autre bateau, comme elle redescendait autrefois l'escalier d'un bordel pour aguicher un nouveau client.

Ainsi passèrent des jours et des semaines. Les bateaux qui avaient quitté Valparaiso y revinrent. En reconnaissant les voix de leurs officiers, Léna eut l'impression de renouer avec des amis. Elle commanda du champagne de France que nous bûmes en l'honneur de ces hommes que je ne connaissais pas, mais qu'elle appelait familièrement *commandante* Elmo, *commandante* Hernan, *commandante* Tomas...

Elle acquit bientôt une connaissance étonnante des mouvements des navires. Elle guettait leur passage, captait leurs vacations radio avec autant de précision que nous en avions là-haut, dans la Cordillère, pour pister le grondement des étoiles.

La comparaison m'apparut tout à fait flagrante le jour où Léna me dit :

— Cette nuit, Burton, je me suis réveillée brusquement. Plutôt mal à l'aise, tu vois, en sueur et tout ça. Il devait être deux ou trois heures du matin. J'ai eu l'intuition qu'il se passait quelque chose de mauvais sur la mer. C'était un peu comme si une cloche d'alarme s'était mise à sonner. Je suis montée, j'ai allumé le poste. D'abord, il n'y a eu que des parasites. Puis un instant de silence, un silence tellement pur que j'ai cru avoir accidentellement débranché la radio. Alors, j'ai entendu une voix.

— Lequel de tes *commandantes*, Léna?

— Ce n'était pas un *commandante*, ce n'était pas un bateau. Je crois que c'était un avion, Burton. Il avait eu des ennuis, il avait dû se poser sur l'eau. Le pilote n'appelait pas au secours. Enfin, je n'ai pas eu cette impression-là. Il parlait si tranquillement!

— Comme quelqu'un qui prie? Il priait, non?

Elle secoua la tête:

— Plutôt comme quelqu'un qui récite une chose qu'il a lue, qu'il aime beaucoup, qu'il sait par cœur. C'était de l'allemand. Je ne comprends pas l'allemand, mais c'était très beau, je ne sais pas comment t'expliquer. Et puis, la voix a dit: « Oh! » Mais un « Oh! » très long, dans le genre « Oooooooooh! ». D'un ton déçu. Comme si le type n'avait pas eu le temps d'aller jusqu'au bout de ce qu'il voulait dire. Après, j'ai cru entendre le bruit des vagues. Et plus rien du tout.

Elle me parut à la fois apeurée et exaltée. Je la pris dans mes bras, et caressai sa nouvelle tête aux cheveux courts.

— Calme-toi, dis-je. Je ne crois pas qu'il s'agissait d'un avion tombé en mer. Dans ces cas-là, les pilotes ont autre chose à faire que déclamer des poèmes. Même en allemand.

Elle leva sur moi ses yeux plus clairs encore d'avoir été privés de sommeil:

— Mais peut-être qu'on devient fou en dégringolant du ciel, en s'écrasant sur l'océan?

— C'est plus simple que ça: pour une raison ou pour une autre, ton poste s'est détraqué et tu as reçu une émission fantôme. Parce que tu ne connais pas l'allemand, tu as pensé: « Ça, c'est de l'allemand! » En réalité, ce n'était rien du tout. Un brouillage, une aberration.

161

La même nuit, à une heure à peu près identique, nous avions enregistré à l'observatoire un accroissement considérable des signaux parasites. L'essentiel de ce bruit de fond semblait venir du mouvement thermique des électrons. A ma demande, vous étiez intervenu aussitôt pour faire refroidir les récepteurs. Malgré tout, l'audition avait continué d'être détestable.

— Explique-moi, Burton.

— Je suis mauvais professeur. Jamais fichu de me mettre au niveau de mes élèves. Mais je connais quelqu'un qui sera enchanté de t'instruire. S'il se met en tête d'améliorer ton poste et de t'apprendre à en tirer le maximum, tu pourras entendre ce que se racontent tes *commandantes* bien au-delà de la Terre de Feu. C'est David.

Que faisiez-vous à cette heure très matinale ? Étiez-vous en panne une fois de plus, quelque part sur la route enneigée qui descend de la Cordillère vers Santiago ? Battiez-vous la semelle dans le froid, admirant le vol des premiers condors en attendant le passage hypothétique d'un camion ? Ou bien vous délassiez-vous des tracas de la nuit dans votre logement en ville, au fond d'une baignoire que, Dieu sait pourquoi, j'ai toujours imaginée munie de pieds imitant des pattes de lion ?

Nous nous mîmes à parler régulièrement de vous ; un peu comme on s'entretient de la pluie et du beau temps, à l'anglo-saxonne, sans que cela tourne à l'obsession, mais avec toutefois le sentiment qu'il faut en dire quelque chose.

Lors de mes retours à l'aube, je pris l'habitude d'amuser Léna en lui relatant vos maladresses de la nuit, que j'inventais en conduisant :

— Il est si jeune, ce pauvre David, si extraordinairement pataud. Ah ! tu le verrais se battre avec la machine à café...

Je vous mettais en scène dans des situations telles que vous aviez les attitudes brouillonnes d'un garçon de quinze ans. Vous n'étiez pas ridicule, seulement très drôle. Léna adorait cela. Elle se calait le dos avec des oreillers, nouait ses mains, quémandait :

— Allez, vas-y, Burton, raconte encore ! Ce qu'il peut me faire rire, ce type !

Vous deveniez somme toute un héros de feuilleton. Chaque matin, j'amplifiais vos mésaventures au point que Léna me dit un jour :

— Méfie-toi quand même qu'il ne fasse pas tout sauter.

163

C'était en effet la seule conclusion possible à votre cycle de gaffes imaginaires.

Là, j'étais coincé, le nez contre le mur de l'impasse.

Mais je ne voulais pas renoncer à ce sujet de conversation que vous aviez représenté pendant quelques semaines. Sans vous, Léna et moi n'avions plus qu'à monologuer. Moi à propos de ma traque d'une étoile hypothétique, elle sur ses *commandantes* qui passaient et repassaient au large de Valparaiso.

Léna n'entendait rien à l'astrophysique. Quant à moi, les navires m'ennuyaient.

Il nous restait l'amour, bien sûr. Nous le faisions souvent, mais ensuite nous évitions d'en parler.

Seule votre existence, que j'avais donc présentée à Léna comme quelque chose d'extrêmement comique, nous réunissait comme mari et femme.

Il était exclu que vous fassiez sauter l'observatoire, même en fiction. Je décidai de vous attribuer une nouvelle personnalité, de vous confiner dans un nouveau rôle, et je dis à Léna :

— Je suppose que David est tombé amoureux. Il n'est plus sujet à cette agitation maladive qui a provoqué toutes ces catastrophes qui t'ont fait rire. Il attend mes ordres et les exécute avec précision, sinon il ne bouge plus, il reste assis devant les écrans, comme ces pauvres vieillards qui regardent la télévision sans trop savoir ce qu'ils voient.

— Oh ! fit seulement Léna.

A la rougeur qui avait envahi son visage, je fus certain d'avoir visé juste. Léna allait se passionner pour un David amoureux.

— Oui, repris-je avec assurance, il aime une femme. Il a d'ailleurs changé sa coiffure : plus de gentille petite raie sage sur le côté, mais ses cheveux qui bouclent dans tous les sens. Et puis, bien qu'il fasse là-haut un putain de froid, figure-toi qu'il a abandonné les gros pantalons de velours. Il porte des jeans moulants.

Léna se mangea les lèvres et demanda :

— Au fait, comment est-il physiquement, ton David ? Est-ce que nous n'allons pas l'inviter à une fête ? C'est ton assistant, après tout. Propose-lui de venir avec cette femme qu'il aime. S'il n'a pas encore réussi à la séduire tout à fait, nos fêtes sont là pour ça. Trop peu de gens savent en profiter. Comme je m'ennuie, certains soirs ! Nous ne recevons que des bavards. J'ai l'impression d'avoir décoré les chambres du haut pour des chiens.

Je promis de vous inviter, tout en précisant prudemment que les amoureux sont surtout friands de solitude.

Je n'avais nulle envie de vous voir surgir et frétiller à la *Residencia*.

Vous deviez rester pour Léna quelqu'un de mythique, un de ces personnages qu'on voit sur certains tableaux et dont les traits se décomposent en une multitude de petites touches si l'on approche de la toile ; alors, on s'empresse de reculer pour rendre son existence au personnage, et on l'aime parce qu'il est inaccessible.

J'ai ressenti cela devant des toiles de Turner, notamment celle qui représente une locomotive et tout un train fuyant sous la pluie. J'aime passionnément ce tableau, parce que j'ai vérifié qu'il n'était plus rien sitôt qu'on se tenait près de lui à le toucher.

Il y avait aussi que vous me déplaisiez. A présent, cela n'a plus tant d'importance, je peux bien vous l'avouer. Je détestais votre jeunesse éclatante, que vous bridiez dès que j'apparaissais. Ah ! comme vous vous dépêchiez d'écraser votre cigarette, de resserrer votre nœud de cravate, de boutonner votre veste et de prendre un ton feutré de prêtre ! L'instant d'avant, vous plaisantiez d'égal à égal avec les Chiliens de votre âge, vous parliez de femmes et vous en parliez en espagnol. En ma présence, vous ne saviez plus que l'anglais.

Un soir, arrivant à l'observatoire plus tard que prévu, je vous surpris en train de danser une sorte de gigue au milieu de la salle de calculs. Les Chiliens faisaient cercle autour de vous et frappaient dans leurs mains.

Vous dansiez pour célébrer la réception inattendue d'ondes radio en provenance d'une région de l'espace que nous pensions définitivement aride et muette. Vous dansiez pour une cause juste. En me voyant entrer, vous vous êtes figé sur place, balbutiant de stupides mots d'excuse.

L'astre qui émettait échappait à l'observation optique, mais son chuchotement radio était harmonieux. Ce message de l'infini signifiait que quelque chose existait là où nos yeux ne percevaient que l'obscurité absolue. N'était-ce pas suffisant pour me tendre la main, m'introduire dans votre danse ? N'était-ce pas la première fois que vous captiez tout seul une radiosource inconnue, cela ne valait-il pas d'être célébré avec moi ? Non, vous avez dit :

— Pardonnez-moi, monsieur, ça ne se reproduira plus. Je vous en prie, ne croyez pas que je me permettrais de mener des recherches personnelles derrière votre dos. C'est un effet du hasard, c'est arrivé pendant que je procédais aux réglages en vous attendant.

Vous avez donné des ordres pour qu'on modifie les paramètres. L'astre lointain s'est tu.

Les manifestations de respect, David, ressemblent parfois à du mépris.

Pourquoi n'avons-nous jamais ri ensemble ? Vous fréquentiez des personnages amusants, semblait-il. Chaque fois que je vous téléphonais, une voix différente me

166

répondait, tantôt fille et tantôt garçon, toujours jeune et moqueuse. Cette personne disait de ne pas quitter, posait le combiné et vous appelait en gloussant. J'avais le temps d'entendre pouffer quelques-uns de vos amis, le son d'une guitare qu'on accordait, les bribes d'une harangue politique entrecoupée de piaillements de petites filles surexcitées.

Vous arriviez enfin, et me parliez avec une déférence qui contrastait avec toute cette joie autour de vous.

Peu importe que votre appartement fût sombre et sale, votre vin aigre et votre bière tiède. Vos réceptions valaient sûrement les miennes. Je m'y serais rendu avec empressement, mais vous ne m'y avez jamais convié. Maintes fois, j'ai proposé de vous retrouver chez vous pour travailler. Votre réponse favorite fut toujours :

— C'est une bonne idée, monsieur, mais je suis sur le point de changer d'appartement. Celui que j'ai en vue sera mieux situé, moins bruyant, plus lumineux. Si mon déménagement se passe comme prévu, que diriez-vous, monsieur, de remettre ça à la semaine prochaine ?

J'en dis que vous n'avez jamais changé d'appartement.

Vous me déplaisiez, mais j'ai aimé le David que j'inventais pour Léna.

Je vous attribuais toutes les qualités, toutes les vertus que je n'ai pas.

Une sorte de splendeur physique, d'abord. Je fis de vous un jeune homme athlétique, plutôt blond, les yeux plutôt bleus. Je dis « plutôt » car je me gardais bien d'être trop précis : il fallait que Léna pût ajouter sa touche personnelle, son rêve en somme, à ce brouillon de vous.

Je troublais Léna en lui décrivant vos escalades des chaos rocheux hérissant les abords de l'observatoire. Vous

167

jetiez des cris vainqueurs que répercutait l'écho de la Cordillère. Bien entendu, j'avais soin de compenser cette virilité primaire en vous dotant d'une bouche charnue au dessin un peu féminin, et de longs doigts de pianiste, secs et fins.

Si votre courage physique était grand, il en allait autrement de votre bravoure morale. Vous n'étiez plus aussi intrépide face aux vicissitudes de la vie. Un découragement vague, une tristesse, vous submergeaient parfois quand les êtres ou les choses se liguaient pour vous nuire.

Léna appréciait particulièrement ce dernier trait.

Elle aussi avait baissé les bras, et sa jupe, devant des hommes agressifs. Les nuits de tourmente, à Puerto Montt en hiver, tout était bon pour se ragaillardir. On essayait d'abord la chaleur des alcools. Quand elle se dissipait, on allait à la chaleur des femmes. Or, c'était justement l'hiver que Léna avait le plus de rêves à satisfaire. Elle était donc adossée là, sous l'auvent des bars, se protégeant tant bien que mal du ruissellement des toits. Elle jouait du genou pour soulever sa robe, sur un rythme qui était déjà celui de l'amour. Elle murmurait qu'elle avait envie de ceci, de cela, qu'elle l'échangerait bien contre une nuit. Elle disait qu'il faisait chaud chez elle, parce que son frère le pêcheur souffrait tellement du froid en mer, dans les parages de l'île Chiloé, qu'il exigeait que le poêle fût maintenu rouge à la maison, même quand il n'y était pas.

Léna tomba-t-elle amoureuse de vous sans vous connaître ? Toujours est-il qu'elle devint pensive.

Sous l'Indienne arrogante et dure apparut, déconcertante, une sorte de petite reine molle qui allait de chaise longue en fauteuil, poussant des soupirs et tournant une cuillère dans un yaourt trop sucré.

168

Elle qui s'était toujours habillée près du corps s'amouracha de tenues flottantes. Quand le soir gagnait, elle s'en enveloppait comme d'un châle, s'y recroquevillait.

Elle se dépouilla de ses bijoux sauvages, de ses lourds bracelets araucans, des colliers de dents de squale que son frère le pêcheur avait enfilés pour elle, ne porta plus qu'un ruban clair autour du cou, et aux doigts des bagues de verroterie, des bijoux puérils trouvés dans des boîtes de cacao et des barils de lessive.

Elle ne quitta plus la terrasse. Elle y rêvait, de l'aube à la chute du jour, comme ces jeunes filles d'autrefois, sur les paquebots, régnant sur une portion de *sun-deck* où des stewards leur apportaient de quoi survivre au désœuvrement de la traversée.

Léna n'avait pas de stewards pour la servir. Elle rassemblait donc, dès le matin, ses trésors sous le hamac bleu tendu entre deux têtes de lions en pierre de lave. Elle se levait parfois, s'accoudait à la rambarde et contemplait les Andes.

Quelques-uns des hommes qui l'avaient aidée à briser les statues et à blanchir son grenier la rejoignaient au matin, après des nuits passées à coller des affiches électorales, à se battre contre d'autres militants.

Ils s'asseyaient à ses genoux, épuisés et ravis comme des chiens au retour de la chasse. Elle badigeonnait de teinture d'iode les lèvres tuméfiées, les arcades éclatées. Elle passait son doigt humecté de salive sur le visage de ceux qui n'avaient rien.

Ces hommes partaient quand je rentrais à la *Residencia*. Je restais seul avec Léna. Moi aussi, je m'asseyais sur les dalles et je reposais mon visage barbu, tiré par la fatigue, sur les genoux de Léna. Elle caressait mon front, mes joues, pinçait ma nuque avec impatience : elle attendait de vos nouvelles, David.

J'aurais pu lui parler de vous jusqu'au soir. Mais je m'amusais à faire durer le silence pour augmenter l'excitation de Léna. Sa poitrine se soulevait davantage, elle penchait la tête en avant comme quelqu'un qui ne va plus pouvoir se retenir de questionner, ses lèvres frôlaient mes yeux. J'enfouissais alors ma tête sous sa robe. Elle suppliait : « Non, non, je t'en prie ! » Mais moi, j'aime les femmes tôt le matin. Elles sentent le bébé chaud, le sel et l'arbre aux fruits mûrs pleins de guêpes.

J'avais envie de faire avec ma langue le tour de ses cuisses. Mais à cause d'un médecin irréfléchi qui leur avait affirmé que tout était bien, mes parents négligèrent de me faire couper le filet. J'ai aujourd'hui une langue courte qui ne me sert qu'à des choses banales, comme parler ou lécher une glace.

Mais je poussais mon visage entre ses jambes, ses mains trituraient mes épaules. « Lève-toi, disait-elle, enlève-toi, relève-toi. »

Et puis, elle commençait à aimer cela. Son corps tremblait. Elle avait un clitoris petit mais ferme, il touchait mon front à cet endroit où les fous croient que peut s'ouvrir, pour l'homme, un troisième œil. Ses grandes lèvres se refermaient sur l'arête de mon nez. Il me suffisait alors d'imprimer à mon visage une vibration légère mais constante, sorte de doux frisson prolongé, pour que Léna eût son plaisir. Et Léna associait ce plaisir au récit, qui s'ensuivait aussitôt, des *Nouvelles Aventures de David*.

Du coup, elle ne parla plus de se rendre à Puerto Montt pour y voter aux élections du 4 mars.

Je haïssais ce projet. Je craignais qu'elle ne revînt pas, à

170

cause de son frère le pêcheur, à cause de tous les hommes du Sud qui lui feraient fête.

Le peu que j'avais vu de sa ville natale et des milliers d'îles qui parsèment l'océan sous cette latitude me suffisait à comprendre qu'une femme pourrait s'y cacher sans peur d'être jamais retrouvée.

Je faisais ce rêve : je perquisitionnais dans les maisons de bois, dont seules les couleurs me permettaient de dire : « Je suis sûr d'avoir déjà fouillé cette maison jaune, passons maintenant à la rouge. » Mais la pluie diluvienne se mettait à tomber, emportant les couleurs.

Je savais qu'un jour je perdrais Léna.

J'envisageais sa vie près de moi comme celle d'un animal que l'on aime, tout en se rappelant que le temps qui passe n'a pas la même valeur pour lui que pour nous.

La séparation est inscrite dans son sang, dans ses organes, et c'est au moment où l'animal atteint sa plus grande splendeur qu'on sent approcher l'heure de cette séparation. On voudrait garder l'animal beau, vif, libre et joueur, et surtout, désespérément, le garder nôtre.

Alors, on lui permet de se coucher sur des lits jusque-là interdits, on lui donne à déchiqueter le fouet dont on le menaçait, le soir on lui propose une friandise sans ignorer que ce sucre-là le tuera peut-être un peu plus tôt encore. C'est comme un marché qu'on tente de conclure avec lui, on veut lui faire comprendre qu'on est capable d'aller tellement plus loin dans le don, dans l'amour, s'il consent à rester, c'est-à-dire à ne pas mourir.

Vous étiez tout à la fois le lit interdit, le fouet et la friandise.

Ne vous choquez pas de m'entendre comparer Léna à un animal. Il n'y a pas de règne inférieur. Il y a ce qui pleure et ce qui ne pleure pas. Les bêtes pleurent. Moi, je ne sais pas si j'en suis encore capable. Je ne m'aime pas, vous l'avez deviné. Vous êtes ici pour quinze jours. Je me détruirai avant votre départ.

Mais revenons à Léna. Eh bien, je pensais que Léna ne me quitterait pas avant notre installation aux États-Unis. Elle aurait tout de même là-bas plus d'occasions de refaire sa vie qu'à Puerto Montt ou Santiago. Elle pourrait divorcer légalement, et je lui verserais une pension honorable.

Au rythme où avançait ma recherche de l'étoile, de longs mois nous séparaient encore de ce voyage aux USA. Alors, il n'était pas impossible que Léna se levât un matin prise de nausées, ainsi le lendemain et le jour d'après, et qu'elle m'annonçât enfin, sanglotant de dégoût au-dessus du lavabo :

— J'attends un enfant, Burton.

Elle ne faisait rien pour être enceinte, bien sûr, mais d'un autre côté, elle n'utilisait aucune méthode contraceptive. Elle croyait avoir connu trop d'hommes pour que son ventre fût encore apte à porter un enfant, elle s'imaginait que tous ces hommes avaient saccagé ses organes génitaux, que le frottement répété de leur sexe et leur semence avaient tout brûlé. Les lois anciennes de sa tribu araucane et la religion chrétienne dans laquelle on l'avait finalement élevée étaient pour une fois d'accord : une mauvaise graine ne peut donner ni fleurs ni fruits.

Seul un enfant aurait fait de moi un homme.

Mon cousinage avec Sally Nathanson n'avait pas été la seule raison de m'éloigner d'elle.

Lorsque je pris conscience que nos dimanches passés au lit et nos soirées d'après-cinéma sur la banquette arrière d'une vieille Ford jaune et bleu pouvaient déboucher sur une grossesse, j'eus peur. Non pas du scandale, mais que la surdité congénitale de Sally touchât notre enfant.

C'était l'époque où de nombreux médecins étaient convaincus que le cancer était d'origine virale, donc contagieux. Pourquoi pas, alors, la surdité de Sally ? Nous l'évoquions parfois, et cela nous faisait rire. Nous imaginions tous les passagers d'un train, un train dans lequel aurait évidemment voyagé Sally, devenant sourds entre deux gares, incapables d'entendre les haut-parleurs qui disaient : « Ici le terminus, tout le monde descend, le train repart dans l'autre sens ! »

Quand Sally me quittait, quand je n'avais plus que la moiteur fruitée de ses eaux sur mes doigts qui l'avaient fouillée, je croyais voir dans l'ombre de ma chambre, posé sur mes oreillers, un bébé nu et silencieux, un tout petit enfant sourd et muet dont seuls les yeux immenses criaient qu'il vivait. Il se mettait à gesticuler. Je lui murmurais des mots rassurants qu'il ne pouvait entendre. Il s'agitait davantage et finissait par tomber sur le sol. Alors, il roulait sous le lit où je le cherchais à tâtons sans réussir à le trouver.

Voilà le cauchemar qui me fit quitter Sally.

Elle en souffrit, mais modérément. Elle était très jolie, du moins tant qu'elle ne déformait pas sa bouche pour lancer ses cris inarticulés. Sa beauté compensa bien des choses. Elle partagea son temps entre les plages de Floride et celles de Californie. Elle se déhanchait sur les pontons où sont amarrés les canots à moteur. Les hommes arrêtaient d'astiquer leurs bateaux pour la suivre, pour l'inviter. Comme elle ne les entendait pas, elle ne se retournait pas. Eux prenaient ça pour du mépris, ils n'en étaient que plus fous, plus éperdument amoureux d'elle. A la vibration des planches du ponton sous leurs chaussures de yachting, Sally devinait qu'elle était suivie par ces hommes. Arrivée au bout du ponton, elle plongeait et s'enfuyait à la nage. Les hommes n'osaient pas se jeter dans son sillage. Ils restaient à se dandiner sur le bord du wharf, clignant des yeux face au soleil. Alors, enfin, Sally Nathanson se retournait — elle crawlait aussi admirablement sur le dos que sur le ventre —, elle les dévisageait en crachant de l'eau vers le ciel, et c'est ainsi qu'elle se vengeait de l'amour.

Je ne voulais pas me venger de l'amour, moi, mais m'en punir.

Refoulant ma passion pour la littérature française, je m'inscrivis à la section d'astrophysique de l'université. Ma nullité en mathématiques m'obligea à travailler pis qu'un forçat. Ce fut une sévère pénitence.

Il y a longtemps de cela, David. Quand je commençai ces études, Karl Jansky n'avait inventé la radioastronomie que depuis une dizaine d'années. Bien qu'intéressés par la trouvaille de Jansky, nos professeurs ne croyaient pas que cette technique pût jamais supplanter l'astronomie traditionnelle. A l'inverse des images du ciel perçues par l'œil à travers les télescopes optiques, les crachotements captés par les antennes des premiers radiotélescopes n'avaient pas, pour mes vieux maîtres du moins, une signification bouleversante : l'infini n'était pas aussi muet qu'on l'avait pensé, des trains d'ondes couraient l'espace — et alors ?

Les balbutiements du ciel ressemblaient à ceux de Sally : une succession de modulations frustes, un peu sauvages, qui semblaient n'obéir aux règles d'aucune grammaire, d'aucun lexique. Mais qui mieux que moi pouvait savoir combien Sally-la-Criarde était une femme complexe, étincelante et tendre, un petit être tellement plus merveilleux que ses borborygmes ne le laissaient supposer ?

174

D'emblée, je fus certain que la technique de Karl Jansky avait un grand avenir, et je le dis.

On m'expédia aussitôt au sommet de je ne sais plus quelle montagne faire une cure d'astronomie orthodoxe.

L'Amérique était encore en guerre contre les forces de l'Axe, et je m'attendais à tout instant à être mobilisé. Il régnait sur la montagne un froid si éprouvant que je souhaitais être engagé dans une de ces batailles du Pacifique qui avaient le mérite de se dérouler au bord d'un océan tiède, sur des îlots luxuriants.

Si tant est qu'elle fût signée, ma feuille de route ne m'atteignit jamais : les porteurs chargés de nous acheminer le courrier durent rester dans la vallée à cause de la violence des chutes de neige et des périls de l'escalade.

Tout en me demandant avec tout de même une vague angoisse comment je me comporterais dans des enfers tels que Guadalcanal ou Iwo Jima, je passai des semaines à observer les étoiles. J'avais le privilège d'assister chaque nuit à des spectacles fastueux, alors que des milliers de garçons de mon âge agonisaient au même moment sur des rivages indifférents. Mais plus les images du ciel étaient grandioses, plus j'éprouvais le sentiment d'être frustré de l'essentiel : la parole, même incertaine et incohérente.

Les explosions atomiques sur Hiroshima et Nagasaki amenèrent la fin de la guerre, et cela coïncida avec enfin une période sans tourmente ni avalanches. Nous regagnâmes la vallée, nos sacs à dos débordant de rapports sur les mouvements et mutations divers de quelques astres majeurs dans la période comprise entre la fin de l'année 1944 et le premier semestre 1945.

Pour compenser le service militaire que je n'avais pas

accompli, je dus donner des conférences d'astronomie dans des hôpitaux où l'on soignait des blessés de guerre.

C'est dans le Wyoming, à l'issue d'une de ces causeries, que je revis Sally Nathanson.

Il pleuvait sur Riverton. Sally abritait une voiture d'enfant sous un grand parapluie vert avec des franges blanches. Elle avait eu un bébé, une petite fille qui s'appelait Rachel Mary Clara, et qui n'était ni sourde ni muette. Effrayée peut-être par le bruit de la pluie qui tambourinait sur le parapluie vert, l'enfant hurlait en tendant ses poings minuscules.

Sally sortit une ardoise d'une espèce de sac qui pendait sur le devant de la poussette. Une craie se balançait au bout d'une ficelle. Sally écrivit : *« J'étais à l'hôpital. Au premier rang. J'ai lu sur tes lèvres. Comme c'est beau, le ciel, les planètes et les étoiles ! Ce que je préfère quand même, c'est les comètes. Si tu restes encore un peu à Riverton, veux-tu venir dîner à la maison ? Mon mari s'appelle Frank. Nous avons acheté un garage à la sortie de la ville. A présent que la guerre est finie, les gens vont tous vouloir leur voiture. Les usines vont sortir des bagnoles à toute allure. Beaucoup trop vite, tu penses ! Elles vont tomber en panne. Alors, Frank et moi nous ferons fortune. Ah ! ah ! ah ! »*

Je fis bouger mes lèvres comme autrefois, articulant les mots sans les prononcer. On entendait seulement le bruit de la pluie et les pleurs de la petite fille.

— Je te remercie, Sally. Salue Frank pour moi. Pas besoin de le connaître pour être sûr que c'est un type bien. Je dois quitter Riverton avant la nuit, je devrais déjà être dans l'avion. Est-ce que je peux embrasser Rachel ?

En voyant ma tête se glisser sous le parapluie vert, la petite fille cessa de pleurer, non par sympathie pour ma personne mais par surprise. Elle garda sa bouche ouverte, les lèvres arrondies comme quelqu'un qui dit *oh !*, et son regard devint fixe.

C'était une attitude que prenait souvent Sally Nathanson quand elle se concentrait pour déchiffrer le mouvement des lèvres. Un court instant, jusqu'à ce que Rachel se remît à hurler, la ressemblance entre l'enfant et sa mère fut stupéfiante ; la petite fille paraissait n'avoir rien hérité de Frank le garagiste, c'était comme si Sally Nathanson l'eût conçue toute seule. Cette idée fit sourire Sally, qui écrivit sur son ardoise : *« D'une certaine façon, Rachel tiendrait même davantage de toi que de Frank. »*

Je ne cessai d'y songer tandis qu'un DC 3 militaire m'emmenait de Riverton à Seattle.

C'était une nuit hallucinante. Les montagnes obligeaient l'équipage à voler en altitude, mais alors le givre alourdissait les ailes, forçant l'avion à redescendre vers les vallées pleines d'éclairs où les turbulences menaçaient de le jeter contre les murailles rocheuses.

Était-ce le risque de mort, plus obsédant de minute en minute ? Toujours est-il que je compris cette espérance folle qu'ont les hommes de se survivre, et que ce rêve n'approchait la réalité qu'à travers les enfants qu'ils mettaient au monde. Si le DC 3 touchait la montagne et s'y brisait les ailes, si nous étions précipités dans l'abîme au milieu d'une nuée de débris enflammés, que resterait-il de moi ? A peu près rien, sinon que Sally Nathanson ne regarderait plus sa petite fille sans penser à moi — pendant un certain temps, et puis cette ultime empreinte s'effacerait à son tour.

Ballotté de ville en ville dans des avions dangereux, j'échappai de justesse à plusieurs accidents. A chaque atterrissage, ma première pensée était pour Sally et son enfant. Je lui écrivais pour lui raconter ce qui était arrivé, par quel miracle j'avais réussi à m'en sortir.

Je ne manquais jamais, dans un post-scriptum encadré de cœurs à l'encre rouge, de lui demander si sa petite Rachel continuait d'avoir sur ses traits, de façon inexplicable, quelque chose de moi. Sally m'assurait que oui. Pourtant, je sentais bien que cette prétendue ressemblance la frappait de moins en moins. Jusqu'au jour où elle me répondit en me priant sèchement de porter moins d'intérêt à son enfant, un intérêt qu'elle qualifiait de morbide, elle avait même souligné le mot. Rachel Mary Clara, disait-elle, était la fille de Frank ; il était à présent tout à fait évident qu'elle aurait le nez retroussé, les doigts courts et les oreilles décollées du garagiste de Riverton. C'était l'émotion de me revoir, concluait Sally Nathanson, qui l'avait poussée à évoquer une ressemblance entre son enfant et moi, mais en réalité il n'y avait jamais rien eu de tel.

Ce fut une grande désillusion, que je combattis en travaillant d'arrache-pied.

L'oisiveté m'eût probablement jeté dans les bras d'une de ces jolies femmes désireuses de se marier et d'avoir un enfant qui pullulaient dans notre Amérique d'après-guerre ; d'autant que le conflit de Corée fit de nouvelles jeunes veuves.

Notre métier nous oblige heureusement à travailler le plus souvent la nuit, dans des sites écartés et sauvages où les seules femelles sont celles des ours et des aigles. J'en vins à oublier jusqu'aux pas pourtant très simples du cha-cha-cha, et le langage des fleurs qu'on offre à une femme.

Il avait fallu la pluie sur le visage de Léna, à bord du bateau de la lagune, cette pluie qui me rappelait brusquement, comme une douleur qui se réveille, la pluie crépitant sur le parapluie vert de Riverton — alors, le désir d'enfant m'avait envahi à nouveau, plus violent d'avoir été si longtemps étouffé.

Et Léna disait qu'elle n'en voulait pas.

Jusqu'au dimanche 4 mars, Santiago balança entre la joie et la peur.

Depuis la terrasse de la *Residencia*, on voyait flotter au-dessus des toits d'immenses banderoles multicolores barrées de slogans exaltants. La nuit, des projecteurs illuminaient les portraits des candidats. Les radios diffusaient des mots d'ordre rythmés par des airs populaires. Mais cette liesse n'était qu'un trompe-l'œil.

L'effroi était bien réel. Des nouvelles, arrivées des provinces lointaines, faisaient état de militants tués ou blessés au cours de meetings. On parlait de vagues d'arrestations. A Santiago même, des explosions déchiraient de plus en plus souvent le silence de la nuit ; rares étaient les permanences politiques à ne pas montrer, au lever du jour, des vitres brisées, des portes hachurées ou éventrées par des éclats de bombes.

Le parasitage dû à la surabondance du trafic radio de la police et des militaires nous amena, la dernière semaine avant les élections, à suspendre nos activités dans la Cordillère.

Je choisis de vivre cette semaine de vacances forcées près de Léna, dans la *Residencia* déserte : les leaders politiques ne venaient plus chez nous trinquer avec des adversaires dont ils désiraient maintenant voir les entrailles se répandre au plus vite sur Providencia ou Las Condes. Il s'agissait là d'une haine sans haine, strictement culturelle, issue de la splendide vieille démesure espagnole.

Léna aussi frissonnait de violence mal dominée. Elle brisait tout ce qu'elle touchait, œufs, statuettes, fenêtres qu'elle tentait de fermer à l'approche d'un coup de vent.

Je la suivais à travers la maison comme on piste un animal sauvage, m'asseyant parfois sur une chaise en retrait pour lui donner confiance, puis m'élançant et lui barrant la route, et tendant les mains pour la saisir, l'attirer contre moi. Elle s'immobilisait, ses poings serrés comprimant sa poitrine :

— Laisse-moi tranquille, Burton, j'ai chaud, qu'est-ce que tu veux ?

— Toi.

— Non, pas envie.

Elle s'échappait d'une ruade, envoyant promener une lampe de terre cuite posée sur le sol. L'ampoule cassait. Une ou deux fois, cela coïncida avec le bruit sourd d'un attentat dans le centre ville.

Un jour, en se sauvant maladroitement, elle déchira sa robe à une longue écharde de la rampe d'escalier. La robe se partagea de haut en bas, de l'épaule jusqu'aux cuisses.

C'était justement une période où Léna était féconde, mais elle courut s'enfermer dans une des chambres de l'étage.

Le vendredi 2 mars, vers le milieu de l'après-midi, Léna m'appela là-haut sous les combles.

Elle avait ouvert au maximum la puissance de sa radio, la membrane du haut-parleur vibrait à s'en décoller sous les voix, aujourd'hui terribles, des *commandantes*.

Adossée au mur blanc, obligée de courber la tête à

cause de la pente du toit, Léna tremblait. Elle me désigna le poste :

— Écoute ce qu'ils disent.

Les *commandantes* parlaient d'un message envoyé par un bateau de Puerto Montt, d'après lequel un homme aurait été tué sur les quais par des militants d'extrême droite. L'homme aurait pu se dérober à ses agresseurs en se jetant à l'eau, en se dissimulant derrière la coque d'un chalutier. Mais il n'avait pas vraiment cru qu'on en voulait à sa vie ; aussi était-il resté là, les bras le long du corps, à marmonner des choses que personne n'avait entendues en raison du crépitement de la pluie sur le quai, sur les bateaux et sur l'eau du port.

Finalement, il avait été abattu comme un fusillé, c'est-à-dire debout, le dos collé contre un grand pieu qui dépassait de la mer et qui servait à accrocher des viviers pour les crabes.

D'après les descriptions qu'en donnaient les *commandantes*, il s'agissait d'un jeune pêcheur.

— C'est mon frère, dit Léna.

A la radio, les *commandantes* se mettaient d'accord pour faire route vers Puerto Montt, tous leurs navires ensemble, regroupés comme une vraie flotte de guerre. Ceux qui ne disposaient pas d'une autonomie suffisante seraient ravitaillés en plein océan par les autres qui emportaient du carburant pour plusieurs semaines. En forçant les machines, les navires seraient en vue de Puerto Montt avant la proclamation du scrutin du dimanche. Ils jetteraient l'ancre dans la baie et feraient hurler leurs sirènes sans discontinuer jusqu'à ce que le sous-secrétaire à l'Intérieur lût les résultats des élections. Alors, on viendrait à quai, on débarquerait, et l'on traquerait les assassins dans les ruelles de Puerto Montt.

Je regardai Léna. Elle ne tremblait plus, mais elle était

livide. Je vins vers elle, je la touchai, sa chair était dure comme de la pierre. Elle ouvrit grand la bouche. Je ne sais si c'était pour crier ou pour reprendre sa respiration, en tout cas elle ne dit rien, mais je vis l'intérieur de sa bouche encombré d'une sorte de mousse d'un blanc neigeux, d'une écume dense et collante, comme si l'eau claire de sa salive se fût mise à bouillir.

Il est tout à fait exact de dire de certaines personnes que le désespoir les consume de l'intérieur. Vous comprenez cela, David, vous qui avez la passion des étoiles qui se dévorent du dedans, qui engloutissent jusqu'à leur propre rayonnement, et qui sont sans doute l'état de la matière qui se rapproche le plus du néant.

Léna passa une nuit que le médecin qualifia de calme, mais que je considérai, moi, comme purement végétative. Son cœur continua de battre, sa poitrine de se soulever, mais je crois que son esprit l'avait quittée.

Le docteur Alvarez lui fit une série de piqûres, me recommandant de lui donner à boire toutes les heures :

— Si elle s'étouffe, si elle ne parvient pas à déglutir, ne perdez pas de temps à me joindre, appelez aussitôt une ambulance et faites transporter Mrs. Kobryn à l'hôpital.

Tout en veillant Léna, j'essayai de me renseigner sur l'identité réelle du pêcheur assassiné. Je téléphonai partout où c'était possible, c'est-à-dire partout où le téléphone marchait encore, car il y avait eu des attentats contre les lignes.

Je n'obtins que des informations fragmentaires, insuffisantes pour conclure dans un sens ou dans l'autre. Un moment, je songeai à vous envoyer à Puerto Montt avec la photo du frère de Léna. Mais j'eus beau appeler chez vous presque jusqu'à l'aube, personne ne répondit. Je suppose que vous étiez allé danser avec une fille de l'Unité populaire.

Aux alentours de midi, le samedi, Léna sortit de sa torpeur. Elle consentit à absorber un peu de lait, et dit :

— J'ai dormi beaucoup, n'est-ce pas ? Pourtant, j'ai vu des choses. Toi qui t'agitais toute la nuit, par exemple. Enfin, rien ne tenait. Le monde s'en allait à la dérive, comme si tout était sur la mer. Heureusement, mon frère était debout à l'avant de son bateau et il me souriait. Mon frère et son bateau étaient les seules choses tranquilles.

Elle ferma les yeux un instant, comme pour retrouver cette vision qui l'avait apaisée durant son coma, puis elle demanda :

— D'après toi, Burton, c'est le signe qu'il est mort ?

Je lui dis qu'un marin, en effet, avait été tué à Puerto Montt, qu'il portait un poncho brun et que son signalement correspondait à peu près à celui de son frère. Mais j'ajoutai que c'était là tout ce que j'avais pu apprendre :

— C'était la nuit, les ministères ne répondaient pas. Ou alors, quand il y avait une permanence, on m'envoyait me faire foutre.

Elle hocha la tête :

— C'était bien la peine d'offrir des fêtes à ces gens-là ! L'un d'eux a donné des ordres pour qu'on assassine mon frère.

Comme la plupart des personnes simples, Léna croyait que rien n'arrivait jamais sans qu'un haut personnage eût tiré sur une ficelle. Elle ne concevait pas que les êtres humains fussent assez libres pour ressentir en eux-mêmes le désir d'humilier, de blesser ou de tuer.

Je lui enviais son système : il est rassurant d'avoir des adversaires que l'on peut nommer, trop haut placés pour oser leur demander des comptes ; car alors, après la colère, vient cet apaisement qu'on éprouve à se savoir impuissant.

Je n'ai jamais eu la ressource de pouvoir attribuer à un fonctionnaire, à un président ou à une divinité, tel ou tel des événements terribles qui se produisent dans le ciel. Ce que j'ai observé naissait et mourait sans l'intervention de personne. La matière seule était en cause, désespérément indifférente à l'homme.

Le docteur Alvarez revint à quinze heures. Léna se laissa sagement examiner. Alvarez me demanda un peigne, partagea les cheveux de Léna et lui posa des électrodes sur la tête. Il ouvrit une petite valise noire et observa le tracé qui s'inscrivait sur du papier milli-métré.

Puis il dit à Léna d'aller sur la terrasse respirer un air moins confiné, et sitôt qu'elle fut sortie, il me confia :

— Votre femme ne sera plus jamais comme avant.

Je m'imaginai qu'elle ne rirait plus aussi souvent, qu'elle aurait peut-être moins de goût à danser, moins d'appétit, un sommeil plus fragile, une préférence pour les vêtements sombres.

Elle revint de la terrasse, nous dit que des fumées noires flottaient sur la ville, et demanda au médecin s'il l'autorisait à se rendre à Puerto Montt pour organiser les funérailles de son frère.

— Ce serait très imprudent, madame, dit Alvarez.

Il fit valoir les risques d'épuisement que représentait un pareil voyage vers le Sud à une époque où la moindre bourgade était en ébullition :

— Il y aura des bagarres dans les trains, madame, et des manifestations bruyantes sur les quais à chaque arrêt en gare. Dans les avions, les alertes à la bombe vont

185

entraîner des tracasseries de toutes sortes et des retards considérables. Vous avez besoin d'un très grand calme.

Il faisait tiède, sous un ciel d'un gris diaphane qui laissait entrevoir le soleil dans un halo. L'imminence des élections et cette lumière brouillée qui présageait déjà l'automne avaient vidé la piscine Antilén de ses bandes de jeunes gens braillards, il n'y avait plus de motos sur les allées du cerro San Cristobal, les cabines du téléphérique se balançaient à vide au-dessous des arbres du parc métropolitain. A l'étage, on entendait battre doucement une porte mal fermée. Une bouffée d'air gonfla un rideau, projetant sur le sol deux ou trois abeilles engourdies.

— Ici, dit encore Alvarez, vous êtes bien, Mrs. Kobryn.

Léna ne répondit pas. Elle alla s'asseoir sur la plus basse marche de l'escalier et enfouit son visage dans ses mains.

A compter de cet instant, je n'entendis plus le son de sa voix, jamais plus. Elle devint muette.

Les premières heures, le silence de Léna ne me frappa point. Je le constatai, c'est vrai, mais je comprenais qu'elle n'eût pas envie de parler. Pour dire quoi, après tout ? Elle n'avait pas grand-chose à partager avec moi : de son frère assassiné, je ne connaissais qu'une photo et quelques anecdotes ; je ne savais même pas son prénom, nous l'appelions entre nous *el hermano,* le frère. De même que je n'avais pas la certitude de sa mort, je n'avais jamais été vraiment sûr de son existence. J'en étais presque venu à le considérer comme un de ces dieux tutélaires dont certaines personnes naïves font grand cas, et qui évitent soigneusement de se manifester aux hommes.

Après m'être assuré que Léna n'avait besoin de rien — elle se contenta de faire non de la tête —, je me retirai dans mon bureau.

Jusqu'au soir, porté par ce silence qui noyait agréablement la *Residencia* et le San Cristobal, je m'absorbai dans mon travail. Je me rappelle avoir secrètement béni les élections de mars et la mort supposée du frère de Léna, grâce auxquelles je jouissais de quelques heures d'un calme inappréciable.

Je repris tous mes chiffres, disséquai l'ensemble des résultats obtenus dans la Cordillère.

La nuit s'avança, et j'étais toujours à mes calculs. Tout concordait : l'évolution des émissions radio en provenance du nuage interstellaire révélait une profonde modification de structure.

Nous étions à quelques semaines, quelques mois peut-être, de l'éclosion d'une nouvelle étoile. Nous allions cesser bientôt d'être des gynécologues pour devenir des accoucheurs, pour plonger nos antennes dans ces poussières prises de folie, dans ce ventre laiteux au bout du ciel, pour en tirer le hurlement de l'étoile jaillissante.

Il est vrai que cette étoile serait déjà vieille de plusieurs millions d'années à l'instant où nous capterions son premier cri. Mais c'est la grandeur de l'homme que de ramener à la courte mesure de son présent des événements qui dépassent infiniment le temps de sa vie.

Quand les journalistes m'ont interrogé à propos d'*Infante 1,* je leur ai dit que ce cri n'était que l'écho d'un cri éteint depuis un nombre immense de millénaires, un cri fossile en somme. Ils ont balayé tout ça d'un geste, et un reporter australien m'a ramené à la réalité :

— En tant que telle, Mr. Kobryn, laissez-moi vous dire que personne n'en a rien à foutre, en effet, de votre étoile. Il en naît et il en crève des tas tous les jours, pas vrai ? Et ça n'empêche pas les marsupiaux de continuer à sautiller comme si de rien n'était. Seulement, cette fois-ci, il y a eu quelqu'un au bout du fil. C'est ça qui compte, Mr. Kobryn, pour nous et pour nos lecteurs.

L'Australien s'était avancé jusqu'à la tribune. C'était un homme chauve, avec une couronne de cheveux gris sur le pourtour du crâne. Je l'ai regardé, je l'ai écouté avec humilité. Je sentais bien qu'il disait juste.

— Mr. Kobryn, a-t-il poursuivi, je ne sais pas encore si votre histoire d'étoile va faire un tabac. Ça se peut que oui. Parce que c'est un truc pas mal, qui nous change du reste. Alors soyez gentil, Mr. Kobryn, ne gâchez pas la marchandise. Possible que votre *Infante 1* soit une vieille dame aujourd'hui. Mais nous, on a l'intention de vendre du bébé, du nouveau-né rose et joufflu, et qui braille.

J'ai répondu que je comprenais. J'ai fait un signe à l'opérateur. On a repassé la bande magnétique. J'ai croisé et décroisé mes doigts nerveusement, comme je l'avais vu faire à de futurs pères dans les salles d'attente des maternités. Les lampes rouges se sont allumées au-dessus des caméras de télévision, les flashes sont partis dans tous les sens.

Léna était couchée depuis un moment quand je descendis enfin. Elle m'avait laissé un mot : « *Si tu veux dîner, il y a quelque chose dans le frigo. C'est dans la boîte en plastique, sous l'étage où il y a le beurre et le lait.* »

Je grignotai sur un coin de table, puis je montai près de Léna. Elle était étendue les bras le long du corps, elle ne dormait pas. Elle me suivit des yeux tandis que je marchais dans la pièce.

Des sirènes ululaient dans le centre ville. Les lueurs d'un incendie barraient l'horizon. A un certain moment, les flammes embrasèrent le portrait géant d'un leader. Le visage de l'homme se couvrit d'énormes pustules, d'abord brunes puis noires. La photo s'obscurcit d'un coup, se déchiqueta en lambeaux enflammés que le vent dispersa sur les toits. Il ne resta plus qu'un vaste cadre vide couru de feux follets, à travers lequel les lentilles des projecteurs brillaient comme des os mis à nu.

Je m'allongeai contre Léna, cherchai sa main et la caressai.

Je lui dis que mes recherches touchaient à leur terme, que nous allions bientôt quitter le Chili pour les faubourgs pleins de jardins d'une cité américaine dans le Colorado. Mais, avant cela, je l'emmènerais à Puerto Montt. Ensemble, nous mettrions de l'ordre dans la maison de son frère. Mais nous ne la vendrions pas, afin que Léna pût y revenir quelquefois si elle le souhaitait. Sur la façade, je ferais apposer une plaque avec l'inscription : *Ici vécut un homme juste, assassiné le 2 mars 1973 par l'extrême droite.* La plaque ne serait pas en marbre, ce qui fait toujours un peu funèbre, mais en bois pyrogravé ; cela s'accorderait mieux au style des maisons de Puerto Montt.

Léna trembla, mais ne dit rien.

Le dimanche, elle resta confinée dans son mutisme. Il est vrai que la ville entière se taisait aussi, dans l'attente des résultats électoraux. On n'entendait que le grondement sourd des véhicules de l'armée qui patrouillaient afin d'assurer la sécurité des bureaux de vote. Le silence de Léna s'accordait si bien au silence de Santiago que la pensée ne me vint pas qu'il pût être suspect.

Vers dix-neuf heures trente, dans l'auditorium du centre Gabriela Mistral, le sous-secrétaire d'État à l'Intérieur lut les premiers résultats partiels. Contre toute attente, l'opposition de droite obtenait un score insuffisant pour espérer renverser le gouvernement de Salvador Allende.

Ces chiffres ne comprenaient pas encore le dépouillement des votes de Santiago. Je me levai pour ouvrir les baies vitrées et passer sur la terrasse. D'un instant à l'autre, une rumeur allait monter de la ville. Elle nous en apprendrait davantage sur la réalité du scrutin que tous les commentaires de la télévision et des radios des partis.

Ce fut en fait un vaste désordre, car ces résultats trop fragmentaires autorisaient chaque formation politique à se dire victorieuse ou en passe de l'être. Des cortèges excités se formèrent et se dirigèrent, à grand renfort d'avertisseurs, vers les permanences des partis adverses pour y faire du chahut.

Les clameurs montaient jusqu'à la *Residencia,* le verre que je tenais à la main se mit à vibrer doucement.

Les Chiliens avaient attendu ces élections comme une heure de vérité, et il n'y avait pas de vérité. Seule l'incertitude sortait renforcée de la consultation. La victoire incontestable de l'un ou l'autre camp eût peut-être dégénéré, tandis que ce brouillard politique permettait à chacun de célébrer ce que bon lui semblait ; et les fêtes de la rue s'empilèrent les unes sur les autres comme des poupées russes ; à présent, à plus ou moins longue échéance, un coup d'État était inévitable.

Quand je réintégrai le salon, Léna n'y était plus.

Je l'ai cherchée dans la nuit, et toute la nuit. Peut-être l'ai-je croisée mille fois sans la voir, il y avait tellement de monde. Je l'appelais, Léna ! Léna ! mais elle ne pouvait pas m'entendre à cause des klaxons et des transistors que les gens faisaient hurler.

Ce fut une sensation très déconcertante que de chercher ma femme malade dans cette ville étrangère. Plus j'avançais, plus c'était Santiago qui me paraissait familière, et Léna inconnue. J'étais incapable de dire si oui ou non les rues que je remontais étaient du genre de celles où Léna aurait pu s'enfoncer.

J'entrai dans une cabine pour téléphoner au docteur Alvarez.

— Je suis en plein dîner avec des amis politiques, dit-il. Nous célébrons le triomphe. Les heures à venir vont conforter ces premiers résultats absolument magnifiques. Mais je vous écoute, je reste bien entendu au service de ma clientèle. Sait-on de quoi demain sera fait, Mr. Kobryn ?

Je lui annonçai la disparition de Léna.

— Je vous avais prévenu qu'elle ne serait plus jamais comme avant, fit-il d'un ton grave. Vous auriez dû vous montrer plus prudent, mon cher Mr. Kobryn. Sans doute avez-vous prononcé un mot malheureux qui a mis le feu aux poudres. Hormis cette fugue, avez-vous relevé d'autres symptômes remarquables ?

Il enchaîna aussitôt, sans attendre ma réponse :

— Avez-vous vu ce vieux film, *Un tramway nommé Désir* ? Il y a dans cette histoire une pauvre femme totalement détraquée, et personne n'a l'air de se douter qu'elle est cinglée. Naturellement, je ne prétends pas que votre épouse pourrait tomber dans un pareil gouffre.

Je me souvins d'avoir emmené Sally Nathanson voir ce film, mais elle avait voulu partir avant la fin. Plus tard, j'avais voulu y retourner, mais le film n'était plus à l'affiche. Le cinéma de Riverton où on l'avait donné était même en cours de démolition. Cela m'était apparu comme un présage, comme un signe que je ne devais pas insister pour voir *Un tramway nommé Désir*.

— Mais Léna n'est pas folle, dis-je.

Une motocyclette dont le pilote était tombé percuta à cet instant la cabine téléphonique dont les vitres volèrent en éclats. Je fus légèrement écorché à la hauteur du cou et de l'épaule gauche. La communication fut coupée. J'eus beau chercher, je ne réussis pas à trouver une autre cabine téléphonique qui fût libre.

Léna dormait paisiblement quand je regagnai la *Residencia* aux premières lueurs de l'aube.

Je flairai ses vêtements. Ils ne présentaient aucune odeur caractéristique. Je soulevai le drap pour examiner ses pieds nus, ils ne portaient aucune trace. Simplement, sa chevelure était embrouillée et humide comme si elle avait sué abondamment.

Plus tard, quand j'interrogeai Léna sur ce qu'elle avait fait durant cette nuit du 4 au 5 mars, elle se contenta de hausser les épaules.

C'est au cours de la journée de lundi que je m'aperçus que Léna n'avait pas prononcé un seul mot depuis quarante-huit heures.

Je lui en fis la remarque, et de nouveau elle haussa les épaules. Je protestai que ce n'était pas une réponse. Alors, elle quitta la pièce en laissant tomber ses vêtements un à un.

Quand elle fut nue — elle se trouvait à ce moment-là juste au pied de l'escalier, ivoire et lisse comme une figurine de jeu d'échecs sur le dallage noir et blanc du grand hall —, elle se retourna vers moi, m'invitant du regard. Je vins jusqu'à elle. Elle s'agenouilla et prit mon sexe dans sa bouche. Ses lèvres étaient souples et sa langue déliée. Elle

192

émit aussi quelques petits grondements. Je crois qu'elle voulait me prouver que ses cordes vocales pouvaient vibrer, que sa bouche pouvait articuler.

Le 27 mars fut désigné le nouveau gouvernement. Léna envoya des invitations aux membres des cabinets ministériels, les conviant à une grande fête à la *Residencia.*

Elle réussit l'exploit de se montrer une admirable maîtresse de maison sans prononcer une seule parole.

Quand un de ses invités cherchait à engager la conversation avec elle, Léna souriait, puis tournait brusquement la tête de côté comme si quelqu'un d'autre l'interpellait, souriait à nouveau pour s'excuser de devoir se dérober, se perdait dans la foule.

Plusieurs invités, qui ne connaissaient pas nos fêtes et qui rencontraient Léna pour la première fois, me dirent à quel point ils étaient impressionnés par elle. Ils ne savaient pas pourquoi, mais ils avouaient ressentir un trouble exquis en sa présence. En réalité, ils étaient flattés parce que, se taisant sans cesse, Léna les écoutait comme personne. Elle avait alors une façon d'ouvrir grands ses yeux clairs, qui fit plus pour son triomphe que si elle eût posé des questions clairvoyantes.

Le docteur Alvarez était venu, lui aussi, en compagnie d'une femme blonde et grande, osseuse, vêtue de rouge, qui s'écriait chaque fois que le téléphone sonnait :

— C'est certainement pour le docteur Alvarez, il a des clients jusqu'en Terre de Feu, laissez donc, je répondrai.

Ce n'était, bien sûr, jamais pour le docteur Alvarez. Mais le caquetage incessant de la femme blonde me fit apprécier le mutisme de Léna. Je vous avoue n'avoir ressenti aucune émotion lorsque le docteur Alvarez prit un ton funèbre pour m'annoncer qu'il n'était pas en son pouvoir de guérir Léna :

— Votre seul espoir et celui de votre épouse, Mr. Kobryn, est que vous ne tardiez pas à regagner les États-Unis et que, là-bas, un spécialiste...

Il enchaîna sur l'histoire d'une jeune fille qui avait perdu, elle aussi, la faculté de s'exprimer, à la suite semblait-il d'une chute dans la rivière Tolten, à Villarica. La jeune fille avait suivi des cures à base d'eau sulfureuse et retrouvé peu à peu un maigre filet de voix. Elle s'exprimait désormais, selon Alvarez, comme une enfant enrouée. Mais elle était devenue aquaphobe et la seule vue d'une carafe d'eau la tétanisait. Elle ne pouvait plus s'abreuver qu'en suçant des glaçons.

— L'humanité est bien misérable, conclut Alvarez. Moi-même...

Il n'en dit pas davantage, mais c'était éloquent. Je glissai donc dans la poche de son smoking la poignée de pesos froissés qu'il paraissait attendre.

Là-bas, entre le grand et le petit salon, sous une voûte qu'elle avait décorée de rubans noirs tressés d'or, Léna dansait au bras d'un dignitaire du nouveau gouvernement.

Le samedi soir, dès que les ombres s'allongeaient, on se bousculait aux portes de la *Residencia*. Las des tremblements de terre, de la circulation démente sur l'Alameda, des menaces de juntes et de pronunciamientos, les notables de Santiago se prirent de passion pour Léna, hôtesse très belle et absolument muette.

On ne les entendait plus, comme auparavant, pérorer sur la terrasse dominant la ville. Ils baissaient la voix et leurs gestes eux-mêmes, fût-ce celui d'élever un verre de champagne vers leurs lèvres craquelées, subissaient une sorte de ralenti. Les couples qui montaient s'étreindre un moment dans les chambres à l'étage faisaient l'amour avec moins de rage mais beaucoup plus de volupté.

Il devint inutile de louer à prix d'or des orchestres tonitruants. Une seule guitare sèche suffisait à accompagner les danseurs. Ses notes s'entendaient parfaitement d'une pièce à l'autre et, quand le vent soufflait du bon côté, jusqu'au fond du jardin.

Mais à l'aube du lundi, quand la *Residencia* se vidait, j'avais l'impression de hanter un tombeau. La fumée des cigares et la poudre de riz retombaient comme le sable dans les pyramides après l'ensevelissement des pharaons.

C'était le moment que choisissait Léna pour ôter ses

souliers et délasser ses pieds gonflés, fatigués par les danses.

Ces pieds nus ajoutaient encore à son silence. Il arrivait aussi qu'elle se déshabillât tout à fait pour se donner un peu d'aise, et je n'entendais même pas le froissement des étoffes glissant sur son corps.

Quand des hommes, toute la nuit, lui avaient fait mille compliments auxquels elle n'avait pu répondre que par des sourires, elle était excitée et s'offrait à moi avant l'arrivée des servantes qui débarrasseraient les buffets.

Mais même dans l'amour, Léna restait immatérielle. Je n'avais pas l'impression de pénétrer une femme, mais de m'enfoncer dans un nuage moite dont les parois me fuyaient en ne laissant autour de mon sexe qu'une ardente sensation de feu.

A la même époque, je dus affronter un autre silence.

Après des signes encourageants, confirmés par le décryptage des multiples données que nous fournissions aux ordinateurs, la portion de l'espace que nous appelions « le berceau » entra dans une phase de mutisme incompréhensible.

Nos antennes ne captaient plus qu'un lancinant bruit de fond.

Une nuit, vous m'avez demandé si j'estimais possible que l'espace pût avorter, souffrir de fausses couches comme les femmes. Devant les écrans vides, vous avez dit :

— Alors quoi, monsieur ? Interruption de grossesse ? Ce serait amusant. Et presque aussi glorieux pour vous, somme toute. Nous avons toujours cru que l'univers menait ses projets à terme, quitte à les effacer plus tard par la mort. Voilà quelque chose de neuf : un ratage — ou un remords, qui sait ?

Vous jubiliez, David, le néant l'emportait.

Je vous ai rappelé que, dans le cas d'une gestation humaine, le fœtus cesse précisément de remuer quelques semaines avant sa sortie de l'utérus. Ne pouvions-nous comparer ce brusque silence du ciel à l'immobilité tout aussi soudaine du fœtus ?

Je conviens que c'était absurde. Vous n'avez pas su réprimer un sourire de pitié.

Je suppose qu'en cet instant vous comptabilisiez les millions dépensés en pure perte, l'immense gâchis technologique et humain dont j'étais responsable.

Je fis signe aux assistants chiliens de quitter la salle des calculs. Ce geste vous concernait aussi, mais vous ne l'avez pas pris pour vous. Vous vouliez rester et voir comment j'allais m'en sortir.

Les Chiliens s'éclipsèrent sans hâte. Il était environ deux heures du matin, la température extérieure avait baissé de façon considérable, rendant la route de la Cordillère dangereuse jusqu'à ce que le retour du soleil eût fait fondre les plaques de verglas. Les Chiliens ne pouvaient pas rentrer chez eux, ils n'avaient d'autre endroit où aller que le blockhaus en sous-sol, cerné de partout par la roche et la neige, et que nous appelions la salle de détente.

Nous restâmes seuls. Pour m'éprouver, vous m'avez demandé l'autorisation de débrancher les appareils. J'ai refusé.

— Monsieur, avez-vous dit alors, je suis profondément navré. Si ce n'est pas l'Univers qui s'est trompé, c'est nous qui nous sommes fourvoyés. A 15 000 années-lumière du centre de la Voie lactée, des étoiles naissent à un rythme relativement précipité. C'est sur cette zone critique que nous aurions dû faire porter tous nos efforts. Mais nous avons cherché plus loin, c'est-à-dire trop loin.

— De quoi m'accusez-vous ? D'audace ? De présomption ?

— J'ai dit *nous*, monsieur.

Merci pour cette politesse, David, ou cette hypocrisie. C'est elle qui a mis fin au tremblement de mes mains, repoussé la nausée en train de m'envahir.

Si vous aviez insisté sur le registre de la compassion amicale, j'aurais sans doute accepté de perdre. Nous serions descendus ensemble au blockhaus, nous aurions bu tout le café de la machine automatique, mangé tous les gâteaux fades du distributeur, puis nous aurions collé des boulettes de chewing-gum sur les photos de filles nues que les Chiliens affichaient aux murs gris.

L'échec me rend infantile, c'est ma façon de le fuir. Je dois ce petit stratagème à Sally Nathanson. Dès que quelque chose allait mal pour elle, Sally portait son pouce à sa bouche et ouvrait de grands yeux naïfs. Alors, les gens ne disaient plus : « Ah ! la pauvre sourde ! » mais : « Pauvre enfant ! »

Mais j'aime être seul dans la défaite. Votre insistance à vous glisser dans ma faillite avait quelque chose d'insupportable. C'était aussi indécent que si vous aviez voulu dormir dans mon propre lit.

— Qu'est-ce que vous me chantez là ? fis-je avec colère. Ce n'est pas la première fois que l'émission est perturbée.

— Elle n'est pas perturbée, monsieur, elle est interrompue. Depuis soixante-douze heures, nous ne captons plus aucun signal.

— Revoyez les alignements. Nous sommes désynchronisés, voilà tout. Un décalage imperceptible, mais qui suffit à tout enrayer.

Vous avez rappelé les Chiliens et alerté les équipes des autres radiotélescopes.

Je vous condamnais à une tâche absurde, et vous ne protestiez pas. Et même, au fur et à mesure que vous vous absorbiez, une sorte d'enthousiasme vous reprenait. A plusieurs reprises, vous vous êtes retourné pour me sourire.

Une ou deux heures avant l'aube, je vous demandai :

— Eh bien, David, les choses vont-elles aller à présent ? Puis-je vous laisser le soin de poursuivre et redescendre sur Santiago ?

Vous êtes venu à moi pour me serrer la main. Je vous donnai une tape amicale sur l'épaule :

— Vous aviez déjà renoncé, pas vrai ?

— Oui, monsieur.

— La future étoile est pourtant là, David. Je sens que notre cocon de poussière et de gaz, là-haut, bouillonne de plus en plus violemment. Nous ne sommes sans doute pas loin, ajoutai-je, des dix millions de degrés qui vont allumer la réaction thermonucléaire.

— Tout à fait, monsieur. Cette foutue petite salope va s'épanouir. Pour l'instant, quelqu'un s'est amusé à mettre un couvercle sur la marmite. Bon, c'est ce qui fait que nous n'entendons pas grésiller au fond. Mais ça n'est sûrement pas plus grave que ça.

Après le doute, la confiance. Pour la première fois depuis que nous nous connaissions, je vis en vous l'homme et non pas le chercheur à mes ordres. Vous étiez jeune, fragile, émouvant. Et plutôt beau, ma foi.

— A propos, dis-je, n'auriez-vous pas rencontré Léna ? C'est étrange, mais depuis quelques jours elle ne cesse de me parler de vous. Elle va souvent en ville, alors j'ai pensé que vous vous y étiez peut-être croisés. Il n'y a rien de mal à s'asseoir pour bavarder sur un banc. D'ailleurs, voilà longtemps que je souhaite vous avoir à la maison. Mais j'ai toujours eu peur que vous ne preniez ça pour une corvée.

Vous avez paru troublé. Et je me rappelai que Léna aussi avait eu cet air embarrassé la première fois que je lui avais parlé de vous.

— Je serai heureux de venir, monsieur. Mais non, je n'ai pas rencontré Mrs. Kobryn. Je suis touché qu'elle s'intéresse à moi. Elle est très belle, à ce qu'on dit.

— Vraiment ?

— Oui, monsieur. J'ai quelques amis dans les milieux politiques. Certains ont déjà eu le privilège d'être invités à la *Residencia*. Ils ont donc approché Mrs. Kobryn, et c'est comme ça que j'ai appris qu'elle était si belle.

— Léna sera enchantée de le savoir. Merci, David.

Au moment de m'engouffrer dans l'ascenseur, j'ajoutai :

— Tout de même, le mystère reste entier : pourquoi Léna, tout à coup, a-t-elle sans cesse votre nom à la bouche ?

Les portes de la cabine se refermèrent sur votre réponse, l'ascenseur m'emporta.

Vous cherchez à comprendre pourquoi ce mensonge à propos de Léna. Écoutez cette histoire.

Étant enfant, je m'étais mis en tête de construire un cerf-volant. Un de mes oncles, qui travaillait dans l'aviation, dessina un plan, me coupa de la toile aux dimensions requises, tailla de fines baguettes. Je n'avais plus qu'à assembler l'appareil en suivant le schéma.

Mais l'envie me prit de réaliser l'engin à ma façon.

Je combinai quelque chose de hideux, aux allures de dragon malade, qui mit mon oncle dans une grande fureur. Je le laissai dire et partis pour la plage au bord du lac, seul, remorquant mon monstre.

Bien entendu, je ne parvins pas à le faire décoller. Il tournoya sur lui-même, fut soulevé par une rafale, et s'abîma dans le lac. J'attendis longtemps, pour être certain qu'il ne remonterait pas à la surface, puis je rentrai à la maison.

Tout au long du chemin, je me composai un air glorieux. Je poussai la porte et annonçai à mon oncle que ma machine s'était élevée dans le ciel dès la première sollicitation, avec une telle fougue que la ficelle m'avait échappé. Le cerf-volant, dis-je, était bien parti pour franchir les frontières de l'État.

Pour la forme, mon oncle me traita de petit crétin prétentieux. Mais, au fond de lui, il ne savait pas si oui ou non le cerf-volant s'était envolé. Toujours est-il qu'à dater de ce jour, il me parla comme si j'étais son égal, ou à peu près. Il ne se penchait plus pour m'embrasser sur le front, il restait très droit et me tendait la main. Il était toujours le premier à me proposer de tremper mes lèvres dans le vin ou le champagne. Quand quelqu'un tentait de m'humilier, mon oncle élevait la voix : « Arrêtez ça ! Burton est loin d'être aussi stupide que vous avez l'air de le penser. »

Après mon mensonge à propos de Léna, vous m'avez vous aussi considéré autrement.

La plupart des menteurs le sont par intérêt. Je n'ai jamais menti que pour être aimé.

Mais à travers moi, c'était Léna que vous aimiez. Je m'en suis douté assez vite. J'en eus la preuve la nuit où vous m'avez accompagné pour reconnaître son corps.

J'ai à peine regardé Léna. Vous, je ne vous ai pas quitté des yeux jusqu'à cette fuite brutale qui vous jeta dans les couloirs de l'étrange bâtiment plein de soldats, la main plaquée sur la bouche.

C'était la première fois que je voyais un homme envahi par tellement d'amour.

La mort de Léna agissait comme un barrage en travers d'un fleuve : toute l'eau qui est en amont s'écrase sur l'obstacle, blanchit, se soulève, escalade la muraille et gicle vers le ciel comme pour noyer le soleil — alors on prend conscience de la force démesurée du fleuve qui, jusqu'à ce barrage, paraissait si fluide et si serein, et presque indifférent.

Je sais que l'infiniment petit de l'homme est structuré de la même façon que l'infiniment grand de l'Univers. Mais, jusqu'à cette nuit où vous avez contemplé Léna morte sur un sofa, je n'aurais pas cru qu'un jeune homme américain correct et bien éduqué pût renfermer en lui les mêmes choses éblouissantes et furieuses que j'ai vues dans l'espace.

A présent, je vous regarde à nouveau, après toutes ces années. Vous êtes gris, vos lèvres et vos joues sont couleur de cendre. Je devine bien encore un peu de feu en vous, sans doute parce que j'attise votre mémoire. Mais vous êtes en train de vous éteindre. Je me suis éteint aussi. Je serai bientôt définitivement froid.

Après que vous eûtes quitté la pièce, ce fut comme si nous manquions soudain de lumière. Cela frappa même ces militaires imbéciles qui étaient là. L'officier dit en espagnol qu'il devait se passer quelque chose d'imprévu du côté des centrales électriques. Il lui semblait que le jaune des murs était plus terne, ainsi que les épaulettes des uniformes et les crosses des fusils.

Léna aussi changea après votre départ éperdu. Ses traits, qui m'étaient apparus d'abord si calmes, trahissaient à présent une crispation douloureuse. Une légère odeur de corruption montait de ses blessures. Elle devenait une vraie suppliciée et une vraie morte. Je demandai qu'on voulût bien couvrir son visage.

Il faisait grand jour quand je parvins à la *Residencia*.

Assise près d'une fenêtre, Léna essayait des rouges à lèvres. Elle n'avait jamais consacré tant de soin au dessin et à la couleur de sa bouche que depuis qu'elle ne parlait plus.

Elle me sourit, me montra le petit déjeuner préparé à mon intention.

— Te rappelles-tu, lui dis-je, que nous avons mis les bévues de ce fou de David sur le compte de l'amour ? Nous nous demandions qui pouvait bien être la femme qui lui faisait perdre la tête. Peut-être s'agit-il de toi, Léna ?

Elle me dévisagea, sincèrement surprise. Je m'approchai et enfonçai mes doigts dans ses cheveux courts et doux comme dans la fourrure d'une peluche :

— Je sais, tu ne l'as jamais rencontré. Mais lui, peut-être t'a-t-il aperçue à un arrêt de bus ? Il n'en faut pas davantage, parfois. Cette nuit, je lui ai parlé de toi et il s'est troublé. Tu n'es responsable de rien, naturellement. Mais j'ai pensé que tu pourrais lui dire qu'il n'a aucune chance. Ce serait un service à lui rendre. Tu crois que tu ne peux plus parler, et je suis sûr que tu es sincère. Mais qu'est-ce que ça te coûterait d'essayer une dernière fois de sortir un mot ou deux, juste pour avertir cet homme qu'il perd son temps ?

Elle acquiesça. Puis elle se leva, quitta le salon. Des tubes de rouge à lèvres ouverts, dont certains commençaient à mollir sous l'influence du soleil à travers la vitre, s'élevait un parfum de baume et de fleurs fanées.

J'entendis Léna marcher à l'étage, faire couler de l'eau dans la baignoire. Avant la mort de son frère, elle chantait dans son bain. Maintenant, c'était à peine si elle osait brasser l'eau. Elle se lavait dans un silence de noyée.

— Donc, fis-je en parlant assez haut pour que ma voix pût traverser l'épaisseur du plafond, donc tu inviteras David à notre prochaine fête et tu essaieras de lui parler ?

Elle frappa à plusieurs reprises du talon contre le fond de la baignoire. Cela signifiait oui, oui, oui.

Mais à quelques jours de là, quand elle me soumit la liste de nos invités, votre nom n'y figurait pas. Je m'étonnai. Elle prit un crayon et écrivit en bas de la feuille : « *Oh ! plus tard.* »

C'est à cette époque que Léna commença à souffrir d'insomnies.

J'avais secrètement admis que le nuage interstellaire fût vide, en tout cas stérile pour quelques millions d'années encore. Je passais donc de plus en plus de nuits à la maison, vous abandonnant le soin de mener à ma place, dans la Cordillère, une recherche vaine et morne.

Je pus constater alors que Léna s'assoupissait une heure ou deux, puis s'éveillait brusquement. Elle rejetait draps et couvertures comme s'ils la brûlaient. De fait, sa peau nue était étrangement chaude.

Elle se levait, allait et venait autour de notre lit, prenant parfois son visage dans ses mains et laissant échapper des plaintes rauques qui me rappelaient les cris de Sally Nathanson.

Parfois, j'avais l'impression qu'elle voulait profiter de mon sommeil apparent pour me tuer.

C'est un cauchemar qui revient fréquemment. Enfant déjà, je rêvais de pas dans le couloir, de ma porte qu'on ouvrait et d'une lame s'enfonçant dans mon ventre. Mes parents crurent d'abord que je souffrais d'appendicite et que, dans le sommeil, je traduisais mes douleurs d'entrailles par ce rêve. On m'opéra. Le cauchemar persista, sauf que cette fois la lame m'égorgeait. On me conduisit de nouveau à l'hôpital, pour m'ôter les amygdales. Mais le rêve résistait, et maintenant la lame m'ouvrait les veines des poignets. Je pris la manie grotesque de m'endormir en enfouissant mes mains dans de longues chaussettes de laine qui me montaient jusqu'aux coudes. On expliqua mon cas à un psychiatre. Il écouta tout cela avec une lassitude polie, fit sortir mes parents, me posa quelques questions sur ce que je savais à propos de la masturbation, puis il rappela mes parents et leur déclara que je ne m'aimais pas, en conséquence de quoi je rêvais d'autodestruction. C'était très banal, ajouta-t-il, et mes premiers succès amoureux suffiraient à éteindre cette haine farouche que je me vouais ; alors le rêve s'en irait à jamais.

Ces troubles cessèrent en effet dès que je fis ma maîtresse de Sally Nathanson.

Mais, dans notre chambre de la *Residencia*, je ne rêvais pas que Léna avait le désir de me tuer. J'étais bien réveillé, même si je gardais les yeux mi-clos.

Après avoir tourné en rond avec cette frénésie silencieuse des bêtes encagées, Léna s'approchait soudain, posait ses mains de part et d'autre de mon visage, se penchait sur moi. Elle possédait une force exceptionnelle pour une jeune femme aussi fine, elle n'aurait eu aucun mal à m'étouffer sous un oreiller.

Votre question est : nom de Dieu, Burton, pourquoi eût-elle agi ainsi ? La plupart des meurtriers n'ont pas de raison très explicite de tuer. Leurs mobiles ne sont que des mouvements désespérés pour continuer à vivre en accord avec une société dont on leur rabâche depuis leur naissance qu'elle est logique et cohérente, ce qui n'est pas le cas, et je vous prie de ne pas prendre les meurtriers pour des imbéciles.

Au demeurant, mon problème n'était pas de comprendre Léna mais de m'en protéger.

Alors, je me redressais. Nouant mes bras autour de sa taille, la serrant à lui faire mal, je l'obligeais à se retourner sur le dos, je la plaquais sur le lit et je la pénétrais.

Au fur et à mesure que mon plaisir montait, je cessais d'avoir peur d'elle. Après avoir joui, je riais de mes terreurs. Au matin enfin, en la regardant dormir la joue sur ma poitrine, il ne me restait plus qu'à me traiter de maniaque.

Vous ne savez pas ce que c'était que de vivre avec Léna.

Un homme l'a deviné, et pourtant il n'était pas un individu brillant. Il s'agit du docteur Emilio Alvarez. Je l'avais appelé après que Léna eut appris la mort de son frère parce que son nom figurait le premier dans l'annuaire.

D'emblée, il me déplut. Il vint à bord d'une voiture coûteuse, une automobile d'importation française, une Citroën aux sièges ravagés par deux chiens qu'il emmenait partout avec lui. L'un s'appelait Intimidation et l'autre Bienveillance.

Le rôle d'Intimidation était de garder la voiture quand le docteur Alvarez s'enfonçait à pied dans la boue des *poblaciones*. Bienveillance avait pour mission de lécher dévotement les mains des policiers ou des soldats quand ceux-ci, la nuit, contrôlaient les papiers du médecin. Aucun des deux chiens n'intervenait jamais à la place de l'autre. Bizarrement, Intimidation était un roquet efflanqué et bas sur pattes, tandis que Bienveillance était un boxer fauve de plus de quarante kilos.

En plus de ses chiens, Alvarez possédait une garde-robe composée de défroques paramilitaires constellées d'insignes très curieux, il avait les mains moites et une moustache fine et noire comme celle d'un danseur de tango.

Il se croyait respectable, il était avide, sans culture et d'une intelligence limitée. Mais comme tous les imbéciles, il passait par des moments de clairvoyance exceptionnelle.

A l'époque où Pablo Neruda, déjà presque à l'agonie, lançait son appel aux intellectuels du Chili, les mettant en garde contre *les préparatifs des manipulateurs étrangers et chiliens, à l'extérieur et à l'intérieur du Chili, pour nous précipiter dans la lutte armée,* j'allai trouver le docteur Alvarez à son cabinet.

Il me reçut avec beaucoup de componction, comme si j'eusse été un homme de recours pour le Chili. Je crois qu'il se prenait lui-même pour un élément considérable qu'on ne manquerait pas d'appeler au gouvernement à l'heure où les choses tourneraient vraiment mal. Il me laissa entendre qu'il introduirait dans son équipe des gens comme moi, capables, justement parce qu'ils n'étaient pas chiliens, d'observer les événements avec recul et sang-froid.

Il habitait une antique demeure aux allures de petit palais. Il me montra les sacs de sable qu'il entassait dans sa cave en prévision de la guerre civile. Puis il m'entraîna sur la terrasse.

Une jeune fille à la peau grasse semée de petits boutons nous servit du *pisco.*

— C'est Javiera, chuchota Alvarez. Elle aura seize ans l'été prochain. Elle appartient à une excellente famille, vous savez. On me l'a confiée pour que je guérisse son acné. La nuit, je dois lui attacher les mains pour l'empêcher de se gratter, de propager les germes.

Le jour s'achevait. La salle d'attente était pleine de gens qui avaient attendu la fin de leur travail pour venir consulter. Tout le temps qu'ils s'échinaient, leurs maux avaient empiré. Et maintenant, ils espéraient qu'Alvarez allait les appeler et les soulager au moins jusqu'à demain. Mais le médecin dégustait son *pisco* et ne semblait pas du tout pressé de soigner ses malades.

Il regardait Javiera aller et venir sur la terrasse abritée du vent d'hiver. Il suivait le mouvement des mains de la jeune fille, je suppose qu'il songeait au moment où il les saisirait pour les lier, sans doute aimait-il ça.

Ma vie eût-elle été plus tranquille si j'avais épousé une personne comme Javiera ? Il était peut-être plus facile de supporter près de soi une peau malsaine qu'un silence effrayant.

Alvarez termina son verre de *pisco*, me dévisagea avec sympathie :

— Ainsi, Mrs. Kobryn ne va pas mieux ?

— Je suis de plus en plus inquiet.

Le médecin prit une profonde inspiration et commença à se balancer dans son fauteuil en rotin :

— Nous avons peut-être commis une erreur en l'empêchant de se rendre à Puerto Montt pour les obsèques de son frère. Elle ne l'a pas vu mort, il est pour elle comme un spectre qui rôde ne sachant où aller. Elle l'a donc fait entrer dans votre maison. *El hermano* est chez vous, Mr. Kobryn. Votre femme se tait parce qu'*el hermano* se tait aussi, elle déambule dans le noir parce qu'il est devenu un habitant des ténèbres, elle a des gestes agressifs parce qu'*el hermano,* à cause de cette mort qu'il a eue, est un fantôme plein de violence.

Je ne pus m'empêcher de rire. Quel discours stupide,

indigne du médecin qui le tenait, plus indigne encore de l'homme de science auquel il s'adressait ! Cet Alvarez n'était qu'un grotesque, il me manquait de respect, j'avais eu tort de venir.

Il devina mon mépris, hocha la tête :

— Oui, oui, vous ne me croyez pas ! Mais c'est ce que croit Mrs. Kobryn qui compte. Elle est d'origine araucane, n'oubliez pas ça.

Pour moi, la part indienne de son métissage donnait à Léna le noir de sa chevelure, la souplesse de son corps, son goût pour les fêtes et les danses. Autrement, je ne voyais pas qu'elle fût si différente des femmes que j'avais connues. A l'exception de Sally Nathanson, bien sûr, mais Sally Nathanson était davantage qu'une femme.

— Je sais peu de chose des Araucans, reprit Alvarez. Mais enfin, ils ont tenu tête aux conquistadores pendant trois cents ans. Et comment, dites-moi ? A mon avis, ils avaient des secrets.

Dans la région des lacs, sur les pentes enneigées des Andes, il avait vu se dresser les araucarias aux feuilles écailleuses.

C'est l'arbre des Araucans qu'on appelle ainsi.

De loin, on eût dit tout un peuple, une multitude drapée de ponchos sombres qui gravissait la montagne. Le vent hurlait dans les branches, et chaque arbre émettait un son qui lui était propre. La neige volante laissait derrière eux comme un sillage. Ils semblaient bel et bien monter vers les sommets des Andes. Alors, le guide avait levé la main et les touristes s'étaient arrêtés comme pour laisser passer cette caravane immense.

A chacun des araucarias correspondaient la mémoire, ou les mânes, enfin une forme quelconque de réincarnation des guerriers morts. Certains rameaux figuraient des

209

armes, d'autres des bagages, d'autres encore des bébés dans le dos de leur mère.

Immobile et mal à l'aise comme les autres touristes, Alvarez avait reniflé l'odeur d'humus et de soufre de cette jungle froide. Si le royaume des morts avait une porte quelque part, nul doute qu'elle s'ouvrît par ici.

Le médecin se rappelait cette infinité d'arbres comme une des rares choses au monde à avoir dépassé son entendement. Il en déduisait que la descendance d'une race ayant peuplé un tel paysage ne pouvait pas ressembler à la foule qui monte et descend l'Alameda.

Il fit signe à Javiera de nous servir une nouvelle rasade de *pisco* et proposa :

— Pourquoi n'irions-nous pas à Temuco ? Sur le marché, il y a des Araucans qui vendent les produits de leurs récoltes. L'un ou l'autre consentira sûrement à nous mener jusqu'à un sorcier. Nous exposerons le cas de Mrs. Kobryn, et je suis sûr que le Vieil Homme lui rendra la parole.

Je dis à Léna que j'allais voir ceux de sa race à Temuco et que j'en rapporterais une méthode de guérison.

Elle me fit comprendre qu'elle ne craignait pas de rester seule à la *Residencia*, malgré les manifestations d'écoliers qui descendaient dans les rues et incendiaient de vieux pneus pour protester contre le projet de réforme de l'enseignement. En soi, ces chahuts ne semblaient impliquer que des gamins. Ils ne faisaient pas beaucoup de dégâts, se contentant de noircir de fumée quelques façades. Mais la fumée et l'odeur âcre du caoutchouc brûlé qui l'accompagnait donnaient à Santiago un aspect angoissant de ville en état d'urgence. De plus en plus de gens parlaient de la guerre civile comme d'un événement inéluctable.

Léna prépara ma valise avec empressement. Elle était heureuse que j'approche les Araucans, que je m'adresse à eux pour essayer de la guérir. Elle pensait que je la comprendrais mieux après ce voyage.

Sur un morceau de papier, elle écrivit la traduction de quelques mots en dialecte, ceux dont elle se souvenait, des mots à peu près inutiles comme soleil, or, bataille, source et vent.

Je pris place dans la voiture d'Alvarez. Le médecin avait emmené Javiera. La vilaine jeune fille était assise à l'arrière. Elle dormit presque tout le long du trajet qui, par la route panaméricaine, nous conduisit d'abord à Talca, dans la région du Maule.

Le soir, à l'hôtel situé sur la plaza de Armas, je vis le médecin recouvrir d'une pommade épaisse et bleue le visage de Javiera. C'était un emplâtre qui sentait le benjoin. Ensuite, Alvarez me montra comment il liait les mains de sa patiente. Ce n'était pas très contraignant pour elle, on les lui attachait très simplement sur la poitrine, les poignets croisés l'un sur l'autre.

Le lendemain, nous fûmes à Temuco. Nous dînâmes dans une véranda qui dominait la ville. Alvarez était fatigué, Javiera heureuse. Elle portait une robe plissée en mousseline verte. Elle me dit que la révolution était imminente. Elle l'appelait de tous ses vœux, de toute son impatience de fille jeune :

— Ça arrivera juste quand ma peau sera guérie. Ma famille me reprendra, on retournera vivre dans les maisons que mon père a cachées pour qu'on ne nous les confisque pas.

Je lui demandai comment on pouvait cacher une maison. De vastes propriétés allaient-elles surgir du sol, repoussant les arbres des forêts, marbrées de la poussière du temps comme un sous-marin qui ruisselle d'écume en faisant surface ?

Elle eut cet air froissé qu'elle prenait chaque fois qu'Alvarez ou moi ne la comprenions pas. Et c'était assez fréquent car, quand Javiera parlait, on avait l'impression de quelqu'un qui vous raconte un rêve : cela commençait de façon à peu près cohérente, puis son discours devenait absurde jusqu'au moment où nous renoncions à le suivre.

— Je donnerai un bal, dit-elle. A propos, il paraît que vos fêtes sont merveilleuses ? M'y inviterez-vous ? Je n'ai qu'à écrire à ma mère, et j'aurai la robe la plus somptueuse de tout Santiago.

— Tu en as encore pour un sacré bout de temps à avoir tes boutons, fit Alvarez. Alors, ne nous emmerde pas.

Il l'injuriait sans arrêt, et pourtant il lui offrait les mets les plus savoureux, les plus chers, et insistait pour qu'elle eût la plus belle chambre de l'hôtel. Je suppose qu'il la désirait, mais qu'il n'osait pas en faire sa maîtresse à cause de son jeune âge. Il la violentait donc en paroles.

Nous nous rendîmes au marché de Temuco alors que le jour se levait à peine. Mais déjà, sous la halle, flottaient des odeurs de marée et de racines fraîchement arrachées à la terre. L'air était poisseux, alourdi par les fumées des fourneaux auprès desquels les marchands se pressaient pour avaler des ragoûts.

Alvarez se comportait comme un chef de réseau clandestin, s'exprimant en formules sibyllines, clignant de l'œil en me désignant des hommes que je ne connaissais pas — et sans doute lui-même ne les connaissait-il pas davantage —, me prenant parfois le bras et le serrant avec force.

Javiera traînait les pieds. Elle n'aimait pas cet endroit. Chez elle, m'expliqua-t-elle, ni sa mère, ni sa grand-mère, ni sa tante n'allaient jamais au marché : elles y envoyaient leurs servantes, munies de grands sacs en toile cirée noire. Javiera se sentait donc gênée d'être là, ce n'était pas la place d'une jeune fille de son rang, et elle espérait qu'Alvarez ne tarderait pas à découvrir l'Indien qui nous conduirait au sorcier. Elle était assommante. Pour la faire taire, je lui achetai un petit collier fait de lamelles d'argent martelées. Javiera se tut en effet, ses mains encore engourdies par les liens de la nuit jouaient avec le bibelot.

Trois averses brèves mais violentes crépitèrent sur la halle, séparées par des intervalles d'un soleil trop blanc. Après la troisième pluie, le docteur Alvarez s'approcha d'un homme en poncho à rayures grises, coiffé d'un chapeau mou. Ce personnage venait d'arriver à bord d'un tricycle à moteur. Il proposait des bouquets d'une herbe qui m'était inconnue. Alvarez et lui parlementèrent un moment, puis le médecin vint vers moi et me chuchota à l'oreille :

— Il fait trois prix : un prix pour nous guider dans la montagne, un prix pour nous présenter au sorcier et un prix pour la consultation. Ça représente une jolie somme. Êtes-vous prêt à payer, Mr. Kobryn ?

A midi, nous partions. Un vieil autocar nous mena au bord d'un lac où nous embarquâmes sur une sorte de bac.

Le bruit de l'eau glissant le long des flancs du bateau me rappela l'excursion à la lagune San Rafael. Je revis Léna s'éloignant sur l'iceberg, s'isolant de l'autre côté de la muraille de glace, puis revenant avec, étirant à peine ses

213

lèvres, un sourire étrange. Depuis, je lui avais souvent demandé ce qu'elle avait fait durant sa brève disparition sur l'autre face de l'iceberg, mais elle se dérobait : « Je t'assure que ça ne vaut pas la peine d'en parler. Et puis, ajoutait-elle, je ne te dois aucune explication : nous n'étions pas encore mariés, le jour de l'iceberg. »

Parvenus au bout du lac, nous montâmes dans un autre car, plus déglingué que le premier. Son bruit de ferraille faisait fuir des bêtes de chaque côté de la route.

Il y eut un second lac, un second bac. Nous n'étions plus que cinq : le passeur, l'Araucan qui nous guidait, Alvarez, la petite Javiera et moi. La lumière s'estompait, il n'en restait plus qu'un vague reflet qui semblait se concentrer et sourdre du milieu des eaux.

— Je me demande comment nous pourrons être de retour ce soir à Temuco, dis-je au médecin.

— Oh ! il est certain que nous n'y serons pas.

— Où allons-nous dormir ?

Il me dévisagea avec ironie :

— Je l'ignore, Mr. Kobryn. Je ne suis pas une agence de voyages. J'essaie seulement de vous rendre service.

Je me sentais mal à l'aise, et Alvarez l'avait deviné. Il s'en amusait probablement autant que de ligoter les mains de Javiera.

Maintenant qu'il fallait renoncer à rentrer avant demain, toute l'inanité de cette expédition m'apparaissait.

Avais-je jamais cru qu'un sorcier indien pût rendre à Léna l'usage de la parole ? A dire vrai, j'avais quitté Santiago pour échapper quelques jours au silence de ma femme, pour fuir aussi cet autre silence du nuage interstellaire ; et j'étais en train de m'enfoncer dans un troisième silence, celui de cette nature calme et farouche qui ne ressemblait à rien de ce que j'avais connu jusqu'à ce jour.

Nos télescopes nous révèlent des mondes plus déconcertants, sans doute, mais nous n'y pénétrons pas. Il suffit de nous écarter des systèmes de visée, et tout s'efface. Ce soir, il m'était impossible de faire marche arrière. Le passeur effectuait sa dernière traversée et, derrière nous, les vieux autocars avaient été remisés.

Plus le bac avançait, plus j'éprouvais la sensation que le paysage se refermait sur moi.

Autour du lac se dressaient des volcans dont les dômes noirs faisaient ressortir les glaces de la Cordillère barrant l'horizon du côté d'où nous venions. Les arbres sur la rive étaient de plus en plus énormes, surtout les raulis, une espèce de hêtres prodigieux qu'agitaient des grappes d'oiseaux sombres. Bientôt, c'était à travers ces barreaux géants qu'il nous faudrait nous faufiler, plusieurs heures durant peut-être, avant d'atteindre la tanière du sorcier.

Javiera se mit à trépigner, puis à pleurer : elle venait de laisser tomber à l'eau le collier que je lui avais acheté le matin même. Elle nous raconta comment elle l'avait vu s'enfoncer en se dandinant, perdant ses contours, sa brillance, pour n'être plus qu'une petite chose embrouillée sur la vase du fond, et puis enfin s'engloutir.

— On raconte, dit Alvarez, que les Araucans, lorsque la reddition devint inévitable, jetèrent des trésors formidables dans les lacs. L'or appelle l'or, il faut croire.

— Mon collier était en argent, dit Javiera.

— Cette fille est irrémédiablement conne, dit Alvarez.

La lune monta au-dessus des volcans. Je dois vous faire un aveu humiliant : d'abord, je ne reconnus pas la lune. Je crus à une sorte d'embrasement de cette jungle froide où nous enfoncions dans l'humus jusqu'aux chevilles, à une éruption silencieuse s'élevant des cônes de lave.

215

Je n'étais pas encore un vieil homme, et pourtant l'âge était venu pour moi de me poser cette question que les jeunes gens ignorent : « Qu'est-ce que je fais là ? Pourquoi suis-je venu jusqu'ici ? » Quand vous aurez atteint cet âge à votre tour, David, vous remarquerez que ce qui rend cette question si terrible, c'est qu'elle est sans réponse.

Et depuis cette nuit dans la montagne des Araucans, je ne cesse de me la poser. Pourquoi suis-je en France aujourd'hui, dans cette maison, dans ce lit auprès de ma jeune femme blonde, Anne, qui me reproche d'être glacé quand je m'étends près d'elle ? Je vois bien que ce n'est pas ma place. Mais où devrais-je être, où devrais-je aller ?

Nous suivions à présent une sente étroite, sorte de tranchée ouverte dans la terre gorgée d'eau où affleuraient les racines nues des grands araucarias. Le guide nous avait mis en garde contre ces racines ; nous ne devions les toucher sous aucun prétexte car des serpents les enlaçaient parfois, se confondant avec leurs formes tourmentées, poussant le mimétisme jusqu'à se parer des mêmes luisances humides.

Je pense toutefois que l'Indien avait exagéré les dangers de la forêt, moitié pour mériter son salaire et moitié pour jouir de notre effroi. Il pouvait alors manifester sa supériorité sur nous, se venger des humiliations que lui infligeaient les Blancs sous la halle de Temuco.

Il marchait vite, toujours en avance sur nous d'une vingtaine de mètres. Lorsque l'écart menaçait de s'agrandir au point que nous le perdions presque de vue, l'Araucan s'arrêtait, s'adossait aux remblais dans une attitude tranquille et détachée, un peu insolente. Il allumait une cigarette longue et puante, où se mêlaient du tabac, des herbes et des filaments de champignons séchés.

Une fois, ayant pris de l'avance sur le docteur Alvarez et sur Javiera qui peinaient dans un passage plus escarpé et plus glissant que les autres, je rejoignis l'Araucan et lui demandai si je pouvais tirer une bouffée de sa cigarette.

Je me doutais bien qu'il devait s'agir de quelque espèce de drogue. Je suis généralement peu attiré par les drogues, mais il me semblait que je serais incapable de faire un pas de plus si je ne remplissais pas ma bouche et mes poumons de cette fumée qui dégageait une odeur amère.

L'Indien me tendit la cigarette sans mot dire. J'en glissai entre mes lèvres l'extrémité mouillée de sa salive. Une sensation de froid envahit mon palais et ma gorge, quelque chose de comparable à ce qu'on éprouve à la suite d'une anesthésie locale chez le dentiste. J'eus l'impression que ma langue enflait démesurément, qu'elle allait sortir de ma bouche, violacée et tordue comme celle d'un pendu.

Ces désagréments durèrent quelques secondes, puis tout rentra dans l'ordre et pendant un moment il ne se passa rien.

J'entendais derrière moi, après le coude que faisait à cet endroit la saignée dans la forêt, Alvarez pataugeant dans la glaise molle et Javiera qui pleurnichait.

Il n'y eut aucune métamorphose notable du paysage, aucun éblouissement. Mais une certitude me frappa soudain : Alvarez et Javiera n'étaient rien, ils ne valaient pas davantage que les lambeaux d'écorce des arbres bruissant alentour, pas davantage que le long crachat que l'Indien venait de lancer sur un animal mi-crapaud mi-serpent qui avait des yeux d'or. Seuls l'Araucan et moi avions, cette nuit, sur la montagne, une certaine importance. Nous connaissions le langage des feuilles géantes, des gouttes d'eau, des bulles de gaz qui ridaient la boue du chemin. Tout cela était d'une beauté intense que le médecin et sa petite esclave ne pouvaient même pas soupçonner.

Ils apparurent à cet instant, agrippés l'un à l'autre. Ils

étaient souillés et fatigués. Ils dégageaient une odeur aigre qui me parut écœurante. Criardes et plaintives à la fois, leurs voix rappelaient les croassements des corneilles dérangées en plein festin sur un cadavre de hérisson.

— J'espère, dis-je à Alvarez, que c'est ainsi que Dieu voit les hommes. Ça expliquerait tout.

— Expliquer quoi ? gronda-t-il. Et cessez de fumer cette merde, Mr. Kobryn. Si vous aimez ce genre d'émotions, j'ai tout ce qu'il faut à mon cabinet. Je serais heureux de vous dépanner, ajouta-t-il d'un ton narquois.

Je le repoussai du plat de la main. Jamais je n'aurais cru l'avoir bousculé si fort. D'après moi, je lui avais tout juste donné une de ces bourrades sans méchanceté dont on use pour se frayer une route à travers la foule. Toujours est-il qu'il tomba sur le dos. Je souris et demandai à l'Araucan s'il allait cracher sur le docteur Alvarez comme il l'avait fait sur l'animal aux yeux d'or. Il se contenta de m'offrir une autre de ses cigarettes, en disant :

— Pour plus tard.

J'ai conservé cette cigarette, David. Je l'allumerai le moment venu.

L'Indien riait, son visage large et rond levé vers les étoiles. La nausée survint à cet instant précis, accompagnée d'une atroce douleur au ventre. Je me pliai en deux. Mes jambes se dérobèrent, et je me retrouvai dans la boue, moi aussi, tout contre Alvarez.

Je ne me souviens plus de la suite de notre progression. Je revois seulement la course de la lune derrière la trame des hautes branches, et son disque qui changeait de couleur de façon absurde mais fascinante — qui avant moi a jamais vu la lune devenir jaune d'or, semblable au soleil ?

Je sais aussi que Javiera, sur l'ordre du docteur Alvarez,

passa un bras sous mes épaules et m'aida à marcher. Il me semble l'avoir embrassée à l'occasion d'une chute que nous fîmes, quasiment enlacés, près d'une cascade. Mais j'ignore si c'est arrivé dans la réalité ou bien si c'est une des conséquences de la cigarette.

Longtemps après, de retour aux États-Unis, j'ai retrouvé une photo de Javiera dans la doublure de la veste que je portais cette nuit-là. Me l'a-t-elle donnée à mon insu, pour commémorer notre baiser au bord de la cascade? Je m'interroge. J'ai entendu dire que Javiera avait été arrêtée lors des événements de septembre 73 et qu'elle était morte dans les vestiaires du Stade.

Je repris conscience au sommet de la montagne. Il n'y avait plus d'arbres pour briser le vent, et c'est ce vent tout plein d'aiguilles de glace qui me fit revenir à moi.

Là-haut se dressaient des cabanes, certaines écroulées sous un mélange de neige, de terre et de rameaux d'araucarias. Des oiseaux passaient sur le campement en jetant de longs cris. Il commençait à faire jour. De la vallée en contrebas montait une rumeur de train qui manœuvre.

Alvarez me mena au bord du précipice et me montra la bande de terre brumeuse, fine et brune, qui courait du nord au sud :

— Le Chili, mon cher. C'est pour cette bordure de trottoir crotté que des hommes vont se battre. Là-bas, ce gris morne, c'est le caniveau. L'océan, si vous préférez. Et ces traces, au loin, la flotte de guerre. Beaucoup de gens pensent que le signal de la révolution viendra des navires de combat.

L'Araucan nous annonça que le Vieil Homme consentait à entendre notre requête. Il se tiendrait assis sur une chaise de fer provenant d'un square de Temuco, au seuil de sa cabane. Nous aurions soin de marquer notre déférence en restant à distance et en nous accroupissant sur le sol gelé. Au début, il ne faudrait pas parler. Le Vieil Homme était assez clairvoyant pour deviner ce qui nous amenait.

Une heure s'écoula. Le ciel devint d'un bleu translucide. Des hommes, âgés pour la plupart, nous entourèrent. Ils tiraient sur des pipes. La neige grésillait en tombant dans les fourneaux incandescents.

Le sorcier sortit de sa cabane. Il n'était ni maquillé ni paré. C'était seulement un homme voûté, sans doute rhumatisant, au visage gris. Il portait une veste de flanelle noire sur un pantalon à chevrons. Le contour de ses yeux était extraordinairement ridé.

Ce réseau de petites fronces, d'ordinaire plus prononcées autour de l'œil droit, trahit celui qui consacre de longues heures à l'observation des phénomènes célestes. J'en fis la remarque à notre guide, lui demandant si le sorcier était de ceux qui sont capables de contempler le soleil en face. L'Araucan secoua la tête : c'était le vent de glace qui avait ainsi creusé le beau visage du Vieil Homme, l'obligeant à plisser les yeux quand il remontait les sentiers d'altitude face à la tempête de neige.

Comme prévu, aucun mot ne fut échangé au cours des premières minutes. Le Vieil Homme et les fumeurs de pipes se contentaient de se balancer de façon ample et cérémonieuse.

Enfin, le sorcier parla. Il s'exprimait dans un mélange d'espagnol et d'anglais. Après nous avoir souhaité la bienvenue sur la montagne, il s'adressa plus directement à moi.

Il avait entendu dire que j'avais épousé une métisse issue de son peuple ; la réputation de beauté de ma femme était parvenue jusqu'à lui, mais il n'avait pas eu le bonheur de rencontrer Léna : avais-je eu la bonne idée de lui apporter une photo d'elle ?

J'acquiesçai et tendis un portrait de Léna que je gardais dans mon portefeuille. Les fumeurs de pipes se passèrent le cliché de main en main avant de le remettre au Vieil Homme. Celui-ci l'examina en silence, puis il me sourit :

— Elle est très belle, en effet. Vous devez l'aimer beaucoup.

Alvarez prit la parole pour dire que ma décision d'entreprendre ce voyage harassant était la meilleure preuve de mon amour. Il relata, en les exagérant un peu, les tourments que nous avions subis.

— Sans compter, ajouta-t-il, que Mr. Kobryn sera l'objet des moqueries de ses collègues quand ceux-ci apprendront qu'il est venu vous consulter. Au mieux, ce sera pris pour une naïveté. Mais plus probablement pour une reconnaissance implicite du monde de l'irrationnel. Il y a là de quoi handicaper sérieusement une carrière scientifique, n'est-ce pas, Kobryn ? conclut-il en se tournant vers moi.

Je compris qu'il me demanderait de l'argent pour se taire. Je ne pus m'empêcher de l'admirer. Il était de ces personnages pour qui tout est occasion de s'enrichir. Ce système est poussé chez eux à de tels extrêmes qu'il échappe à toute critique : reproche-t-on à l'alcoolique de trembler et de se couvrir de sueur quand on le sèvre ? Pas moi, en tout cas. Si j'ai de quoi boire, je lui en donne.

C'est alors que le Vieil Homme mourut.

Nous ne nous en aperçûmes pas tout de suite. Ses doigts s'ouvrirent, la petite photo de Léna tomba dans la neige, puis le vent l'emporta jusqu'aux abords du précipice, et de là dans la vallée. Je crus que cela faisait partie de l'art magique. Les paupières du Vieil Homme se fermèrent sur ses yeux. Je pensai qu'il priait peut-être un des

221

dieux des Araucans. Sa bouche s'entrouvrit comme s'il allait parler, mais naturellement il ne dit rien. Une buée légère s'en exhala, et ce fut tout. Je respectai son silence.

J'ignorais tout du rituel par lequel le sorcier allait rendre à Léna le don de parole. Cela pouvait aussi bien se faire au son des tambours et des flûtes que dans un mutisme imitant celui qui affligeait Léna. Il n'est pas rare que des guérisseurs prennent sur eux le mal qu'ils cherchent à extirper du malade.

Les Indiens en cercle continuaient de fumer, paisibles. Au fur et à mesure que s'écoulait le temps, le bleu du ciel devenait plus profond. Le froid de la neige recouvrant l'esplanade s'insinuait à travers le cuir peu épais et déjà détrempé de nos chaussures, pénétrait nos corps et nous procurait une sorte d'engourdissement. Limitant la circulation de notre sang, la position accroupie favorisait cet état de somnolence si agréable après les fatigues de l'escalade.

De nous tous, Javiera gardait l'immobilité la plus parfaite, les nuits de contention que lui imposait le docteur Alvarez l'ayant accoutumée à de telles attitudes de fixité.

Des oiseaux noirs dont je ne sais pas le nom, plus petits que des condors mais l'échine arrondie comme eux, se posèrent sur le faîte des cabanes.

Ils levaient la tête vers le ciel et poussaient des cris rauques.

L'un d'eux s'enhardit à planer jusqu'à proximité de la chaise de fer où était assis le Vieil Homme. Les autres le suivirent à distance, nous observant prudemment. L'oiseau le plus audacieux, après avoir un instant sautillé sur place, battit des ailes et atterrit sur les genoux du sorcier.

Il enfonça son bec dans l'étoffe noire de la veste, à hauteur du cœur du Vieil Homme.

Alors, les fumeurs de pipes se mirent à crier tous ensemble. Les oiseaux s'envolèrent, effrayés. Mais ils restèrent à planer au-dessus des cabanes, et parfois l'un d'entre eux faisait mine de plonger vers le Vieil Homme.

Les fumeurs de pipes se saisirent de la chaise de fer, en la prenant par les pieds. Ils eurent du mal à l'arracher à la gangue de neige où elle s'était enfoncée. Ils emportèrent ainsi le Vieil Homme, comme un potentat sur son trône. Ils le dissimulèrent à l'intérieur de la plus vaste des cabanes.

Nous nous levâmes, sauf Javiera qui s'était endormie pour de bon.

— Il vaut mieux partir, dit l'Araucan qui nous guidait.

Il avait l'air effrayé. Mais Alvarez secoua la tête :

— Le Vieil Homme n'est peut-être pas mort. Qui sait quelles saloperies d'herbes ils fument, par ici ! Il y a une chance pour que ce soit une espèce de léthargie.

— Non, dit l'Araucan, les oiseaux ont cherché son cœur.

Alvarez se tourna vers moi. Il semblait pénétré de son importance, c'est-à-dire de l'importance qu'il se donnait à lui-même :

— Je suis médecin, Mr. Kobryn. Ne suis-je pas tenu de faire tout ce qui est en mon pouvoir pour tenter de sauver cet homme, si c'est encore possible ?

Selon moi, aussi piètre médecin qu'il fût, Alvarez savait pertinemment que le Vieil Homme était mort. Mais sans doute espérait-il, en se livrant à je ne sais quel odieux simulacre de résurrection, arracher de l'argent aux Araucans, ou des bijoux sauvages. Il entra donc dans la cabane mortuaire.

Je n'en suis pas sûr, mais il me semble qu'à une autre

époque les Araucans ne nous auraient pas laissés partir, considérant que notre présence avait apporté la mort à leur sorcier. Tandis qu'ils se contentèrent de se lamenter jusqu'au moment où le soleil fut à son zénith, puis nous invitèrent à déjeuner.

Plus tard, nous reprîmes la route de la vallée. Des nuages lourds avaient envahi le ciel, et une averse nous assaillit. Les gouttes énormes creusaient le sol autour des racines des araucarias comme pour les mettre à nu. Mais une terre nouvelle, apportée par le ruissellement, venait colmater les brèches.

Javiera se plaignait de ces coups froids, comme donnés par un fouet aux lanières de glace, que nous infligeait la pluie. Elle en souffrait davantage que nous autres, car ses épaules et son dos étaient couverts de boutons sensibles.

Je lui offris ma veste. Les manches en étaient si longues que les mains de Javiera restaient à l'intérieur.

Alvarez me hurla à l'oreille — le tonnerre de l'averse sur les feuilles de la jungle était assourdissant — que Javiera savait vivre sans mains. Je dis à Alvarez que je n'entendais pas. Il cria plus fort. Je lui répétai que je ne comprenais pas. J'avais envie d'être seul. Je trébuchai dans une ornière, mon visage vint heurter la nuque de Javiera.

Le Vieil Homme était la première personne que je voyais mourir sous mes yeux. Les choses n'étaient devenues laides que lorsque les fumeurs de pipes s'étaient mis à piailler et avaient soulevé la chaise pour emporter le cadavre. Mais la mort elle-même s'était montrée si douce. Quelle tranquille splendeur, dans ce dernier souffle qui s'était échappé lentement des lèvres du vieillard pour se dissiper presque aussitôt dans l'atmosphère d'une limpidité parfaite !

Il y avait là une perfection que je n'avais observée

jusqu'alors que dans l'infini, qui me semblait interdite aux hommes.

Le souvenir de cette perfection ne fut pas étranger à mon attitude quelques mois plus tard, une nuit de septembre.

Durant ce bref voyage au pays des Araucans, Santiago avait beaucoup changé.

Il s'y produisait un phénomène comparable au flux et au reflux de la mer : à certaines heures, les rues et les places se vidaient mystérieusement, des magasins fermaient sans raison apparente, les passants s'engouffraient en hâte dans les édifices, comme des gens craignant d'être surpris par la nuit ; à d'autres moments, la foule envahissait les trottoirs, une circulation d'enfer paralysait les grands axes, les fenêtres des immeubles commerciaux s'ouvraient, et l'on voyait les employés venir sur les balcons, se pencher comme pour guetter quelque chose.

Pourtant, il ne se passait rien, sinon le lot habituel des défilés, des meetings, des empoignades entre groupes de jeunes gens, des explosions qui jetaient bas les vitrines. Ces soubresauts, cette violence par saccades, ne menaient encore à rien : ils trahissaient seulement l'extrême nervosité de la ville qui savait le coup d'État à la fois imminent et irrésistible, mais ignorait de quelle façon et quand il se déroulerait.

Dans les faubourgs s'entassaient les véhicules des camionneurs en grève. Mais pour empêcher leur réquisition par l'armée, les chauffeurs avaient démonté certaines pièces essentielles des moteurs, et beaucoup étaient maintenant perdues à jamais ; alors il était peu probable que la révolution partît de ce qui était en train de devenir un cimetière de camions.

A Valparaiso, la tension était extrême à l'état-major de la marine et même parmi les équipages des navires mouillés dans la rade. Mais cette agitation relevait de l'opérette, une sorte d'hommage lyrique que la flotte chilienne rendait au vieux *Potemkine* russe d'Octobre 17. Ni la situation, ni les canons, ni surtout les marins n'étaient comparables. Le seul point commun semblait le ciel gris et bas.

Vous pensiez, David, que le feu prendrait au cœur même du système, derrière les murs du palais présidentiel de la Moneda.

— Regardez les pancartes, me disiez-vous, les inscriptions partout : *Que se vaya*[1] *!* Il n'y aura pas de coup d'État tant que le président ne choisira pas nettement entre partir ou rester. Mais quand il dira ce qu'il compte faire, tout sautera. Quelle que soit sa décision, monsieur, tout sautera. Allende ne se maintient plus par l'autorité, mais parce qu'il hésite encore.

Je vous demandai si vous pensiez que nous risquions quelque chose, si nous devions prendre d'ores et déjà des dispositions de sauvegarde. Reportés sur bandes magnétiques, les enregistrements de mes travaux à l'observatoire étaient vulnérables et je songeais à les sortir clandestinement pour les confier à quelqu'un de l'ambassade américaine.

— Monsieur, avez-vous dit, je doute que nos amis chiliens s'en prennent à ces bandes. Si nous avions enregistré le cri de l'étoile, j'aurais déjà pris sur moi de mettre ces documents en lieu sûr. Mais il n'y a pas de raison qu'on veuille vous confisquer ce... — vous cherchiez votre mot, vous avez

---

1. Qu'il s'en aille !

été long à le trouver, vous aviez peur de me blesser — cette masse de silence, monsieur, je suis désolé.

La nuit qui suivit mon retour, Léna et moi fîmes l'amour. J'étais épuisé, mais elle insista dans son nouveau langage de muette : elle me servit du vin et imprima l'empreinte de ses lèvres rouges sur le rebord du verre, elle dégrafa les bretelles de sa robe, ôta ses boucles d'oreilles et les pinça au bout de ses seins et, comme cela lui faisait mal, elle lança son visage en arrière et se mit à gémir.

Dehors, les ménagères de Santiago défilaient en agitant des mouchoirs blancs et en tapant sur des casseroles. L'âcre odeur des grenades lacrymogènes montait jusqu'aux jardins du cerro San Cristobal.

Léna prit une aiguille dans la trousse à couture que lui avait offerte pour son mariage le général d'aviation Fernando Cabrez de Soral. Elle en glissa la pointe sous les ongles de mes mains, gratta la terre qui s'y était introduite lors de mon ascension de la montagne des Araucans. Elle recueillit cette poussière dans une soucoupe blanche où elle la travailla avec l'application des femmes pétrissant les boulettes d'opium.

Dans la soucoupe lisse et blanche, la boulette d'une rotondité parfaite figurait la terre, nécessairement celle des Araucans puisqu'elle était composée de la boue de là-bas et d'un peu de la résine des araucarias.

Je ne suis pas circoncis. Léna retroussa la peau qui couvre l'extrémité de mon sexe et posa la boulette à même ma chair. Ce fut comme une brûlure, à cause de la résine je suppose. Léna ramena la peau sur mon sexe.

Ensuite, elle s'assit sur mes genoux, posa ses mains sur mes épaules et me flaira.

J'avais conscience de porter encore sur mon visage les

senteurs fortes de la montagne, mes cheveux étaient imprégnés de la fumée du campement du Vieil Homme. Léna lécha ma peau.

Parfois, je ne voulais pas que Sally Nathanson m'embrassât. Surtout quand je la retrouvais à l'issue d'un match de hockey où j'avais avalé pas mal de bière, trop fumé. Je me sentais sale, mais elle disait : « Tu es un homme, merde ! » A cette occasion seulement, elle disait « merde ». Sinon, elle avait un langage poli, incompréhensible à la plupart des gens, mais vraiment châtié.

Je me sentais sale aussi sous la langue de Léna, mais Léna était bien comme Sally Nathanson : c'était cette saleté-là qu'elle désirait. Sally Nathanson, quand elle m'embrassait malgré moi, s'imaginait être emportée dans les bras d'un joueur de hockey, un joueur de l'équipe vaincue, un type plus ou moins massacré, barbouillé de teinture d'iode et de sang.

En me léchant, Léna retrouvait dans sa bouche le goût de sève et de décomposition des nuées qui courent sur les pentes des Andes, là où poussent les araucarias. J'étais sa montagne et ses arbres, j'étais araucan.

J'eus peur qu'elle ne fût plus qu'indienne.

La guerre civile allait éclater, mettant un terme probable à mes travaux. Un bombardement hasardeux finirait par pulvériser l'observatoire. Les immenses antennes paraboliques et les miroirs du télescope optique seraient des cibles excitantes pour des gens avides de destruction. J'imaginais les lentilles descellées, posées sur la neige comme de grands yeux bleus.

Dans un avenir proche, de l'ordre peut-être de quelques brèves semaines, nous allions devoir regagner les États-Unis. Une vie nouvelle commencerait pour Léna et moi. Je ne pouvais pas laisser ma femme basculer dans la sauvagerie, ni même s'enfermer dans son silence, au moment d'affronter la société d'une petite ville à l'ouest des Rocheuses.

Je connais bien ces petites villes américaines. Elles sont redoutables, surtout l'été quand les étudiants les désertent et qu'on n'y croise plus que l'équipage universitaire qui ressasse les jalousies et les haines accumulées au cours de l'année. On connaît le cas de professeurs assassinés dans leur hamac entre deux pruniers par un assistant qu'ils ont humilié, ou par une jeune standardiste du campus qu'ils ont une fois invitée à dîner, *une fois, une seule fois,* c'est là toute leur faute, c'est à cause de ça qu'ils meurent égorgés dans un hamac.

Dans ces petites villes, il ne suffit pas de savoir ranger convenablement sa voiture, de pousser son caddy, de connaître par cœur le numéro de sa carte de crédit. Il faut tenir un rang, en imposer aux assistants et aux standardistes. Il n'est pas toujours bon d'être une métisse, dans ces petites villes. Encore moins une Indienne de la Cordillère des Andes.

Je repoussai Léna.

— Léna, lui dis-je, va sur la terrasse et regarde la ville. Les gens sont en colère. Ils font flamber des pneus, et pourtant c'est une des choses les plus difficiles à trouver. Il va y avoir la guerre, Léna, et nous allons devoir partir d'ici. Je t'en prie, Léna, essaie d'être un peu américaine.

Elle dessina dans le vide la forme d'une étoile. Je secouai la tête :

— Non, non, étoile ou pas, on va s'en aller. D'ailleurs, je me suis trompé : pas d'étoile dans le nuage, Léna. J'ai travaillé avec l'ordinateur sur des données basées sur une certaine logique. Et le ciel n'est pas logique. Enfin, il obéit à une autre logique.

Elle s'agenouilla sur notre lit en désordre, pencha le visage et joignit les mains à hauteur de la poitrine. Dans la pénombre de la chambre, avec les draps blancs qui venaient bouillonner contre ses jambes, elle avait l'air d'une de ces vierges basanées et posées sur des nuées comme on en voit dans les chapelles des pays pauvres.

— Dieu, Léna? La logique de Dieu, c'est ça que tu essaies de me dire?

Elle acquiesça.

— Possible, dis-je sans me compromettre. Mais je n'y crois pas.

J'ai connu un homme de Dieu, dans l'Ohio, qui se passionnait pour la pisciculture. Son rêve était de réussir, à force de croisements, à produire une truite de couleur noire.

Quand je l'ai rencontré, il arrivait au terme de ses essais. Il était persuadé d'avoir enfin mis tous les atouts dans son jeu, à l'exception d'une certaine conjonction astrale. Il me demanda de calculer pour lui la nuit, l'heure et la minute où les étoiles seraient dans l'alignement qu'il attendait.

Je le fis, et trouvai que ce serait une nuit d'août, peu après deux heures.

Je nous revois, ce pasteur et moi, penchés sur le bassin de ciment, guettant l'éclosion des alevins. Le ciel se reflétait sur l'eau immobile. Dans la maison toute proche, une fille chantait. C'était la fille du pasteur, elle se nommait Myrna, elle portait une curieuse robe écarlate, longue, avec des volants à hauteur des chevilles.

Elle ne faisait pas que chanter, elle dansait aussi, pieds nus sur les lattes de bois de la véranda.

La chaleur de la nuit était étouffante. Bientôt, les alevins se mirent à grouiller dans le bassin. Ils étaient tous translucides, sauf un. Celui-là était sombre, presque noir. Le pasteur tremblait de bonheur, et il bénissait Dieu.

Je le laissai là et rejoignis Myrna.

Quelques minutes après sa naissance, le petit poisson noir mourut, dévoré par une truite. Peut-être était-ce sa propre mère. Mais il était venu au monde, et cela comblait le pasteur qui resta à prier, courbé au-dessus du bassin.

Moi, quand je déshabillai Myrna, je m'aperçus qu'elle avait une vaste tache sur la peau, un peu comme de l'encre violette, qui partait du haut de la cuisse gauche et envahissait le bas du ventre.

J'en déduisis que la perfection n'existait pas, et par conséquent Dieu non plus.

Les jeunes filles sont tachées comme Myrna, ou sourdes comme Sally Nathanson, ou soudain muettes comme Léna, les truites noires naissent et meurent presque au même instant, et les étoiles ne viennent pas au rendez-vous qu'elles vous ont elles-mêmes donné, et moi, ne l'oubliez pas, j'ai tué Léna.

Léna avait encore une chance de recouvrer la parole. Cette chance passait par vous, David.

Je voulais que la première vision que vous auriez d'elle fût inoubliable. Le mieux serait une arrivée par hélicoptère.

Tout petit dans la neige, vous auriez le visage levé vers la machine, cherchant déjà à deviner les traits et la silhouette de Léna à travers la bulle de plexiglas.

L'hélicoptère se poserait, et Léna descendrait. Les longues pales encore en mouvement feraient du vent dans ses cheveux, et sa jupe s'évaserait assez pour dévoiler ses jambes.

Vous ne comprendriez pas tout de suite qu'elle était muette. Vous mettriez sur le compte du vacarme assourdissant de la turbine l'inutile remuement de ses lèvres. Vous devineriez plus tard, mais alors vous seriez déjà si ému par Léna que vous ne pourriez faire autrement que de l'aimer.

Avec ses blockhaus, ses salles plongées dans la pénombre, son silence feutré que renforçaient encore les murailles de glace, les clignotements des appareils électroniques rappelant un peu les lueurs vacillantes des bougies, l'observatoire de la Cordillère se prêtait de manière exemplaire à la naissance d'un amour.

Pour expliquer à Léna le fonctionnement de telle ou telle installation, vous seriez obligé de vous tenir tout près d'elle, de vous pencher et de respirer son haleine. Or le souffle de Léna n'était pas un de ces souffles ordinaires sentant le peppermint ou le miel. Je ne saurais préciser davantage, mais tous les hommes qui ont approché Léna d'assez près pour respirer son haleine ont eu envie aussitôt de mordre sa bouche. Les plus ivres me l'ont avoué, quant aux autres, je l'ai lu dans leurs yeux.

J'imaginais que vous finiriez par prendre la main de Léna pour l'entraîner dans ce magasin en sous-sol où nous entreposions les pièces de rechange les plus fragiles. C'était une crypte à laquelle vous aviez accordé tous vos soins. Une épaisse moquette la tapissait, murs et plafond compris, et aucun autre secteur de l'observatoire ne bénéficiait d'une climatisation aussi fiable et bien réglée.

Là, vous violeriez Léna. Ce serait un viol consenti, car Léna ne se refuserait pas. Sans vous avoir jamais vu, elle vous portait un grand intérêt depuis fort longtemps, un intérêt que j'avais soigneusement entretenu en évitant toute rencontre prématurée. Et n'oublions pas les rues et les bars d'où venait Léna, ni qu'elle aimait l'amour.

Si j'emploie le mot viol, c'est en raison de la brutalité qu'il suppose. Vous étiez si jeunes, elle et vous. Vous n'étiez pas du genre à sacrifier à d'interminables préludes, d'autant que l'imminence de la révolution risquait de vous priver d'une nouvelle occasion de vous aimer. Peut-être ne vous reverriez-vous jamais, et j'étais persuadé que vous en seriez conscients l'un et l'autre.

Dans vos bras, éperdue, Léna crierait.

Alors, ses cordes vocales déliées, sa langue désenvoûtée, Léna n'aurait plus que des efforts minimes à faire pour recommencer à parler.

Je mentirais en disant que ce moment d'amour entre elle et vous m'était indifférent. A la minute même où je décidai qu'il aurait lieu, je commençai à souffrir.

Je me rappelle que ma voix tremblait en appelant les services du général Gustavo Leigh, à l'état-major des Forces aériennes chiliennes, pour demander qu'on mît un hélicoptère et un pilote à la disposition de ma femme.

La plupart des appareils étant plus ou moins consignés sur leurs bases pour parer à toute éventualité, l'officier que j'eus au téléphone protesta qu'il avait vraiment d'autres soucis que d'organiser des vols touristiques. Si Léna tenait absolument à se rendre dans la Cordillère, il ne voyait pas pourquoi elle ne prenait pas une voiture.

Je ne répondis pas. Au bout du fil, il hésita :

— C'est dit, señor Kobryn ? Nous en restons là ? Vous admettez que j'ai raison ?

L'aviateur semblait étonné de l'avoir emporté si vite. Au cours de ces semaines troubles, on n'obtenait rien sans palabres interminables. La moindre suggestion de faire ceci ou cela, qui que ce soit qui l'ait émise, entraînait aussitôt d'immenses manifestations dans les rues de la capitale.

— Je raccroche donc, señor Kobryn ? fit-il encore sur un ton si déconcerté que j'eus pitié de lui.

— J'ai un réel besoin de cet hélicoptère, señor colonel.

Il eut un petit rire soulagé :

— Ah ! ah ! nous y voilà. C'est une question de vie ou de mort, bien entendu ? Dites-le franchement, señor, si c'est ce que vous croyez. En ce moment, tout le monde a des problèmes de vie ou de mort.

— Pardonnez-moi, señor colonel, il s'agit d'une histoire d'amour.

Il n'en demanda pas davantage. Son chef, Gustavo Leigh, devait jouer quelques semaines plus tard un rôle déterminant dans le putsch aux côtés du général Pinochet. Le colonel était probablement déjà dans la confidence. Peut-être pensa-t-il se pardonner plus facilement certaines choses empoisonnantes à assumer si, en contrepartie, il favorisait une histoire d'amour. Toujours est-il qu'il m'obtint l'hélicoptère.

Léna décolla de l'École militaire et revint s'y poser quatre heures plus tard.

Son premier geste fut de tendre la main pour que je lui donne son calepin et son crayon.

Elle n'était pas guérie.

« De là-haut, écrivit-elle, la Cordillère est très belle. J'ai cru voir, très loin sur la droite, les sommets du pays des araucarias. Le voyage en hélicoptère m'a plu davantage que la visite de l'observatoire. Ton David Bissagos est insignifiant. Où as-tu pris qu'il était blond ? C'est une espèce de chicano, plutôt. Peut-être un métis. Mais métissé de quoi ? »

J'avais désormais une assez grande habitude de son

écriture pour y déceler des signes de mensonge. Je regrette, David, de vous dire qu'elle était sincère en descendant de l'appareil : vous ne lui plaisiez pas.

Je vois que cela vous peine, malgré le temps passé. Votre visage est devenu pâle. Je sais que depuis sa mort vous n'avez pas cessé de penser à elle.

J'ai rencontré beaucoup de monde à l'époque où m'a été décerné le prix. Tous ces personnages me congratulaient avec effusion, mais en réalité la plupart se desséchaient de jalousie. Certains ne se sont pas privés, de manière allusive, d'évoquer ce que vous racontiez à propos de Léna et de vous. J'ai toujours répondu par un sourire indulgent : Léna Kobryn et David Bissagos ? Allons, ce n'était qu'un rêve que vous faisiez, auquel vous tentiez de donner un peu de consistance en le partageant avec des compagnons de bar ! Comme tous les rêves, celui-ci portait en lui sa propre punition : vous deviez vous éveiller de temps à autre, vous rappeler que rien n'était arrivé ; vous n'aviez même pas eu l'honneur d'être invité à la *Residencia* où presque toute la ville avait pourtant défilé, où des centaines d'hommes, dont quelques-uns étaient des individus méprisables, avaient tenu Léna serrée contre eux l'espace d'une danse. Peut-être même eut-elle un amant, un de ces ouvriers sans travail dont elle avait fait sa cour, un diplomate français — qui sait ? J'étais absent presque toutes les nuits.

Il vous faut maintenant mettre un terme définitif à cette illusion qui vous a occupé pendant près de dix ans : Léna ne vous aimait pas, elle ne vous aurait jamais aimé. Avec elle, c'était tout ou rien, et ça l'était tout de suite.

Cela vous paraît cruel. Vous ne m'écoutez plus. Vous faites de grands gestes sans signification, vous vous agitez. Si j'ouvre la porte, vous allez vous élancer comme ces pauvres hommes brûlés qui se mettent à courir droit devant eux et attisent les flammes qui les dévorent.

Calmez-vous, David. Et croyez-moi : après la souffrance viendra l'amertume, puis un sentiment d'ironie — la dernière coulée d'acide, et enfin plus rien.

Léna, donc, vous oublia le jour même où elle vous vit.

Les petits mots qu'elle griffonna ce soir-là après dîner ne portaient que sur un sujet, répété jusqu'à l'obsession : la région où poussaient les araucarias, qu'elle avait cru apercevoir à travers la bulle de l'hélicoptère et où elle voulait aller.

Son écriture, d'habitude appliquée et ronde comme celle d'une écolière, était rageuse. Elle brisa souvent la mine de son crayon, une fois ou deux celui-ci traversa même le papier.

« *C'est là-bas*, écrivait-elle, *que je dois ensevelir mon frère.* »

— Pour ça, il faudrait qu'on sache ce que ceux de Puerto Montt ont fait du corps de ton *hermano*.

« *J'enterrerai ce que je trouverai : des affaires à lui qui sont dans la maison, sa chemise du dimanche, la boîte où il rangeait ses hameçons. Oh ! je t'en prie, Burton.* »

Le vent soufflait par rafales, lançant la pluie contre les vitres. A plusieurs reprises, la lumière vacilla. A vingt-trois heures, elle s'éteignit tout à fait sans qu'on pût savoir si c'était à cause de la tornade ou d'un attentat.

Recroquevillée près de la cheminée où ne restaient plus que des cendres tièdes que la tempête agitait en s'engouffrant dans le conduit, Léna grondait comme si c'était elle qui dirigeait l'ouragan, qui lui transmettait force et colère.

Pour l'apaiser, je voulus caresser son front. Il était irradié de fièvre.

Dans les jours qui suivirent, le temps se rétablit peu à peu. Le plafond remonta, un ciel uniformément gris remplaça le jeu des éclaircies et des averses.

Mais Léna restait brûlante et ne mangeait presque plus.

Elle sortait beaucoup, passait des heures dans les agences à compulser les horaires des trains pour Temuco, s'informait de la fréquence des bacs qui traversaient les lacs et conduisaient les voyageurs jusqu'au pied des montagnes.

Elle me suppliait, accumulant les petits mots dont l'écriture se dégradait de plus en plus : « *Emmène-moi, Burton, ramène-moi là-bas avant la guerre civile. J'ai retenu des places dans tous les trains.* »

Je me fâchai :

— Si je te conduis quelque part, ce sera jusqu'à un avion américain, et ensuite dans une clinique où on te réapprendra à parler. Je ne supporte pas que tu sois comme ça.

Elle me dévisageait, les yeux noyés de larmes. Ou bien, elle frappait les murs de la maison de ses poings fermés. Et c'est ainsi qu'elle se brisa le petit doigt de la main gauche. Il pendait contre sa paume.

J'appelai le docteur Alvarez. Il eut beaucoup de mal à convaincre Léna de le laisser examiner sa main. Elle la tenait derrière son dos, elle était comme les bêtes blessées qui se méfient de tout.

Alvarez lui posa une sorte d'attelle.

— Mr. Kobryn, me dit-il, je vous avais prévenu : votre femme est devenue folle.

— Est-ce que la folie prend les gens si vite que ça ?

238

Alvarez me regarda comme si j'étais moi-même déraisonnable :

— Allons donc ! Elle a toujours été ainsi. A quoi attribuez-vous le succès de vos fêtes ? Moi qui suis allé partout où il faut se montrer, je vous le dis : ni le buffet ni la musique n'étaient meilleurs qu'ailleurs. Sans vouloir vous blesser, Mr. Kobryn, on venait voir la folle. Elle était si belle. Chacun espérait profiter de la situation. J'ai entendu des hommes dire : « Maria-Elena Kobryn n'a pas plus de maturité qu'une petite fille, ce sera commode. » Je l'ai pensé, moi aussi, Mr. Kobryn, je l'avoue. Si nous n'avions pas une révolution à notre porte, si vous donniez encore des fêtes comme avant, je tenterais ma chance.

Léna était sur la terrasse. La tête légèrement penchée sur le côté, elle observait les colonnes de fumée qui montaient de la ville. Parfois, elle léchait sa main blessée.

— Adieu, dit Alvarez, je vous quitte. Je vais être bientôt appelé à de hautes responsabilités. Je vous en prie, ajouta-t-il, ne vous donnez pas la peine de me casser la figure, ni celle de me raccompagner.

Je rejoignis Léna sur la terrasse. Pour la première fois, son corps dégageait une senteur sauvage — la sueur due à la souffrance de son doigt brisé, mais aussi quelque chose d'autre que je ne parvins pas à identifier.

Je la pris dans mes bras, j'embrassai sa bouche trop chaude. A travers son chemisier, je sentais battre son cœur, tellement plus vite que le mien.

Je me refusais à croire Alvarez. Léna n'était pas folle, mais indienne issue d'une race presque éteinte, et de plus en plus indienne comme si *el hermano*, en mourant, lui avait légué tout le sang araucan coulant de ses blessures.

Trois heures plus tard, dans la Cordillère, je vous décrivis une Léna impatiente de vous revoir :

— Elle a ordonné aux servantes de briquer la *Residencia* de fond en comble, de mettre des fleurs partout, des ampoules neuves dans les lampes. Ah! le mal qu'elle se donne pour que tout soit impeccable, pour vous accueillir bientôt! La fête sera plus magnifique que toutes celles que nous avons déjà données. Vous avez charmé Léna, mon cher. Elle considère sa visite à l'observatoire comme un des moments exceptionnels de sa vie.

Vous me regardiez, déconcerté. Vous n'aviez pas eu du tout l'impression que Mrs. Kobryn vous appréciait tant que ça. Selon vous, elle avait même manifesté une certaine impatience à finir la visite et à remonter dans son hélicoptère. Vous n'aviez pas eu droit à un seul mot de gratitude.

— David, dis-je en me forçant à rire, vous êtes en pleine crise de déprime, ou quoi? D'abord, vous croyez que notre petite étoile ne sera pas au rendez-vous. Et à présent, vous n'êtes pas fichu de voir ce qu'une femme pense de vous?

Avec qui d'autre pouvais-je encore évoquer Léna en robe longue sur le seuil de la *Residencia,* offrant son sourire et son bras, s'effaçant dans la pénombre de la maison au son d'une valse ou d'un tango, ses seins écrasés contre les médailles dont raffolent les amiraux sud-américains?

Un soir, je me retrouvai seul à l'observatoire.

Les Chiliens me dirent que vous aviez vidé votre placard du vestiaire et distribué les posters de filles nues accrochés au-dessus du lit de camp où vous vous allongiez parfois une heure ou deux :

— Le señor David est chez lui. Si vous avez besoin qu'il vienne, vous pouvez lui téléphoner.

Je ne vous appelai pas. Je crus que vous aviez deviné mes mensonges à propos de l'étoile et de Léna. Vous pensiez le moment proche où Burton Kobryn allait devoir reconnaître ses erreurs. Vous partiez pour ne pas assister à mon humiliation.

Nous étions dans les premiers jours de septembre. On célébrait le troisième anniversaire de l'élection de Salvador Allende. Sous les murs du palais de la Moneda, devant le président qui souriait en agitant un petit drapeau chilien, on pendit en effigie Villarin, le leader des camionneurs en grève. Il faisait froid.

A l'aube du 8 septembre, je réunis les techniciens chiliens dans la salle de détente. A cause d'une panne de climatisation, la température était tombée au-dessous de
zéro. L'eau minérale avait gelé et fait éclater les carafes
posées de place en place sur la table ovale. Nous étions
tous engoncés dans des anoraks.

— Messieurs, *amigos mios*, je n'ai pas une vue très
claire de la situation politique. Qui peut dire ce qui va se
passer ? Mais nous sommes tous conscients que quelque
chose doit arriver dans l'immédiat. Si j'en crois la radio, la
plupart des gens s'attendent à un coup d'État militaire. Je
n'ai jamais vécu un événement de ce genre. Mais je suppose que cela comporte un certain nombre d'actions de
guerre. Vous souhaitez certainement prendre des dispositions pour protéger vos maisons, vos biens, vos familles.
Vous êtes libres de regagner Santiago. Je vous remercie de
l'aide que vous m'avez apportée. D'une manière ou d'une
autre, les choses finiront par s'apaiser. J'espère alors
qu'aucun de vous n'aura eu à subir une quelconque violence. Nous nous retrouverons ici même, et nous reprendrons le travail.

Ils quittèrent la pièce sans un mot. Sur le parking
fouetté par les rafales de neige, ils allumèrent des cigarettes et se réunirent par petits groupes. Je me souviens

d'Arturo Valdizar et de quelques autres qui regardaient les antennes avec regret. Mais la plupart, leur cigarette achevée, s'engouffrèrent dans les voitures et partirent sans se retourner.

Je parcourus l'observatoire dont je verrouillai les pièces désormais inutiles, telles que le magasin général, la salle du télescope optique, la cuisine et les garages.

Bien qu'il fît jour, je laissai les lampes allumées, car la neige se plaquait contre les vitres et plongeait la rotonde dans une fausse pénombre.

Tandis que la télévision annonçait que des discussions se tenaient aux sièges de tous les partis politiques et que les rues étaient calmes, je relus le journal que vous aviez tenu à ma demande, heure par heure, et qui retraçait nos investigations dans le grand nuage interstellaire.

Les radiosources, d'abord cohérentes, s'étaient peu à peu décomposées en saccades de signaux absurdes. Puis nous n'avions plus capté qu'une sorte de silence sale, boursouflé de brèves émissions hystériques.

Vous aviez alors noté en marge du registre : « *Sommes en présence nombreux parasites dus à hyperfrénésie trafic radio militaire. Écoute et recherche désormais irréelles. Vaste confusion partout sur la terre comme au ciel.* »

Je passai de longues heures à réentendre les enregistrements. Je bus énormément de thé et mangeai une barquette de crevettes congelées.

Au soir de ce 8 septembre, aux environs de minuit, Léna m'appela sur la ligne directe. Je reconnus que c'était elle à sa respiration un peu rauque. Je lui dis qu'à présent j'étais seul dans la Cordillère, que je ne renonçais pas à traquer l'étoile. Les grands événements, ajoutai-je, avaient toujours été précédés par l'apparition d'une étoile. Le Chili en feu et la mort probable de Salvador Allende

243

étaient de grands événements qui méritaient eux aussi d'être annoncés par une étoile.

— Léna, ici la nuit menace d'être mauvaise. Vent terrible, neige et basses températures. Est-ce qu'il pleut sur Santiago ?

Du bout des ongles, elle gratta les petits trous du microphone. Je ne sus si elle avait voulu dire oui ou non.

Le lendemain, dimanche 9 septembre, après des heures de tâtonnements et de fausses manœuvres, je réussis à orienter seul les batteries d'antennes. J'éprouvai une joie d'enfant à les voir de nouveau glisser sur leurs rails, puis insensiblement basculer vers le ciel.

Le nuage émit d'abord son crépitement habituel, ce chant de cigales tristes grâce auquel nous savions que nous pénétrions dans la zone sensible où s'amassait l'énergie colossale préparant la naissance d'une ou plusieurs étoiles.

Au même moment, les radios retransmettaient en direct la prière œcuménique organisée sur la place de la Constitution.

Plusieurs milliers de personnes suppliaient Dieu d'accorder la paix au pays déchiré. Plus tard, sous les voûtes du Stade couvert, Carlos Altamirano, secrétaire général du PS, prononça un discours terrible. Et c'est tandis qu'il vociférait et que la foule, plus fort que lui, criait : « Armez le peuple ! » que le grand nuage interstellaire fut soudain secoué de convulsions.

Les stylets des enregistreurs graphiques noircirent le papier jusque dans ses marges. Des grondements sourds firent vibrer les membranes des haut-parleurs. Plusieurs appareils disjonctèrent, comme éblouis mortellement par la puissance de l'émission.

Je me griffai les joues et me mis à hurler moi aussi :

— Elle perd les eaux, la petite garce, elle les perd !

Le phénomène ne dura qu'une dizaine de secondes. Le silence revint. Il ne se passa plus rien jusqu'à la tombée du jour, heure à laquelle le trafic radio militaire s'accrut au point de brouiller les signaux en provenance du ciel.

La proximité de la nuit avait sur les casernes le même effet que sur de jeunes enfants : elle les agitait, les angoissait peut-être. Les officiers s'appelaient de P C en P C. Les tanks dissimulés dans la campagne derrière des replis de terrain expédiaient des messages codés auxquels répondaient les navires de haute mer.

Comme la veille, Léna téléphona aux alentours de minuit. Je lui fis part de cette pulsation splendide qui avait ébranlé l'espace, qui annonçait certainement la naissance et le cri de l'étoile.

— Tu es seule, lui dis-je, et tu es peut-être effrayée par les clameurs des gens dans la rue. Ferme la porte et les volets, éteins les lampes et même le feu dans la cheminée. Marche pieds nus, fais le moins de bruit possible. Les soldats n'entreront pas dans la maison s'ils la croient déserte. D'ailleurs, nous n'en sommes pas là. On raconte qu'Allende pourrait former un cabinet militaire, ce qui reviendrait à donner de bon gré aux généraux ce dont ils prétendent s'emparer par la force. S'il y avait du danger, je te dirais de te réfugier à l'ambassade américaine. La ville a l'air de brûler, mais ce ne sont que des pneus enflammés. Le moment viendra où il n'y aura plus de pneus. Alors, les étudiants et les autres s'apercevront qu'il fait froid, et ils s'en iront. Moi aussi, je suis seul. Mais ce que j'attends depuis si longtemps est sur le point de se produire, il me semble. Ce n'est pas à présent que je vais abandonner.

Je l'entendis entrechoquer ses dents les unes contre les

autres, comme quelqu'un qui grelotte. Elle faisait parfois cela la nuit, quand un mauvais rêve la troublait.

— Léna, je te supplie de me comprendre.

Elle raccrocha.

Dans l'après-midi du 10, l'escadre de Valparaiso appareilla et fit route vers la haute mer à la rencontre de la flotte des États-Unis avec laquelle elle devait participer aux manœuvres navales Unitas XIV.

Par comparaison avec les heures d'agitation qui l'avaient précédée, cette journée fut calme. Personne ne pensait qu'un coup d'État eût la moindre chance de réussir en l'absence des bâtiments de guerre.

Le docteur Alvarez m'appela pour m'informer qu'il était passé près de la *Residencia* et que la maison lui avait paru abandonnée.

Il se rendait à l'autre bout de la ville pour ramener Javiera à ses parents, et il avait fait ce détour par le cerro San Cristobal. Il s'était rangé un instant devant la *Residencia,* avait actionné son avertisseur. La maison restant silencieuse et close, il avait alors escaladé le muret, suivi de ses deux chiens Intimidation et Bienveillance. Javiera gardait la voiture.

Il se décida à lancer de petits graviers contre les volets clos. Mais personne ne se montra. Ses chiens grondaient.

— C'est après vous qu'ils en avaient, dis-je. Vous étiez en train de violer une propriété privée.

— Je craignais qu'il ne soit arrivé quelque chose à votre femme.

— Léna n'est plus à la *Residencia.* Elle est en sécurité à l'ambassade américaine.

— Précaution superflue, Mr. Kobryn : j'ai noté sur un carnet les noms des personnes à protéger dès les premières heures du *golpe*[1] et vous êtes en tête de liste, Mrs. Kobryn et vous.

— Le *golpe*, docteur? Partie remise : l'escadre fonce vers le large.

— Vraiment? fit-il après un instant d'hésitation.

— Vous ne le saviez pas?

— Si, bien sûr.

Allons donc! Emilio Alvarez n'était qu'un putschiste amateur.

Beaucoup de personnages lui ressemblaient. Tous prétendaient tirer les ficelles du coup d'État, mais ils seraient broyés par lui comme n'importe qui se trouvant sur le passage des chars. Le médecin se rendait-il compte qu'il ne disposait que de peu de temps pour faire l'important? Quand les événements deviendraient graves, il serait relégué parmi les clowns du prologue, chassé de la piste. Il n'en était provisoirement que plus dangereux, et je préférai lui dire qu'il pouvait rayer nos noms de son carnet :

— Nous quittons le Chili. Adieu, docteur.

Nombreux étaient ceux qui rêvaient déjà à toutes les victimes qu'ils allaient dominer, Alvarez était l'un de ces rêveurs. Les révolutions s'accompagnent toujours de femmes violées, de petits garçons forcés. Le sang coule plutôt moins qu'on ne pense, mais le sperme beaucoup plus.

Alvarez se séparait de Javiera parce qu'il pensait entrer désormais dans n'importe quelle maison, emmener les filles qui lui plaisaient. Il avait tenté de s'introduire chez moi parce qu'il espérait y trouver Léna rendue vulnérable par son doigt brisé, son silence, affolée par la violence qui couvait en ville, par mon absence.

1. Coup d'État.

J'aurais peut-être dû tenter de vous joindre et vous dire :

— David, trouvez un homme appelé Emilio Alvarez et tuez-le.

Le 11 septembre, peu après six heures du matin, le président Allende fit convoquer le général Pinochet, le général Leigh et l'amiral Montero ; il venait d'apprendre que l'escadre de haute mer n'avait pas rejoint la flotte américaine et était revenue pendant la nuit, tous feux éteints, mouiller en rade de Valparaiso.

Aucun des trois commandants en chef ne répondit à l'appel d'Allende : Montero parce qu'il ne réussit jamais à trouver un véhicule, les généraux Pinochet et Leigh parce qu'ils étaient entrés en rébellion.

Comme tout le monde, je devinai que le coup d'État venait d'éclater en écoutant le discours, paradoxalement rassurant, que fit le président au micro de *Radio Corporacion.*

Personne ne devait céder à la panique, dit-il en substance, mais se montrer d'une extrême vigilance. Tous les travailleurs gagneraient comme d'habitude leurs lieux de travail où ils prendraient leurs postes dans le calme, mais prêts toutefois à se mobiliser, à agir et à résister si on les y appelait.

— *Señor presidente,* dis-je en m'adressant au transistor, je suis à mon poste, sur mon lieu de travail.

Si vous aviez été présent, vous auriez pris cela pour de la dérision. Ce n'était qu'un chaleureux sentiment de pitié envers cet homme que j'avais toujours su perdu, et dont la chute définitive n'était plus qu'une question d'heures : sa dignité me navrait, une si fragile dignité d'enfant bousculé.

Je m'étais imaginé un *golpe* glorieux, dans la lumière d'un matin de printemps. Je voyais les tourelles de tir des navires lever leurs tubes et cracher des salves blanches au-dessus des collines de Valparaiso, et les régiments blindés descendre en ordre sur Santiago, les avions aile contre aile dessiner dans le ciel bleu des figures évoquant les condors.

Il n'en serait rien. L'hiver n'en finissait pas, le temps était maussade. Tout se jouerait probablement en quelques échanges d'insultes et de balles perdues. Hargneux, sournois, étriqué, le *golpe* ne serait pas l'orage historique que le Chili attendait, mais une giclée de pisse de chien sur des nez passant là par hasard ; un *golpe* digne du docteur Alvarez, de tous les docteurs Alvarez qui s'étaient conjurés pour en arriver là.

Je découvris au vestiaire une sorte de houppelande de Père Noël, celle d'Orlando je crois, m'y emmitouflai et sortis.

Par temps clair, on apercevait parfois en contrebas la masse couleur de bronze pâle de Santiago. Pour peu que le vent fût favorable, on entendait sonner les cloches des églises. Aujourd'hui, la ville disparaissait sous une couche nuageuse ininterrompue, et le seul son perceptible était le hurlement du vent dans les antennes alignées sur le champ de neige.

S'il existe, pensai-je, Dieu voit-il de la terre autre chose que ce coton sale étalé à perte de vue, et qu'entend-il d'autre qu'un souffle aigre ? Quelle folie, David, que de croire en un Dieu penché sur chacun de nous ! Comment y parvenez-vous ? Ce n'est pas Dieu qui est invisible aux hommes, mais l'humanité que Dieu ne voit pas.

Je me rappelle que ceux de ma famille s'exprimaient à haute voix en présence de Sally Nathanson, sans prendre la moindre précaution. Assurés de sa surdité, ils parlaient

249

de ces choses qu'on ne veut pas que les jeunes filles entendent. Ils en disaient même beaucoup plus que nécessaire, comme excités de pouvoir impunément débiter leurs cochonneries en souriant au visage exquis de la petite infirme.

Il arrivait que Sally lût un mot sur leurs lèvres. Mais elle n'en connaissait pas toujours le sens. Et si elle le demandait, on lui disait qu'elle avait compris de travers, que la cousine Abigaïl n'avait pas dit *sperme dans la bouche* mais *ferme donc la porte* — les deux phrases s'articulent à peu près de la même façon.

Plus tard, quand nous étions seuls, Sally et moi, je n'avais pas forcément envie de rétablir la vérité et je lui affirmais que cette idiote d'Abigaïl avait bien parlé de fermer une porte.

Sally faisait voler ses cheveux, et ses yeux tendres me disaient : « Oh ! de toute façon, qu'est-ce qu'on s'en fout ! Cache plutôt ta figure dans les plis de ma robe blanche, Burton, mon amour. »

Pourquoi voulez-vous que votre Dieu soit plus persévérant que ma Sally Nathanson dans sa recherche de nos vérités lamentables ?

C'est parce que Dieu ne sait rien de ce que j'ai fait ce jour-là que je vous le raconte à vous, David.

Les puissantes installations radio de l'observatoire me permirent, tout au long de la matinée, de capter les émissions sur ondes courtes des chefs de la junte.

Aux environs de dix heures, l'amiral Carvajal dit à Pinochet que le président Allende se promenait dans les patios du palais de la Moneda, coiffé d'un casque et armé d'un fusil d'assaut ; il avait l'intention de se battre jusqu'à sa dernière cartouche, et de se tirer celle-ci dans le crâne.

Pinochet répondit qu'il allait donner dans trois quarts d'heure l'ordre d'ouvrir le feu sur la Moneda, et quatre vieux chars s'avancèrent en effet sur la place de la Constitution.

La première fusillade éclata à dix heures trente. Les balles des mitrailleuses ricochèrent contre la façade du palais. Il y eut un fracas de vitres brisées. Les carabiniers postés à l'extérieur de la Moneda avaient évacué la place et fraternisé avec les putschistes.

Le président parla encore une fois à la radio, laissant entendre qu'il allait être tué. Il insista ensuite pour que les femmes se trouvant auprès de lui dans le palais quittent aussitôt celui-ci. Il voulait rester seul. Il fit fermer les fenêtres encore intactes donnant sur la place et les rues.

A onze heures, le général Leigh dit à l'amiral Carvajal qu'il était disposé à donner l'ordre qu'un hélicoptère vînt chercher Allende pour le conduire à l'aéroport international de Padahuel où il pourrait embarquer avec sa famille à bord d'un avion qui l'emmènerait loin du Chili.

Mais Salvador Allende ne voulait pas se sauver. Il attendait d'être tué, il paraissait même le souhaiter. Ce matin-là, personne ne manifesta de vraie grandeur sinon Allende, malgré son casque mal vissé sur sa tête et son pull-over un peu sport qui n'allait pas du tout avec la gravité des événements.

Les avions commencèrent leur attaque quelques minutes avant midi.

C'étaient deux chasseurs *Hawker-Hunter* équipés de roquettes. A leur premier passage, ils pulvérisèrent l'immense verrière du jardin d'hiver. Par sept fois, ils se présentèrent dans l'axe du palais de la Moneda et lancèrent des roquettes. A la fin, des flammes mêlées à des volutes de fumée noire s'élevèrent des toits du bâtiment.

251

Dans le palais même, il y avait des murs écroulés et l'on respirait difficilement.

Le drapeau blanc apparut à une fenêtre au début de l'après-midi. La Moneda brûlait. Les quelques personnes qui se trouvaient encore à l'intérieur descendirent dans la rue.

Le président n'était pas parmi elles. Il gisait sur un canapé rouge, la tête presque arrachée. A la radio, l'amiral Carvajal dit que, d'après les informations qu'il possédait, Salvador Allende s'était suicidé. Personnellement, j'en doute. Mais il est vrai que je n'étais pas à la Moneda.

Quoi qu'il en soit, c'est ainsi, vers seize heures trente, que s'acheva officiellement le coup d'État. Ce qui n'allait pas empêcher des milliers de gens de souffrir encore, et de mourir.

Longtemps, je restai assis devant les haut-parleurs comme un spectateur qui ne se décide pas à quitter son fauteuil malgré le rideau tombé. Il n'y avait pourtant plus rien à entendre : toutes les radios de l'Unité populaire étaient muselées ; et les autres, contrôlées par la junte, diffusaient de la musique militaire et des communiqués invitant la population à ne pas descendre dans les rues.

J'enfilai à nouveau la houppelande d'Orlando et sortis sur le glacis. La nuit descendait, accompagnée de brèves chutes de neige. Le vent s'était calmé et ne produisait plus, dans les antennes, que son habituel chant de harpe.

Les nuées qui couvraient Santiago étaient comme incendiées du dessous et laissaient palpiter, à travers l'ouate, d'étranges lueurs dorées. Ce n'était pas le reflet mouvant d'une cité en feu, mais l'effet de toutes les lumières particulières que les habitants avaient allumées, pour veiller.

Hors le vent léger, le silence était absolu. C'est pourquoi j'entendis, venant de l'observatoire, la sonnerie du téléphone.

téléphone.

L'homme prétendait avoir le grade de capitaine et s'appeler Juan Miguel Arrayal.

Sa voix était polie, un peu lasse. Il semblait déçu de n'avoir que cela à faire, donner des appels téléphoniques, alors que tant d'autres officiers se consacraient désormais à des tâches rudes mais exaltantes. Des détachements débarquaient dans les bourgades lointaines pour les contrôler et les rallier, on épurait déjà les administrations, des mouvements de troupes ébranlaient les forêts et soulevaient la poussière des routes désertiques du Nord — et lui, Juan Miguel Arrayal, s'occupait du téléphone.

Peut-être s'était-il levé avant l'aube, plein d'enthousiasme et de zèle pour ce premier jour du coup d'État, et à présent il ne pouvait s'empêcher de consulter sa montre en songeant qu'il serait certainement aussi bien chez lui, à boire du *pisco* au succès de la junte.

— Donc, me dit-il, vous n'êtes pas le señor Kobryn ?

— Non, non, lui répétai-je, l'observatoire est fermé, et il n'y a plus personne ici.

— Mais vous, qui êtes-vous ?

— Un vigile. Je défends les lieux contre les pillards qui pourraient monter des bidonvilles.

Je comptais sur la médiocrité de la communication

254

RÉCIT DE BURTON KOBRYN

pour que le capitaine Arrayal ne relevât pas mon accent américain.

— Puis-je avoir votre nom ?

— Oui, dis-je, je suis Enriquez. Mais ici, ils m'appellent tous Enriquito.

Il y eut un silence, entrecoupé par le crépitement grinçant d'une vieille machine à écrire. Le capitaine Arrayal devait frapper avec un seul doigt.

— Enriquito, reprit-il, avez-vous une idée de l'endroit où je pourrais joindre le señor Kobryn ?

— Essayez la *Residencia,* son domicile sur San Cristobal. Je vais vous donner le numéro.

— Merci, Enriquito. Mais en ce qui concerne la *Residencia,* nous avons déjà le numéro, l'adresse, tout.

Le dignitaire pervers qui occupait la grande demeure avant moi venait sans doute de revenir. Peut-être était-il un des nouveaux maîtres du pays. Il exigeait qu'on forçât la porte, qu'on arrêtât le squatter — comme j'avais été prudent de répondre que je n'étais pas moi !

— La *Residencia* est une belle maison, mon capitaine, à ce qu'on raconte. Le señor Kobryn serait désolé s'il était arrivé quelque chose à la *Residencia.* Une bombe n'est pas tombée dessus, au moins ?

— Enriquito, coupa l'officier, si vous voyez le señor Kobryn ou s'il vous téléphone, voulez-vous le prier de prendre contact avec nous le plus vite possible ?

— Qui est *nous,* mon capitaine ?

— La police politique.

A peine eut-il raccroché que j'appelai l'ambassade des États-Unis.

L'organisation putschiste n'avait vraisemblablement

pas eu le temps de mettre l'observatoire sur table d'écoute. Je déclinai donc ma véritable identité au fonctionnaire de l'ambassade, et l'informai que la police politique désirait me parler.

— Et c'est ça qui vous tracasse, Mr. Kobryn ? Vous n'avez aucune raison de vous inquiéter. Je vous assure, *sir*, que nous contrôlons la situation. Dans son ensemble et dans ses moindres détails, ajouta mon correspondant après une pause destinée à me faire sentir toute l'importance de ce qu'il disait, et surtout de ce qu'il ne disait pas. Faites ce qu'on vous demande, Mr. Kobryn, conclut-il avec bonne humeur. S'il y avait un quelconque problème, n'hésitez pas à me rappeler. Mais tout se passera bien, *sir*.

Il s'exprimait sur ce ton dégagé et un peu condescendant d'un homme dans le secret des dieux. Il n'était pourtant qu'un jeune volontaire du corps des *marines*. Je lui demandai si quelqu'un avait prévu un plan d'évacuation des ressortissants américains.

— L'aéroport international est fermé, *sir*. Les frontières aussi. Mais je vous répète que vous ne devez pas vous troubler. Pourquoi le nouveau gouvernement du Chili ne serait-il pas bien disposé à l'égard des États-Unis ?

Dehors, la nuit était maintenant d'un noir épais. Les nuages avaient envahi les hautes couches de l'atmosphère. Les étoiles étaient invisibles. Les brumes basses s'étaient renforcées et ne laissaient plus filtrer les lumières de la ville.

J'éprouvais l'impression déconcertante d'être dans une boîte dont on aurait refermé le couvercle et dont le fond flotterait à la dérive sur quelque chose qui coulait vite et sans bruit.

La route qui descendait de la Cordillère vers Santiago devait être impraticable.

J'appelai le capitaine Juan Miguel Arrayal. Il ne parut pas surpris de m'entendre :

— J'étais sûr de pouvoir compter sur Enriquito. Comme je suis sûr de pouvoir compter sur vous, señor Kobryn.

— En quoi puis-je vous aider, capitaine Arrayal ?

— Nous avons ici, dans nos locaux, une femme qui prétend être Maria-Elena Kobryn.

— C'est impossible, dis-je.

Je le pensais sincèrement. Léna était à la *Residencia*.

— C'est aussi mon avis, dit l'officier. Mais vous comprenez qu'il est de notre devoir de tout vérifier. Souhaitez-vous que je vous décrive cette personne ?

— Je m'en voudrais de vous faire perdre du temps. Je suis moi-même passablement occupé.

— Quel genre de travail ? s'enquit-il avec amabilité.

— J'attends une étoile. Elle existe depuis des millions d'années, notez bien, mais sa lumière n'est pas encore parvenue jusqu'à nous. Certains signes me font penser que c'est cette nuit, peut-être, que l'étoile va se révéler à nous.

— Le ciel est très couvert, remarqua l'officier. Nous avons une vilaine petite bruine sur Santiago. J'ignorais que vos appareils vous permettaient de voir à travers les nuages.

— En réalité, nous ne voyons pas. Nous entendons. Ce n'est pas la lumière de l'étoile qui va frapper la Terre, mais quelque chose comme son cri.

Il ne répondit pas. Derrière lui, un homme parlait d'un convoi de camions se dirigeant vers le Stade. Cet homme voulait qu'on tendît de grandes bâches brunes sur les arceaux des camions, car personne ne devait savoir qui on emmenait.

— Señor Kobryn, reprit le capitaine Arrayal, je vais tout de même vous expliquer ce qui s'est passé. Quelqu'un nous a informés que votre maison avait abrité des fêtes magnifiques auxquelles assistaient volontiers des membres de l'équipe de l'ex-président Allende. Naturellement, vous n'avez rien à vous reprocher. Mais nous avons pensé que quelques-uns de ces gens-là, au vu des événements d'aujourd'hui, avaient peut-être cherché refuge chez vous. Nous avons craint qu'ils ne vous causent des ennuis. En vous menaçant, qui sait ? Alors, des hommes à nous se sont rendus sur le cerro San Cristobal. Tout était calme à la *Residencia*.

— Bien sûr, dis-je. Il n'y a que mon épouse, à la maison. Elle est souffrante. Rien de grave, mais elle a besoin de repos.

— C'est cela, fit-il, les volets étaient tirés et toutes les portes verrouillées.

— Vous avez essayé d'entrer ?

Il se répandit aussitôt en excuses, puis précisa que les agents de la police politique n'avaient pas seulement tenté de pénétrer à l'intérieur.

— Ils ont fracturé les portes, avoua-t-il d'un ton navré. Il faudra nous présenter la facture des dégâts, señor Kobryn. Ils n'auraient pas eu cette réaction brutale, ajouta-t-il, s'ils n'avaient remarqué une longue antenne sur le toit.

— C'est sans importance. Il s'agit d'un poste récepteur. On ne peut pas l'utiliser pour transmettre des messages.

— En effet, confirma le capitaine Arrayal, mais il est possible de recevoir des mots d'ordre et de les faire passer après par d'autres moyens. Cela justifiait une vérification, vous ne croyez pas ?

Avec courtoisie, il se tut pour me laisser réfléchir. J'aurais pu lui répondre n'importe quoi, ça lui était égal. L'essentiel, pour lui, était d'aller jusqu'au terme de ce qu'il avait à me dire, après quoi il rentrerait enfin chez lui.

— Je n'en sais rien, murmurai-je.

— Señor Kobryn, dit-il en baissant la voix par politesse exquise, par crainte de parler plus haut que moi, vous n'aurez aucun ennui. Il ne serait pas souhaitable qu'un citoyen américain ait à subir un quelconque désagrément de notre part. Mais nous avons arrêté une femme qui se trouvait dans votre maison. Le mot juste serait : une femme qui errait.

» Quand nous avons enfoncé la porte, cette femme avait les yeux hagards. Elle était nue, à l'exception d'une paire de pantoufles d'homme dans lesquelles elle avait glissé ses mains. C'est une chose singulière que de mettre ses mains dans des pantoufles comme s'il s'agissait de gants. C'est le signe d'un esprit dérangé.

» Notre hypothèse est que cette femme s'introduisait chez vous, par un moyen ou par un autre, dès que vous partiez pour l'observatoire. Elle montait là-haut, sous les toits, tripotait la radio. Sans méchanceté, bien sûr, les fous ne sont pas méchants. Nous avons tout de même dû lui passer les menottes pour l'emmener, car elle se débattait.

» Avant d'être entravée, elle a écrit sur un calepin, avec le bout d'un crayon : *"Je suis Léna Kobryn."* C'est pourquoi, señor, je veux vérifier que cette malheureuse n'est pas votre femme.

C'était elle. Mais je crus sentir une petite main fraîche se poser sur mes lèvres, comme pour me retenir de dire la vérité.

Alors, je demandai seulement :

259

— Que va-t-il arriver à cette femme ?

— Nous allons l'interroger, dit le capitaine. Sans grand espoir d'en tirer quoi que ce soit d'intéressant. Que peut nous raconter une pauvre folle ? Tout de même, señor, ne voulez-vous pas descendre en ville, voir cette personne et nous confirmer que vous ne la connaissez pas ?

De nouveau, la main fraîche s'appliqua sur mes lèvres. Il arrivait parfois à Sally Nathanson de me bâillonner ainsi, tendrement, quand elle désirait l'amour.

— Écoutez, dis-je, ma voiture est complètement recouverte de neige. Elle ne partira pas.

— Je suis prêt à envoyer une jeep vous chercher.

L'instant était venu pour moi de prononcer les paroles qui, en livrant Léna, auraient peut-être l'effet paradoxal de la libérer d'elle-même. Le choc d'une arrestation injuste, d'une détention arbitraire, serait au moins aussi intense que le choc de l'amour violent que j'avais espéré, manigancé, et qui n'avait pas eu lieu.

— Pas besoin de jeep, capitaine Arrayal. Tout le monde vous confirmera que ma femme est une personne admirable, qui a toujours tenu sa place avec élégance, charme et dignité. Vous feriez rire de vous en racontant que vous avez trouvé Mrs. Kobryn nue, les mains dans des mules.

Paroles de trahison, d'abandon, mais pas encore paroles de mort : j'avais deviné en cet officier un homme opiniâtre qui irait jusqu'au bout de ses doutes. Il ne lui faudrait pas plus d'un jour ou deux pour retrouver le fil de la vérité, Léna serait libre alors, et je lui dirais, comme on sermonne un enfant capricieux : « Vois-tu à quoi tu as échappé ? Comprends-tu que ton silence est un jeu mortel ? Lève-toi et parle. »

Le capitaine Arrayal n'insista pas. Il me pria seulement de passer quand je le pourrais, afin de signer une déposition. Je l'entendis dire à une secrétaire de bien vouloir éteindre les lumières en sortant. Lui-même devait être en train de relacer ses souliers, de brosser le col de sa veste d'uniforme avant de l'enfiler.

Je forçai un placard du vestiaire, celui du vieux Pablo que nous surnommions Neruda par dérision. J'étais sûr d'y trouver des bouteilles de vin. Les premières gorgées me parurent affreusement acides. Comme tous les alcooliques, Pablo finissait par acheter n'importe quelle boisson sans souci de la qualité.

Il est agréable de boire. Le bien-être survient assez vite, aussitôt qu'on a dépassé le stade initial de l'ivresse qui vous fait aimer la terre entière. Si l'on continue à boire, la terre entière s'estompe alors dans la lumière, un peu comme une photo surexposée. On n'a plus que soi à qui parler, plus que soi à aimer. C'est à ce moment qu'il faut savoir cesser de boire, et se dire : « J'ai abouti là où je voulais. Je suis bien. Il n'y a plus rien d'hostile. »

Même après deux bouteilles du vin de Pablo, un vin fort et âpre vendangé dans le Nord du pays, je n'atteignis pas cet état bienheureux à mi-chemin entre sérénité et démission.

L'idée me vint de vous appeler et de vous mêler, sans toutefois vous en dévoiler les règles, à cette partie de vie ou de mort qui se jouait dès à présent dans l'immeuble de la police politique. « David, vous aurais-je dit, j'ai essayé de joindre Léna à la *Residencia*, mais en vain, elle ne décroche pas le téléphone. Si vous alliez faire un tour là-bas ? C'est le couvre-feu, je sais, mais vous pourriez prendre par les rues détournées. »

Vous seriez parti tout de suite. En cas de barrage, vous auriez foncé. Vous aimiez tant Léna, et vous étiez tellement sûr qu'elle vous aimait un peu elle aussi — ne vous l'avais-je pas assuré ?

Trouvant la maison vide, les portes démolies, des traces de bottes sur le carrelage et cette odeur indéfinissable des descentes de police, vous vous mettez aussitôt à sa recherche.

Vous abandonnez votre voiture trop voyante pour une nuit de couvre-feu, vous volez une bicyclette, et vous voilà pédalant comme un forcené à travers la ville, tenant le guidon d'une main et brandissant de l'autre votre passeport américain comme un viatique.

Vous commencez votre tournée par les dispensaires et les hôpitaux, puis par les postes de sécurité, et pour finir vous arrivez devant le bâtiment de la nouvelle police politique.

Là, vous n'avez aucune peine à retrouver Léna : de tous les suspects arrêtés, elle est la seule à porter un parfum de Paris rare et cher. Ce parfum vous avait troublé lors de la visite de Léna à l'observatoire. J'avais promis de vous en donner un petit échantillon pour en mettre quelques gouttes sur votre mouchoir, c'est plus personnel qu'une photo souvenir.

Vous entrez dans la pièce où ils l'ont enfermée. Comme les autres, elle est attachée par des menottes au tuyau du chauffage. Ils sont une quinzaine comme ça, ils ont peur, ils ne savent pas encore dormir debout, ils remuent sans cesse ; et en raclant contre le tuyau, les chaînes font un bruit lancinant, comme les gamins des *poblaciones* qui frappent avec des morceaux de métal sur des bidons vides.

Vous la reconnaissez. Léna Kobryn, dites-vous aux policiers, citoyenne américaine, n'a rien à foutre dans ce bordel. Pas concernée par tout ce cirque. « Allez, appelez-moi le général au téléphone, oui, oui, le *señor general* en personne, *claro que si!* »

Les flics autour de vous s'agitent autant que les prisonniers, ils ont peur, peur du *señor general* qui a fait ce grand jour et cette grande nuit, peur de finir eux aussi accrochés au tuyau.

Ils la délivrent, ils vous disent : « *Señor americano*, vous vous souviendrez de nous ? »

Léna, longuement, masse son poignet. Elle vous dévisage. Vous n'êtes plus du tout le garçon insignifiant qui lui a fait visiter l'observatoire. Vous ruisselez de sueur à force d'avoir pédalé dans la nuit et joué votre peau à chaque barrage, vous sentez la bruine froide et le corps chaud ; et le mauvais tabac, car les gardiens vous ont offert des cigarettes pour se concilier vos bonnes grâces.

Vous avez toujours à la main le passeport américain frappé de l'aigle aux ailes écartées, un aigle d'or qui reflète la lumière des ampoules nues.

Léna fait comprendre qu'elle veut du papier pour écrire. Mais il n'y en a pas. On propose à Léna de graver ce qu'elle a à dire sur le mur qui est friable. On lui donne un éclat de charbon. Elle écrit : « *Oh! David, David, j'ai dit aux soldats qui j'étais. Je les ai suppliés de prévenir Burton. Je suis sûre qu'ils l'ont fait. Pourquoi Burton n'a-t-il pas bougé, ce salaud ?* »

Elle barbouille salaud, salaud, salaud, jusqu'en bas du mur. Quand le mur s'arrête, de toute façon elle a usé tout son morceau de charbon. Alors elle crie : « Quel salaud ! »

Elle est accroupie par terre, le nez contre la plinthe. Vous la relevez, vous dites : « Tu parles. Tu vois, tu parles. Tu vois bien que tu peux parler, Maria-Elena. »

Vous êtes ému, vous la tutoyez. Enfin vous l'emmenez, c'est l'essentiel. Elle sur la bicyclette, vous qui la tenez et qui poussez. C'est avec vous qu'elle partira pour les États-Unis dès la réouverture de l'aéroport de Padahuel.

Mais ce n'est pas ainsi que les choses se passèrent. D'abord parce que je ne réussis pas à vous avoir au téléphone. J'appelai chez vous, vous étiez absent. Une fille me répondit en mauvais anglais :

— David est allé chez des amis, les aider à brûler des papiers compromettants. Moi aussi, je suis inquiète. Si David avait un nom vraiment américain, au moins ! Mais Bissagos, c'est espagnol. Il y a des rafles. Il paraît que des centaines des nôtres ont déjà été arrêtés et que ça va durer toute la nuit, et longtemps.

Elle se mit à sangloter.

Il était un peu plus de minuit. Sur les répétiteurs graphiques, le tracé de l'émission en provenance du nuage demeurait inchangé. C'était incompréhensible : hier ces soubresauts de l'étoile, et plus rien depuis. Il n'y a pas dans l'infini, pourtant, d'événements interrompus : les choses commencent, croissent et meurent selon un cycle immuable et régulier. Et le passage de la vie à la mort se mesure en milliards d'années, jamais en quelques heures solaires comme il semblait que ce fût le cas ici.

Je poussai les curseurs au maximum de leur course, sans rien obtenir d'autre que le crépitement, plus fort mais toujours le même — un son crispant comme celui d'une radio parasitée par la proximité d'une rampe de néons ou le passage d'une moto.

J'eus une brusque nausée. Je vomis le mélange de vin et de café que j'avais ingurgité.

Qu'était devenue mon étoile, où était Léna ? Où avaient-elles disparu l'une et l'autre ?

Je sentis, sur mon front cette fois, la petite main fraîche

qui s'était tout à l'heure posée sur mes lèvres. Elle n'existait pas davantage que les doigts qui vous tordent le cœur quand l'angoisse vous étouffe. Mais je la reconnus. Au début de la nuit, elle m'avait enjoint de me taire, à présent elle cherchait à m'apaiser.

C'était la main de Sally Nathanson.

Vous aurez noté, David, qu'aussitôt que je pense à Léna, il faut que je pense plus fort encore à ma petite sourde. Sans doute avais-je trop aimé Sally pour pouvoir aimer aussi Léna. Au fond, c'est Sally qui a renié Léna et qui l'a tuée. C'est la voix de Sally qui s'est servie de ma voix pour dire au capitaine Arrayal : « Nous ne connaissons pas cette femme. »

Sally fut mon seul amour, comme Léna fut le vôtre. Absurde, votre théorie sur le néant : il n'y a pas de vide dans l'espace, il n'y en a pas non plus dans l'homme. Tout est occupé. Chez moi, par une fillette méprisée, mais dont la robe blanche voltigeait de la plus belle façon du monde. Je m'étendais sur l'herbe, et la robe blanche de Sally venait, tournoyante, se poser sur mon visage qu'elle enfermait dans ses plis.

Je tirai de mon portefeuille une photo de Sally Nathanson qui ne me quittait jamais.

C'était un cliché d'un genre ancien, plus haut que large, aux bords dentelés, dont le chamois brillant était strié de fines cassures.

Un chapeau à fleurs sur la tête, Sally posait sur la berge d'une rivière.

Une partie de campagne avait été organisée pour l'anniversaire d'un de nos oncles. Tout le monde portait ses plus beaux habits. On voyait l'oncle en arrière-plan, brandissant un poisson qu'il venait de sortir de l'eau. De toute évidence, l'oncle croyait que c'était lui qu'on photo-graphiait, il gonflait sa poitrine et souriait d'un air impor-tant. Il n'avait pas remarqué que l'opérateur, au dernier moment, avait détourné le soufflet de son appareil pour cadrer Sally. Cela fit un scandale quand le photographe livra ses clichés, car la famille s'était cotisée pour obtenir des portraits de l'oncle et personne ne voulait payer pour un cliché de Sally. Celle-ci ne comprenait pas pourquoi la famille était tellement en colère, elle tournait et retournait entre ses doigts la première photo qui eût jamais été prise d'elle. Elle semblait heureuse et je l'étais aussi.

Je glissai l'épreuve dans la photocopieuse qui nous per-mettait de réaliser des reproductions des images du ciel. Je choisis un tirage agrandi vingt fois. Une lueur violente illumina la photo. Au bout de quelques secondes, la machine me délivra une copie de Sally Nathanson pres-que grandeur nature. Le document était mou, encore chaud. Il manquait de définition, mais cette sorte de brume convenait bien à Sally ; elle estompait ses sourcils un peu trop fournis, adoucissait sa mâchoire trop mar-quée à force d'articulations désordonnées, gommait la petite perle de salive qui dansait souvent entre ses lèvres.

J'appuyai l'agrandissement contre les écrans vidéo. A travers le papier, les scintillements des galaxies s'inscri-vaient comme des tatouages sur le front, les joues et la robe du dimanche de Sally Nathanson.

J'ai pleuré. Mais ces larmes ne me confèrent aucun mérite, ni ne peuvent me valoir aucune grâce. Car je ne pleurais pas sur Léna, mais sur Sally.

Je tiens ce qui suit d'une femme nommée Margarita Angel, une Chilienne qui fut arrêtée comme Léna le premier soir du putsch.

Peu importe pourquoi elle fut épargnée finalement. Sitôt remise en liberté, elle se rendit chez un médecin de la Gran Avenida pour faire soigner ses blessures, du moins celles qui saignaient. Car il y avait encore des hélicoptères dans le ciel, des blindés dans les rues, et les personnes perdant leur sang étaient considérées comme des évadés, les soldats les poursuivaient et tiraient dessus.

Après avoir été pansée, Margarita Angel vint à la *Residencia* à bord d'un taxi. Elle n'avait pas d'argent sur elle et me pria de régler la course.

C'était quelques jours après la mort de Léna. Je m'apprêtais à quitter Santiago. Des affaires à moi, plus ou moins emballées, traînaient partout dans la maison. J'avais honte de recevoir cette femme au milieu d'un tel désordre. Depuis l'arrestation de Léna, le ménage n'avait pas été fait. Les meubles étaient encombrés de verres et d'assiettes sales.

Affaiblie par la torture, Margarita ne pouvait rester debout sans se retenir à quelque chose. Elle était aussi obligée d'aller fréquemment aux toilettes. Deux ou trois fois, ses yeux se fermèrent. On aurait pu penser qu'elle s'endormait à force d'épuisement. En réalité, il s'agissait de brèves syncopes. Elle en sortait toute seule, sans qu'il fût besoin de la gifler ou de lui donner du vinaigre à respirer.

Elle souriait, s'excusait et reprenait son récit là où elle l'avait interrompu, sans jamais se répéter. Sa voix était monotone. Rien de ce qu'elle racontait ne paraissait l'émouvoir. On sentait bien qu'elle parlait pour une autre.

Elle fut conduite en voiture jusqu'à un immeuble dont toutes les fenêtres étaient éclairées. Ces lumières la rassurèrent. Mais avant qu'elle descendît de voiture, on lui posa sur les yeux des bandes d'albuplast. On la laissa ainsi, même après qu'elle eut été enfermée dans une pièce en sous-sol et enchaînée à un tuyau par le poignet droit. Elle resta aveuglée jusqu'au lendemain. Les autres personnes prisonnières avec elle n'avaient pas eu les yeux scellés. Parmi ces personnes, il y en avait une qui geignait comme un petit chien.

Margarita pensa qu'il devait s'agir d'un enfant. Elle lui parla avec douceur, pour le consoler, l'appelant *niño, querido niño*. La présence d'un enfant à réconforter, se disait-elle, lui ferait un peu oublier sa propre terreur.

Les autres la détrompèrent : ce n'était pas un *niño*, mais une jeune femme qui n'arrivait pas à parler.

Un homme essaya de décrire la jeune femme. Il employait des mots excessifs, il disait par exemple :

— Écoute, elle a des cheveux comme une mousse où je donnerais des jours de ma vie pour pouvoir me rouler. Il y a des filles dont la langue est plate, cette fille-là a une langue avec un sillon juste au milieu, de chaque côté du sillon ça fait comme deux jolies petites joues.

Les autres voulaient le faire taire. Margarita comprenait que cet homme ne manquait pas de respect à la jeune femme, il essayait seulement de se concentrer sur sa beauté, et ainsi il pensait à autre chose qu'à la crampe dans son poignet menotté.

Toute torture commence par l'application d'un principe simple et immuable : le supplicié doit oublier qu'il existe d'autres êtres, il faut l'amener à se considérer comme seul vivant ; quand il en arrive là, il est vulnérable.

Alors, se dit Margarita, tant que cet homme contemplera la jeune femme entravée près de lui, tant qu'il songera à elle, il aura la force de résister à des tourments affreux. Peut-être n'a-t-il personne d'autre à qui penser avec joie. Dès l'instant où il perdra l'image et le souvenir de cette femme, sitôt qu'il se croira seul, coupé de toute réalité sauf celle de sa douleur, on pourra le déconcerter si profondément qu'il oubliera jusqu'à son nom et acceptera tous les autres noms que les bourreaux voudront lui donner, des noms comme chien crevé, déchet merdeux.

Margarita Angel savait cela, et elle voulait trouver elle aussi quelqu'un à qui rester reliée.

Veuve, désormais seule dans la vie, elle n'avait que des amis de passage. Cette nuit, elle ne parvenait pas à se rappeler leurs traits. Elle décida de bien dévisager la jeune femme plaintive quand on lui ôterait les bandes d'adhésif.

C'est ainsi qu'elle s'intéressa à Léna.

Au cours de la nuit, des camions vinrent chercher les suspects pour les mener au Stade. Mais Margarita Angel resta accrochée à son tuyau, ainsi que Léna.

Il faisait froid, aussi se rapprochèrent-elles pour se blottir l'une contre l'autre.

On les sépara au petit jour. Léna fut emmenée dans une pièce voisine pour être interrogée.

Margarita entendit tout, les questions qu'on posait à Léna et le bruit des coups. L'homme qui interrogeait prenait le mutisme de Léna pour du défi et de l'insolence. Les mains sanglées aux accoudoirs du fauteuil sur lequel on l'avait assise, Léna n'avait évidemment pas la possibilité d'écrire.

L'homme menaça de l'attacher à la *parrilla,* c'est-à-dire sur un sommier métallique dans lequel on ferait passer du courant électrique.

Margarita regretta de n'avoir pas pensé à dire à Léna que ce supplice était rarement appliqué dès le premier jour. Les hommes procédaient de manière scientifique, et il était important pour eux de se faire d'abord une idée précise des capacités de résistance de leurs victimes. Pour cela, les coups suffisaient.

Margarita connaissait une foule de choses à propos de la torture. Elle était la secrétaire d'un petit mouvement de défense des Droits de l'homme et, à ce titre, elle avait traduit et diffusé de nombreux opuscules sur ce sujet. Elle avait aussi rencontré des hommes et des femmes d'autres pays qui étaient passés entre les mains des tourmenteurs. Elle se trouvait à présent dans la situation de quelqu'un qui a parfaitement assimilé les données théoriques d'un problème, mais qui se demande s'il se rappellera toute cette science au moment de l'appliquer dans la pratique.

Quand on ramena Léna, Margarita se força à l'examiner avec calme. Ce n'était pas commode. Margarita devait tirer sur sa chaîne et se contorsionner pour apercevoir Léna recroquevillée sur un de ces matelas pneumatiques avec lesquels jouent les enfants sur les plages de Niña del Mar. Margarita constata que la plupart des coups avaient été portés sur les parties molles du corps : les seins, bien sûr, mais aussi le ventre, les fesses et l'intérieur des cuisses.

L'homme avait frappé avec sans doute des gants aux mains, de façon à ne pas imprimer des traces trop visibles. Cela signifiait peut-être que le sort de Léna n'était pas encore décidé et qu'il existait une chance qu'elle fût relâchée. Il ne s'était agi que d'une correction, sévère sans doute, mais pas d'une réelle torture.

Pourtant, Léna était inconsciente. La série de coups sur le ventre pouvait avoir lésé un organe, mais Margarita ne le croyait pas. Elle se dit que Léna était simplement quelqu'un de faible. Cela la désola, car elle comprenait bien que Léna mourrait si on continuait à la battre.

Margarita Angel n'avait plus de montre, mais elle sut qu'il était treize ou quatorze heures à cause de l'odeur de cuisine qui se glissa sous la porte. C'était une bonne odeur de haricots et de viande rissolée.

A elles, personne ne donna rien à manger. Mais on apporta un magnétophone d'un modèle ancien, à bobines. Il diffusait de la musique.

Margarita avait entendu parler de ça. La musique servait à relever ou à faire baisser le niveau psychique des suppliciés. On choisissait la musique en conséquence, lénifiante ou alerte. Ainsi maintenait-on les prisonniers dans un état émotionnel adapté aux prochaines séances de torture.

Léna avait repris connaissance, et Margarita lui dit :

— Toi, puisque tes mains sont libres, bouche-toi les oreilles.

Mais Léna n'en tint aucun compte. Elle aimait cette musique. Elle rampa hors du matelas pneumatique pour s'approcher des baffles.

L'enregistrement était sur le point de s'achever lorsque la porte s'ouvrit.

271

Plusieurs personnes entrèrent, dont un officier supérieur et un médecin. Ce dernier ne portait pas de blouse, mais il avait un stéthoscope autour du cou.

Ils ne regardèrent même pas Margarita. Ils se penchèrent tout de suite sur Léna. La prenant par les mains et par les pieds, ils la ramenèrent sur son matelas en caoutchouc.

— J'espère que nous ne sommes pas en train de commettre une erreur, dit l'officier.

Manifestement, ce n'était pas lui qui avait battu Léna lors de la séance du matin.

Le médecin haussa les épaules. Il ausculta Léna. Il lui posa quelques questions comme : « Ça vous fait mal quand j'appuie là ? Et ici, vous sentez quelque chose ? » Léna ne répondait pas. Le médecin retroussa sa robe et examina son sexe. Il dit à l'officier :

— Si elle a un écoulement de sang entre les jambes, je devrai la déclarer inapte.

Il la toucha à cet endroit-là avec une telle insistance, et si *frénétiquement* pour employer les paroles mêmes de Margarita Angel, qu'un peu de sang coula en effet. Mais le médecin fit celui qui n'avait rien remarqué et il ne la déclara pas inapte.

Margarita avait appris qu'un des moyens de casser la terrible passivité qui peu à peu démolit la victime plus efficacement que les tourments physiques était de recréer par tous les moyens un lien, une continuité entre celui qui souffre et celui qui torture.

L'idéal était de parvenir à connaître l'identité des bourreaux, au moins leur prénom ou leur grade.

Là, ce fut assez facile parce qu'ils se parlaient entre eux. Tandis qu'on emportait Léna pour un nouvel interrogatoire, Margarita entendit que le médecin s'appelait Alvarez.

Le docteur Alvarez assista à la deuxième séance. A tout propos, d'après ce que Margarita put saisir de ce qui se passait derrière la cloison, Alvarez interrompait le supplice et se penchait sur Léna.

Il prenait sa tension, écoutait les battements de son cœur, examinait ses pupilles. Il exigea même de procéder à une analyse d'urine. C'était vers la fin de la journée, et Léna n'avait rien bu depuis la veille. Elle fut incapable de pisser. Alors, on lui donna des coups de bottes dans la vessie. Alvarez tenait lui-même le flacon entre les cuisses de Léna. Il ne recueillit que quelques gouttelettes teintées de sang.

Alvarez est un nom courant dans les pays de langue espagnole. Il s'agissait pourtant bien d'Emilio Alvarez, l'homme dont j'ai longuement parlé.

Il n'avait pas obtenu le poste de hautes responsabilités dont il rêvait, mais il régnait tout de même, à sa façon. Sans le savoir, on lui avait confié la seule mission qui lui convenait parfaitement. Il se déplaçait d'un lieu de détention à l'autre à bord d'une voiture bleu marine.

Margarita ignorait que le docteur Alvarez eût connu Léna. Quand je lui révélai qu'ils avaient dansé ensemble, dans ce salon où elle-même se trouvait à présent, elle hocha la tête et dit :

— Le fait est qu'il n'a pas traité votre femme comme il m'a traitée moi. On conduisit Léna à la *parrilla*. Puis on la ramena, de nouveau inconsciente. Alvarez attendit près d'elle qu'elle se réveille. Alors, elle le regarda avec des yeux immenses. Oh ! les yeux des torturés sont souvent dilatés, mais là, ce n'était pas la même chose. Elle le dévisageait comme on fixe quelqu'un qu'on aime. Je suppose qu'elle essayait de le tromper, de lui faire croire qu'elle

273

deviendrait sa maîtresse ou quelque chose comme ça s'il la tirait de là.

» S'il n'avait pas su qui elle était, possible qu'il ait joué le jeu, accepté le marché, amour contre liberté. Encore que ce ne soit pas sûr. Voyez-vous, elle était déjà très abîmée. Plus du tout la jeune femme adorable que vous évoquez. Je vous épargne les détails, mais elle sentait vraiment mauvais. La pauvre petite n'avait pas l'air de s'en rendre compte, elle faisait encore tout ce qu'elle pouvait pour paraître jolie, séduisante. Comme c'était dérisoire ! Elle joignait ses mains et les élevait vers le visage d'Alvarez, puis les posait sur les joues de ce porc.

» Il la repoussait. Maintenant qu'elle était démolie et toute souillée, elle le dégoûtait, c'était visible. Il répétait : " Je veux bien vous aider, mais il faut y mettre du vôtre. Pourquoi ne leur dites-vous pas qui vous êtes ? Pourquoi cette obstination à garder le silence ? "

C'est au cours de la nuit qu'ils décidèrent de la tuer. Le docteur Alvarez déclara qu'elle avait le cœur en mauvais état. Il se tenait dressé, les deux jambes écartées au-dessus d'elle, et il disait à l'officier :

— Si elle n'est pas transportée sur-le-champ dans un service de cardiologie, elle va claquer. Seulement voilà, les hôpitaux sont pleins. Il serait charitable de l'achever.

Ce fut le seul moment où Margarita Angel pensa que Léna avait peut-être du sang indien. Car Léna fit alors quelque chose de sauvage et de fier : le corps arqué, elle se releva, lança son visage pour mordre Alvarez entre les jambes, pour l'émasculer.

Il hurla :

— Cardiaque et folle ! Vous voyez bien qu'il faut en finir.

Un soldat se précipita. Il donna un coup de crosse à Léna pour la faire retomber, provoquant cette blessure au front en forme d'étoile.

L'exécution eut lieu vers deux heures du matin. Margarita Angel parvint à situer l'heure grâce à une radio qu'on avait allumée pour couvrir un peu le bruit de la salve. Car Léna fut fusillée dans le couloir.

Je ne fus prévenu que le lendemain soir, par le capitaine Arrayal qui vint à l'observatoire à bord d'une voiture protégée par une escorte de motards.

Les émissions du nuage interstellaire avaient peu à peu faibli. Et puis, plus rien.

Je sortis sur le glacis. Le capitaine Arrayal descendit de sa voiture noire et finit d'enfiler une canadienne fourrée. Il vint vers moi et m'étreignit :

— Pourquoi n'êtes-vous pas venu à Santiago quand je vous y ai invité, señor Kobryn ? Une tragique erreur aurait été évitée.

Il clignait des yeux, ébloui par les projecteurs que j'avais allumés. Les lampes balayaient l'esplanade et les rochers comme les lumières d'un mirador.

Les motards encadraient Arrayal. Certains avaient la main posée sur la crosse de leur arme. Ils regardaient avec méfiance l'enchevêtrement des bâtiments bas, engloutis par la neige, dont ne dépassaient que des coupoles closes et des antennes immobiles.

Je suggérai à l'officier de nous réfugier à l'intérieur. Il donna l'ordre à ses hommes de nous laisser seuls. Ceux-ci obéirent. Retournant à leurs machines, ils entreprirent de racler la neige croûteuse qui s'attachait aux pare-brise et aux phares. Ils se servaient du canon de leurs revolvers.

Le capitaine Arrayal me suivit jusqu'à la première salle. Ses bottes de cuir ruisselaient sur les dalles de linoléum, mais malgré cela il était élégant.

276

Avez-vous remarqué, David, combien fréquemment ceux qui nous annoncent la mort sont tirés à quatre épingles, pas un cheveu qui dépasse, la chemise impeccable ? Juan Miguel Arrayal, qui n'avait pas trente ans, était la grâce même.

— Je suis navré, dit-il.

Il ne parlait pas des traces humides que ses bottes laissaient partout derrière lui, mais de Léna. Il semblait se demander s'il devait en dire davantage. Je lui fis signe que c'était inutile, que j'avais compris.

— Comment est-elle morte ? demandai-je.

— Oh ! courageusement, dit-il, très courageusement.

Il recula aussitôt, affirmant qu'il n'était pour rien dans cette méprise effroyable. Il me rappela qu'il avait insisté pour que je vienne identifier la femme arrêtée.

— Qui a reconnu qu'il s'agissait de Léna ?

— Un médecin. Soudain, il s'est souvenu de l'avoir rencontrée. Croyez-vous, ajouta-t-il avec espoir, qu'il ait pu se tromper ?

— Non, dis-je.

Il m'informa que Léna ne reposait pas à la morgue. On l'avait conduite dans un musée. Elle était étendue sur un sofa et semblait dormir :

— Des religieuses ont procédé à sa toilette. Et j'ai moi-même prévenu votre ambassade. Je me tiens à votre disposition, señor Kobryn.

A cause des procédures de sauvegarde à respecter, il me fallut près d'une heure pour déconnecter les appareils.

Debout, s'écartant vivement pour ne pas me gêner, Arrayal me regardait agir en silence.

Les haut-parleurs se turent. Le capitaine parut satisfait. Le policier qu'il était sous ses dehors d'homme fin et distingué supportait mal cette langue étrangère faite de bruits sans harmonie. Je lui avais dit : « Ce sont les étoiles qui parlent », mais il n'aimait pas ce bavardage du ciel au-dessus de son pays révolté.

— Je me demande, murmura-t-il, ce qu'on pense de nous à l'étranger.

— On dit généralement que l'ordre règne à Santiago. Tout dépend du ton sur lequel c'est dit. Enfin, il me semble que le ton qui domine est celui de la tristesse.

— Vraiment, fit Arrayal d'un ton désappointé, ce n'est pas juste, et je ne vois pas pourquoi? J'admettrais de la haine de votre part, señor Kobryn. Mais les autres?

— Les autres, je ne sais pas. Je ne comprends rien à la politique. Je n'ai même pas fait la guerre. Les plus excités sont les Cubains. Ils vous crachent dans la gorge. L'Europe est partagée. En tout cas, moi, je n'ai pas de haine. Aucune haine contre vous, non. Désarroi seulement. Je n'aurais jamais dû prendre le bateau de la lagune, voilà tout. Mais c'est attirant, un bateau. Et une femme aussi.

Juan Miguel Arrayal ne m'interrogea pas sur ce qui s'était passé à bord de la vedette de San Rafael. Il lui suffisait de m'entendre dire que je ne lui reprochais rien. C'était un homme simple. Il avait participé au coup d'État pour que des femmes lui lancent des fleurs, pour que des jeunes filles l'embrassent sur la bouche, pour que la foule lui crie *Vive le libérateur!*

— Merci, me dit-il. Señor, vous êtes quelqu'un de juste.

Ce fut au tour des écrans de s'éteindre un à un. A présent, seules des rampes verdâtres éclairaient la pièce. Ainsi coupé de l'infini qui lui envoyait ses vibrations de toutes les couleurs, principalement des couleurs joyeuses où dominaient l'orange et le bleu, l'observatoire apparaissait sous son vrai jour : un blockhaus avec des machines empilées sur des bâtis d'acier et des câbles électriques entrant et sortant des murs, une vaste cave qui sentait le café et l'ozone, où il commençait à faire froid.

Je rangeai avec soin les bobines magnétiques dans des boîtes en plastique, sauf une que je mis dans ma serviette.

— Pourquoi ne la classez-vous pas avec les autres ? demanda l'officier. Pourquoi l'emportez-vous ? Je ne sais pas si j'ai le droit de vous laisser prendre cette bobine. Tout ce qui est ici est désormais la propriété du nouveau gouvernement.

— Señor capitaine, dis-je, il y a là-dessus le cri de l'étoile.

Cette bande contenait en réalité les variations de flux du quasar 3C 454.3, une radiosource qui avait été le siège d'événements cosmiques d'une extrême violence se déroulant sur quelques mois seulement.

Son étude m'avait intéressé car elle montrait l'affaiblissement progressif d'un flux radio au fur et à mesure que s'étendait le nuage de plasma.

Nombreux étaient les chercheurs qui analysaient le flux du quasar 3C 454.3. Cette bande existait à de multiples exemplaires dans la plupart des observatoires. Elle n'avait aucune valeur réelle.

— Le cri de l'étoile ? dit le capitaine. Alors, vous avez réussi ?

Je répondis que oui, que c'était cela qui m'avait retenu dans la Cordillère, que sinon je serais certainement descendu identifier cette femme folle et nue surprise à errer dans ma maison, arrêtée, emmenée, torturée, fusillée dans le couloir.

279

David, Tolstoï écrivit un jour un long article intitulé *De la vie et de la mort*. Il en fit une conférence qu'il donna à la Société de psychologie de Moscou, dont il décida de faire imprimer le texte. Birioukov prit le manuscrit pour l'éditer. Il le lut avec une extrême attention, et il biffa *de la mort*. Car Birioukov avait compris que la conclusion de Tolstoï était qu'il n'y avait pas de mort.

Je pensais comme Tolstoï, dans la voiture qui dévalait la Cordillère. Et, à cause de ça, je n'étais pas accablé. Les motos ne tenaient pas sur la route glissante et notre voiture elle-même amorçait des dérapages qui l'emmenaient jusqu'au bord du ravin.

Alors, nous apercevions les nuées qui couraient au fond de la vallée.

— Doucement, ordonnait Arrayal en touchant l'épaule du soldat qui conduisait.

Je suppose que le capitaine avait prévu de me mener au musée où reposait Léna de façon noble et lente. Un train de corbillard, en somme. Les huit motos étaient là pour rendre notre chemin plus solennel encore.

La mort de Léna était un de ces événements prévus depuis toujours, dont il est déraisonnable de s'étonner à l'heure où ils surviennent.

J'avais eu ma part dans cette mort, mais pas davantage que dans le décès subit du Vieil Homme sur la montagne des Araucans. Sans moi, le Vieil Homme ne serait pas venu s'asseoir au seuil de sa maison sur une chaise de fer plantée dans la neige, son cœur usé n'aurait pas été saisi par ce froid intense que les grands cardiaques doivent redouter.

El hermano non plus ne serait pas mort si je n'avais pas

épousé Léna, si celle-ci était restée près de lui à le câliner, à l'occuper quand il s'ennuyait loin de la mer.

Un jour, Sally Nathanson disparaîtra elle aussi. Et si je m'en tiens à des raisonnements primaires, je pourrai me dire qu'elle ne serait pas morte si je l'avais épousée, pas morte comme elle mourra, ni au moment où elle mourra.

Vous comprenez, n'est-ce pas ?

Comme nous entrions enfin dans les faubourgs de Santiago, je dis à Arrayal que je désirais vous avoir près de moi. L'officier parut déconcerté. J'ignore comment il vous imaginait. Sans doute comme un jeune garçon mal élevé, nasillard, empestant le tabac de Virginie, flottant dans des habits trop grands. C'est assez répandu chez les Sud-Américains, cette idée que nous n'avons aucun sens de l'élégance.

— Señor Kobryn, dit-il, il me semble que vous n'avez pas besoin de votre assistant. D'après ce que nous savons, le petit Bissagos et vous n'entreteniez pas de relations étroites. Nous nous sommes étonnés qu'il n'ait jamais été invité aux fêtes de la *Residencia*. Et cette nuit, vous tenez vraiment à ce qu'il voie le corps de la señora Kobryn ?

— Il l'aimait, dis-je. Il la connaissait à peine, mais il s'inventait un grand amour pour ma femme.

Vous avez cru que je vous emmenais au musée pour vous faire du mal.

Erreur, David. Simplement, il me semblait juste de vous permettre de rencontrer Léna encore une fois, dans une circonstance où elle ne pourrait pas se dérober si vous tentiez de la toucher.

Je vous aurais autorisé n'importe quoi, même d'effleurer ses lèvres. Si vous vous étiez penché sur elle, quitte à me bousculer, je vous donne ma parole qu'aucun soldat n'aurait seulement esquissé le geste de vous tirer en arrière.

Bien des hommes ont embrassé Léna pendant son sommeil, et ils ne vous valaient pas.

En entrant dans la pièce tendue de jaune, j'ai tout de suite remarqué la mèche de cheveux qui retombait sur les yeux de Léna. J'ai pensé : « C'est choquant, il faut écarter cette mèche, David va s'avancer et le faire. » Mais vous êtes resté figé, et c'est moi qui ai dégagé ses paupières. Ensuite, vous vous êtes enfui. Et dix ans ont passé.

Dès que la situation fut redevenue à peu près normale, je ramenai le corps de Léna à Puerto Montt par la voie ferrée.

Il y avait des soldats sur les quais de toutes les gares, des *tanquetas* surveillaient les tunnels et les ponts.

Cette troupe était là pour contrer les actions possibles des terroristes, mais on aurait pu croire que le train emportait la dépouille d'un chef d'État et que l'armée, au passage, lui rendait les honneurs. Léna, pensais-je, devait apprécier ce dernier voyage ; elle avait toujours été sensible aux hommages.

On avait mis à ma disposition un compartiment entier.

Le cercueil de Léna, recouvert du drapeau américain, reposait sur une banquette. J'étais assis sur l'autre. Il y avait des fleurs jusque dans les filets à bagages. Il pleuvait, bien entendu. Mais la pluie ne fait pas de bruit quand on voyage en chemin de fer. Elle s'écrase sur les fenêtres, et glisse le long de la vitre. Le paysage est brouillé.

Je vis défiler cet interminable pays comme si je pleurais.

Après avoir longé les pentes des montagnes des Araucans, le convoi fit halte dans une petite gare. Des enfants indiens escaladèrent les marchepieds et écrasèrent leurs visages ronds contre les carreaux. Je ne sais ce qui les fascinait le plus, du cercueil brillant, du drapeau ou de l'abondance des fleurs. Ils riaient et m'adressaient des signes incompréhensibles.

Il faisait nuit en arrivant à Puerto Montt. L'enterrement eut lieu tout de suite. Un fourgon nous emmena au cimetière, qui était un endroit paisible mais très humide.

On plia le drapeau américain et on me le donna. C'est celui qui flotte aujourd'hui à la hampe du paratonnerre. Anne ignore d'où il vient. Sans doute s'imagine-t-elle que j'ai toujours eu un drapeau américain dans mes valises. Vous pouvez lui dire la vérité.

Au moment où l'on descendait le cercueil dans la tombe, un homme s'approcha. Je reconnus don Esteban, bien qu'il portât un chapeau mou à cause de la pluie, ce qui lui donnait l'air d'être le chef de la police dans un vieux film ; d'autant qu'il s'avança dans la lumière des phares et que l'averse striait sa silhouette comme des rayures sur une copie usée.

— Eh bien, señor, on dirait que vous avez tenu votre promesse. Cette fille a été à vous. Et vous la ramenez au pays, ajouta-t-il en se penchant sur la fosse ouverte.

Il regarda longuement, puis se redressa et sourit :

— A dire vrai, il n'y a pas une femme ici qui ait été capable de la remplacer. Je ne suis jamais retourné sur la lagune San Rafael. Les putains se moquent de la lagune, mon cher ami, elles n'en ont qu'après notre argent. A propos, quel rêve Maria-Elena vous a-t-elle demandé de concrétiser en échange de son délicieux petit corps ?

— Un grand mariage, don Esteban, un mariage en robe blanche.

283

— Je n'aurais pas pensé à ça, dit-il en hochant la tête. Je croyais qu'elle avait des rêves strictement éphémères.

Je jetai une fleur au fond de la tombe. J'en donnai une au vieil Esteban pour qu'il en fît autant. Des centaines de personnes auraient pu venir assister à cet enterrement, il y avait des fleurs pour tout le monde.

— Comme vous voyez, don Esteban, ce rêve-là n'a pas duré très longtemps non plus.

Les fossoyeurs nous firent signe de nous écarter afin qu'ils puissent achever leur travail. Ils n'aimaient pas ces funérailles nocturnes, cette jeune femme enfouie à la sauvette en présence d'un Américain sale et d'un homme riche et vieux.

Le marchand de crustacés me prit le bras :

— J'ai commandé un souper. Partons d'ici.

Je voulus me retourner sur la tombe, mais il m'entraînait déjà, enfonçant ses doigts dans ma chair. Il avait cette force désespérée des vieillards.

Le dîner eut lieu dans un restaurant de poissons qu'il avait réquisitionné pour nous deux. C'était une cabane en planches, posée de guingois sur un empierrement fait de roches naturelles et de déchets de béton. Des braseros la chauffaient.

Sur la mer, la coque noire d'une *lancha*[1] courant sous sa grand-voile et son foc ouvrait un long sillage phosphorescent.

— C'est l'*Antonina* qui s'en va vers Calbuco et Quemchi, dit Esteban. J'arme quelques-uns de ces vénérables bateaux, moins pour le profit que pour le plaisir de les

1. *Lancha chilota* : navire en bois d'environ neuf mètres, ponté, naviguant à la voile seule, transportant des marchandises d'île en île.

faire régater. Les *lancheros* sont mes amis — ma garde prétorienne, prétendent les gens d'ici. Le frère de Maria-Elena était *lanchero,* ajouta-t-il après un instant de silence. Ce n'est qu'après son assassinat que j'ai appris que Léna et lui étaient frère et sœur. Et même davantage.

Je cessai de regarder par la fenêtre. La *lancha* noire ne me paraissait plus si belle, à présent.

Le marchand de crustacés émit un petit rire :

— Eh bien, je ne jurerais pas que ce soit vrai, mais ils sont souvent partis en mer, Léna et son *hermano.* Quand le vent était au sud, bien établi, le bateau semblait dériver seul, sous voiles et sans personne à la barre. A l'intérieur, sous le pont, il y a deux couchettes avec des peaux de mouton. Impossible de voir ce qui s'y passe, sauf à monter à bord.

— Taisez-vous, dis-je. Puisque vous ne pouvez rien affirmer, taisez-vous donc.

Une femme vêtue comme une veuve nous apporta notre dîner. Il y avait des coquillages et des crabes, des galettes de blé, un vin doré.

— S'il y a eu inceste, repris-je, ce ne fut qu'à demi : Léna était métisse, *el hermano* pur araucan.

— Vous vous trompez, señor, rectifia posément le vieillard. Ils étaient jumeaux, issus d'un même œuf — voyons, comment dites-vous ? Ah ! oui, monozygotes. Quand le garçon a été tué, j'ai pensé que sa sœur ne tarderait pas à mourir de la même mort, elle aussi.

Il planta ses doigts dans la carapace d'un crabe, l'ouvrit et me tendit la partie pleine :

— Goûtez ça, señor, et régalez-vous. Ce sont mes crabes à moi ; dans cette taverne, ils ne font confiance qu'à don Esteban. Même si vous n'avez pas d'appétit, ces choses-là se mangent sans faim. Je crois, dit-il encore, qu'il vaut mieux penser à Léna faisant l'amour plutôt qu'à Léna dans la glaise où nous l'avons laissée.

L'*Antonina* venait de disparaître au sud-ouest, derrière une échancrure de la côte. Il ne pleuvait presque plus.

Je dis au vieil homme qu'une seule image me restait de Léna. C'était une image ancienne. Je lui racontai la fin de la croisière à la lagune San Rafael, l'insistance de Léna à aborder sur un iceberg, et qu'elle s'était éclipsée de l'autre côté du mur de glace.

— Elle y a retrouvé celui que vous appelez *el hermano*, me répondit don Esteban. N'avez-vous pas remarqué une voile d'un blanc sale, une voile de type aurique ?

— Il y avait beaucoup de bateaux.

— Dont la *lancha* de son frère. *El hermano* venait de décharger une cargaison de poissons à Puerto Aguirre. Maria-Elena et lui étaient convenus de se rencontrer à San Rafael. Elle m'avait parlé de ce rendez-vous et de ce qu'ils avaient tous les deux l'intention de faire sur un iceberg, le plus grand qu'ils trouveraient. C'était une idée à elle. Quelque chose de puéril, señor. Une pauvre fille comme elle s'en sortait souvent en jouant à de petits jeux qui nous paraissent à nous autres sans importance, mais dont elle se souvenait longtemps, et cela la faisait rire quand elle guettait ses clients dans le froid, sous la pluie, et quand elle devait subir les hommes. Les autres filles simulent la jouissance, mais Léna, señor, avait le don de rire. Alors, vous aviez l'impression de tenir une petite fille heureuse dans vos bras.

— C'était quoi, ce jeu puéril sur l'iceberg ?

Don Esteban sourit. Bien que nous fussions seuls, il avança son visage vers le mien comme pour me parler en confidence.

Il avait mangé ses coquillages avec avidité, les gobant sans prendre le temps de les détacher de la pointe du couteau.

Les rides autour de sa bouche étaient pleines d'eau de mer. Il sentait l'océan. Ses lèvres de vieillard, tournées vers le dedans, le faisaient paraître comme un grand poisson lent et sage :

— Ils ont pissé, señor. Avec leurs urines chaudes, ils ont creusé la glace. C'était à qui ferait le trou le plus profond. *El hermano* avait emporté son fil de sonde pour mesurer. J'espérais que vous pourriez m'apprendre qui avait gagné. A présent, nous ne le saurons jamais.

Le lendemain matin, je quittai le Chili pour les États-Unis.

C'était au sud-ouest de l'Arizona. J'ai oublié le nom de la ville, mais c'est sans importance. D'ailleurs, il est probable qu'elle n'existe plus ; ces villes-là sont conçues comme des briquets jetables, des stylos qui ne servent qu'une fois.

Là-bas, la surface des publicités lumineuses dépasse celle des logements. Ceux-ci ne sont de toute façon que des chambres de motels. Seuls les administrateurs, les hommes de la voirie, le shérif et ses policiers habitent de vraies maisons, mais à l'écart, vers l'est, là où il y a encore de l'herbe et des arbres.

Dans la ville elle-même, le sable se met partout. Les voitures et les distributeurs de sodas grippent et s'arrêtent. Des grues les déposent sur une décharge, parmi les yuccas dont les fleurs sentent le fenouil. Les enseignes aussi finissent par tomber en panne. Elles sont prises d'abord d'une sorte de fièvre qui les fait clignoter selon des rythmes précipités, puis elles s'éteignent.

Mais quand j'ai débarqué dans cette ville, elle brillait de tous ses feux. On la repérait de loin, à ses reflets magnifiques qui montaient vers le ciel comme les lueurs d'un incendie. Après des heures de conduite sur une route brûlante et droite qui ne traversait rien, juste bordée de machines rouillées ayant servi autrefois à extraire de l'or, c'était une impression réconfortante.

Cette ville est peut-être aujourd'hui plongée dans les ténèbres.

Je descendis au motel *It's a beautiful day*. Dans le hall, à la télévision, un musicien jouait de l'harmonica à la façon de Bruce Steinberg. Une fille en survêtement rouge courait en rond autour du patio. Chaque fois qu'elle passait devant une table en rotin, elle ralentissait, se penchait, saisissait une boîte de bière et en buvait une gorgée. Elle était blonde, mais la sueur poissait ses cheveux et les assombrissait.

On m'attribua la chambre 218. Il y avait des cendriers encastrés dans tous les meubles, même dans le flanc de la baignoire, mais les occupants précédents n'avaient pas dû les trouver car la moquette était pleine de trous de cigarettes.

Par chance, ce premier soir, le vent s'était levé sur le désert. Il me suffit d'ouvrir les fenêtres pour chasser l'odeur âcre du tabac et du tapis brûlé.

La vue s'étendait sur un *arroyo* escarpé où se contorsionnaient des *cirrios* longs et maigres, décorés à leur extrémité d'un plumet de fleurs jaunes. Des voitures poussiéreuses, avec des numéros énormes et des publicités pour des boissons sur leurs portières, cahotaient dans l'*arroyo*. C'était un rallye de nuit qui s'en allait.

Comme la plupart des motels de la ville, *It's a beautiful day* était flanqué d'une sorte de chapelle blanche aux allures de mosquée. C'était un mémorial dédié à des musiciens, des chanteurs disparus. On y achetait des souvenirs, on y célébrait des offices, on pouvait s'y marier ou y faire exposer son cercueil pendant trente-six heures. Le prix payé était reversé à la ville qui l'utilisait pour creuser de nouvelles piscines et entretenir les plus vétustes.

A la piscine, justement, je retrouvai la fille blonde que j'avais vue courir autour du patio.

Elle essayait de sécher ses cheveux avec un ventilateur à piles. Ça ne marchait pas, ses mèches se prenaient dans les pales bleues, et la jeune fille criait que ça lui faisait mal. Je lui dis qu'à mon avis elle n'arriverait à rien de correct avec un engin pareil, elle me répondit de m'occuper de mes affaires. Après quoi, elle ajouta :

— Je connais une fille qui est morte à cause de ses cheveux mouillés. Électrocution. Elle s'est penchée sur une table de mixage, ses cheveux ont touché un câblage mal isolé, ça a fait conducteur, et personne n'a pu la décoller de là. Son mémorial est à deux blocs d'ici. Ils ont sa guitare, tous les bouquins qu'elle lisait, ses chaussettes, son linge, quoi! Et puis aussi de minuscules flacons de plastique, du genre de ceux qu'on se met pour se déboucher le nez, avec un peu de sa salive dedans. Ils vendent les flacons.

— Cher?

Elle rit :

— Ne vous laissez pas avoir! Depuis le temps, vous pensez bien que ce n'est plus sa salive à elle qui est dedans. Et vous en feriez quoi? Beurk, dit-elle en fronçant le nez, je trouve ça dégoûtant.

Elle garda son nez froncé pour m'examiner avec attention :

— Vous devez être producteur, je me trompe?

— Quelque chose comme ça, dis-je sans me compromettre.

— Aimeriez-vous que je chante pour vous?

Elle ne voulait pas chanter au bord de la piscine à cause de la résonance, ni dans sa chambre où la climatisation faisait un bruit de moulin à café emballé, ni dans le patio parce que les autres clients du motel s'approcheraient pour l'écouter, or elle voulait chanter pour moi tout seul.

Je proposai l'*crroyo*.

Les voitures du rallye avaient brisé certains *cirrios* dont les pousses grêles gisaient par terre. On aurait dit des serpents, de ces crotales qu'on trouve en abondance parmi les rocailles qui bordent le désert.

La jeune fille releva son tee-shirt pour découvrir son nombril, ôta ses baskets et se mit à danser comme une petite Arabe en faisant jouer les muscles de son ventre. Il n'y avait pas de magnétophone, elle fredonnait les airs. C'était grave et doux.

— Voilà ce qu'on appelle le hard rock? demandai-je bêtement.

Ses pieds battirent encore une ou deux mesures dans le sable, puis elle cessa de se trémousser. Elle me regarda avec mépris :

— Pauvre type, tu n'es pas plus producteur que moi.

Elle ramassa les pousses brisées des *cirrios* et les lança au loin. Elle avait les doigts poudrés de pollen. Elle les passa sur ses joues où des larmes coulaient. Elle ressemblait à un clown déçu. Les clowns déçus sont parfois méchants, mais pas elle.

— Je tombe toujours sur des imposteurs, dit-elle, c'est pour ça que je ne réussis pas. Qui es-tu vraiment, toi? Tu chasses la fille? Tu as accepté de m'entendre chanter juste pour voir le fond de ma gorge, pour vérifier que j'avais la bouche et les dents saines? Tu es satisfait?

— Tu es très belle. Tu as une très jolie voix, surtout.

Elle haussa les épaules, exaspérée. Ce n'était pas à cause de ce que je venais de dire, mais parce qu'elle n'arri-

vait pas à nouer convenablement les lacets de ses baskets.
Je m'assis à côté d'elle pour l'aider. Elle ne protesta pas
quand mes doigts caressèrent ses chevilles. Elle s'appelait
Doreen, elle avait dix-sept ans.

— J'avais besoin de quelqu'un comme toi, avouai-je. Il
y a longtemps que je n'ai pas entendu chanter une
femme. Celles que j'ai connues étaient blessées. Tu ne me
croiras pas, mais la première n'entendait rien, alors elle
parlait comme une bête qui gronde. Une autre, ton âge à
peu près, avait le dos, les joues et le front comme une
plaie à vif. Quant à Léna, elle est devenue muette. Et
même, elle en est morte.

— Tu n'as pas de chance, approuva Doreen. Parce que
moi aussi, ma mère m'a ratée : je ne sais pas faire les
nœuds de chaussures. Dès que j'essaie, j'embrouille tout.
Les paquets de Noël non plus, je ne sais pas les faire. Pas
capable de nouer la ceinture de mon peignoir : ça ressemble à un chou affreux, et ça ne tient pas fermé. Du coup,
ils me prennent pour une exhibitionniste, dans cette saleté
de motel. Oh ! George, je suis juste un peu dyslexique.

Je m'étais présenté sous le nom de George Grandstuart, j'avais laissé pousser ma moustache, je portais un
chapeau noir à larges bords.

Le lendemain matin, Doreen me fit visiter les studios
d'enregistrement qui se succédaient de part et d'autre de
Main Street.

Les musiciens avaient travaillé toute la nuit, ils étaient
partis se coucher. Les cabines techniques empestaient la
bière, la marijuana et les oignons frits.

Des femmes mexicaines, pour la plupart venues en
fraude depuis Nogales après avoir joué à cache-cache avec
les patrouilles frontalières, nettoyaient les consoles à l'aide

de chiffons contre l'électricité statique. Elles me saluaient avec respect et m'offraient du café de leur thermos. Elles croyaient que j'étais là pour acheter des studios, se plaignaient de n'être pas assez nombreuses pour faire le travail, me proposaient d'engager aussi leurs filles, cousines et nièces.

Chaque nouveau visage qui apparaissait en ville faisait espérer un surcroît de prospérité ; ces cités du désert mouraient quand on n'y voyait plus d'étrangers.

— Demande ce que tu veux, me disait Doreen. Montre la couleur de ton fric et demande.

Elle travaillait comme choriste pour un grand nombre de groupes qui enregistraient ici. On l'appréciait pour sa ponctualité, sa bonne humeur, et parce qu'elle soignait la pureté de son haleine. Les Noirs qui gardaient les studios en l'absence des musiciens et des ingénieurs laissaient entrer Doreen sans discuter. Ils lui prenaient parfois un baiser sur le bord des lèvres, comme un péage.

A midi, nous avions visité les dix-huit studios de la ville.

J'invitai Doreen chez *Luigi's*, la pizzeria de Desert Road. Au fond de la salle, il y avait un poster géant du Stromboli. Le cratère crachait pour de vrai des volutes de fumée blanche.

Doreen dit :

— A toi de parler, George. C'est quoi, la musique que tu veux enregistrer ? Mais, ajouta-t-elle en riant, je me demande ce que vient foutre chez nous un type même pas capable de faire la différence entre le hard rock et le country.

Je consultai mes notes prises à la sauvette :

— Laisse tomber la musique. Qui travaille au *Lipstick Hall*, en ce moment ?

C'était un studio en briques dont les fenêtres, dépolies

293

à force de subir les fouettées du vent de sable, étaient aveuglées par des affichettes marquées *for sale*. Il puait plus violemment que les autres. Son distributeur automatique remplissait les gobelets de soupe à la tomate quand on enfonçait la touche café noir non sucré.

— *Children of the Papagos*, dit Doreen en réponse à ma question. Le manager est Bruce Korpilowsky. Mais je n'aurais jamais imaginé que tu irais choisir le *Lipstick*. Décidément, tu es complètement nul. Ce truc coûte cinq mille dollars par session de trois heures.

Le prix était élevé, mais le *Lipstick Hall* disposait d'une console 32 voies automatisées, d'un 24 pistes 2 pouces, et surtout de nombreux effets. J'avais noté la présence d'un appareil pour le rajout d'harmoniques hautes.

Les autres studios possédaient des équipements au moins aussi performants, mais ils n'avaient pas de Peter Van Mullen.

Ce Van Mullen était un ancien lutteur hollandais qui défendait l'entrée du *Lipstick*. Il portait à la ceinture une longue matraque électrique capable d'envoyer des décharges de 40 000 volts. Il se vantait d'avoir foudroyé un vautour avec ça. Personne ne devait savoir ce que j'allais enregistrer au *Lipstick*.

— George, dit Doreen, on va prendre un ananas givré pour deux.

Chez *Luigi's*, on pouvait louer des chambres à la journée.

Elles ne donnaient pas sur Desert Road, mais sur une cour où s'élevait un cerisier. Ce cerisier, inattendu par ici, était l'objet de tous les soins de Luigi et des Italiens de la pizzeria. Un paravent de tulle fin l'entourait presque jusqu'à la cime pour le prémunir des ardeurs du soleil et filtrer les vents de sable. Aussi ne voyait-on l'arbre que sous une certaine lumière, quand les rayons du soleil frappaient le tulle à contre-jour, irisant la silhouette du cerisier comme à travers une brume blanche.

Doreen choisit elle-même la chambre, ouvrit la porte, s'effaça pour me laisser entrer.

Pour elle, faire l'amour était aussi naturel que de terminer son repas par une glace. Elle m'expliqua que tout était bon à passer le temps jusqu'à l'heure où la chaleur tomberait enfin.

Trouver quelque chose à faire entre treize et dix-huit heures était en effet la première préoccupation des habitants de la ville. Les studios n'ouvraient qu'à la nuit, les magasins restaient fermés pendant la canicule. Il y avait bien les bars, mais la chaleur incitait à boire trop et trop vite. On atteignait l'ivresse en moins d'une heure, alors le problème s'aggravait : comment s'occuper jusqu'au soir à présent qu'on n'avait même plus assez d'équilibre pour tenir debout ?

Il y avait les piscines, mais je n'avais pas envie d'être bousculé par des jeunes gens courant après une fille pour la jeter dans l'eau.

J'ai souvent poursuivi Sally Nathanson autour d'une piscine. Nous faisions semblant de nous amuser énormément, d'être contents. En réalité, nous ne l'étions pas du tout. Nous pensions au jour où nous aurions l'âge de louer un bungalow, ou simplement de nous enfermer à clef dans ma chambre ou la sienne sans que personne de la famille vienne frapper à la porte en disant d'un ton choqué : « Allez-vous enfin ouvrir, Burt et Sally ? Conduisez-vous de façon décente, vous deux, ou c'est la dernière fois que vous vous voyez. Et toi, Burt, mon garçon, sois un peu raisonnable et aide plutôt ta cousine à faire ses exercices de diction. »

Doreen n'était pas aussi jolie que Sally, mais elle avait l'âge auquel ma cousine fut éblouissante.

C'était la première fois que je faisais l'amour depuis la mort de Léna.

Tandis que Doreen se déshabillait, je me répétai : « Tu ne dois pas fermer les yeux, surtout pas. Si tu les fermes pour voir Sally dans ta tête, c'est Léna qui va apparaître. Et tu sais quelle Léna ? La Léna du sofa, dans le musée de Santiago. »

Heureusement, Doreen parla presque tout le temps. Je pus même fermer tranquillement les yeux sans avoir rien à craindre. La voix de Doreen agissait sur mes souvenirs comme un répulsif.

Doreen racontait sa vie dans cette ville, et sa vie avant.

Elle espérait toujours que j'étais un producteur et que je financerais son premier disque comme soliste. Elle en avait assez d'être choriste. Mais si j'estimais qu'elle n'était pas encore mûre pour enregistrer, accepterais-je alors de lui acheter une nouvelle voiture ? La sienne, une Dodge jaune, avait semé dans le désert les pignons de sa boîte de vitesse. Doreen songeait à une Volkswagen que son propriétaire serait disposé à céder pour presque rien.

Mais entre le disque et la Volkswagen, elle préférait évidemment le disque.

Enfin, elle me laissait le temps d'y réfléchir : je devais d'abord faire ce pour quoi j'étais venu dans cette ville. C'était sans doute particulièrement insolite et délicat, pensait Doreen, car j'avais un air préoccupé qu'elle n'avait jamais connu à personne.

Je m'endormis dans ses bras, et je rêvai qu'elle chantait au *Metropolitan* de New York. Elle était en robe longue et les gens lui jetaient des fleurs. Pourtant, quand je regardais vers la salle, celle-ci était vide. Les fleurs jaillissaient des ténèbres, il n'y avait personne pour les lancer. Quelque chose m'alerta, me dit que je devais sortir de ce rêve car j'allais finir par apercevoir Léna dans la salle, Léna morte affalée sur un siège du *Metropolitan*. Je fus aussitôt inondé de sueur.

Je m'éveillai. Doreen léchait mon corps. Elle me dit :

— George, tu as gémi. Tu aimes cette caresse ?

Elle me conduisit au *Lipstick Hall*. La nuit tombait. Il y avait du monde sur les trottoirs, à présent. On se retournait sur Doreen, on la taquinait gentiment. Elle était connue de tous, elle semblait n'avoir que des amis.

J'étais comme les autres, je désirais devenir son ami. Je lui promis de lui acheter la Volkswagen. Elle se pendit à mon cou. A cause de l'amour, son souffle était sucré comme si elle venait de laper une crème glacée.

Bruce Korpilowsky nous attendait au *Lipstick Hall*. Je dis à Doreen d'aller parler à l'homme qui vendait la Volkswagen pendant que je traitais mes affaires avec Korpilowsky.

Le manager était un petit homme sec aux cheveux déjà blancs. Des bouteilles d'eau minérale déformaient les poches de sa veste. Il souffrait d'une affection rénale et devait absorber des quantités considérables d'eau. Bientôt, il partirait pour un hôpital du Maine où on lui grefferait des reins, et c'est pourquoi il mettait en vente le vieux *Lipstick Hall*.

— Vous êtes mon dernier client avant la fermeture, mister. Combien de nuits voulez-vous louer le studio ?

— Je ne me rends pas bien compte, Mr. Korpilowsky. Je désire enregistrer un son.

297

Il avala une grande gorgée d'eau. Il me dévisagea, surpris :

— Un son, Mr. Grandstuart ? Vous voulez dire un seul
son ? Quelque chose comme bziiiiit ou fraaaaac ?

— C'est un peu plus complexe que ça. Je sais à quoi
devra ressembler ce son, de quelle façon il devra être
modulé. Mais nous allons le créer de toutes pièces.

— Il n'existe pas dans la nature ?

— Si, mais aucun être humain ne l'a jamais entendu.
En fait, Mr. Korpilowsky, il s'agit d'un cri.

Il sourit :

— Vous n'auriez pas dû vous débarrasser de la petite
Doreen. Elle est très douée pour les cris et toutes ces
choses-là. Dans les chœurs, elle a déjà fait le bébé qui
pleure, et même la sirène du bateau qui s'en va. Les gens
se tordent de rire, tellement ça a l'air d'être ça. A propos,
vous pouvez m'appeler Bruce.

— Bruce, dis-je doucement, ne cherchez pas à savoir à
quoi correspond ce cri. Je vous paierai le prix que vous
demanderez, mais j'exige le secret.

— Moi, c'est entendu, je me tairai. Mais les techniciens ? Vous ne prétendez pas faire marcher le studio tout
seul ?

— Trouvez-moi des techniciens dont l'espérance de
vie ne dépasse pas quelques mois.

Il but encore. Cette fois, un peu d'eau coula sur son
menton. Il ne fit pas un geste pour l'essuyer. Il me dévisageait avec effarement. Il se leva, mit en marche un ventilateur. Quelques papiers se soulevèrent et se répandirent
dans la pièce. C'étaient des documentations concernant
des antalgiques. Bruce Korpilowsky n'était pas seulement
malade, il souffrait.

Il désigna le ventilateur, se força à sourire :

— Ça ne vaut pas une bonne climatisation, mais l'air

conditionné fait toujours un raffut du diable. Où en étions-nous ? demanda-t-il en se rasseyant. Pardonnez-moi, George, j'ai perdu le fil.

— J'ai pensé à des drogués, dis-je. Des types valables, mais que vous auriez virés parce qu'ils se droguaient.

— George, dit Bruce, vous êtes intelligent.

Ils se présentèrent au motel aux environs de minuit. Ils vinrent à bord de longues limousines déglinguées.

Le premier s'appelait Chan, c'était un Chinois. Le deuxième, Pierre, était français. Rainy était le nom du troisième.

Ils portaient leurs seringues dans de petites bourses en cuir souple, pendues au cou par un lacet ; elles dansaient sur leurs poitrines nues à travers l'échancrure de leurs chemises.

Doreen était près de moi. Quand elle les vit s'avancer dans le hall, elle me supplia de les faire partir.

— Je ne veux pas de ça, dit-elle. Je ne touche pas à cette saloperie, ni de près ni de loin.

— N'aie pas peur. Va dans ma chambre. Je vais monter bientôt, et je t'aimerai. Non, rectifiai-je en lui caressant les lèvres, c'est toi qui m'aimeras. Tu sais très bien aimer.

Ce n'était pas tout à fait vrai. Elle se montrait empressée, mais un peu maladroite. Mais elle était heureuse que je la complimente sur sa façon de faire l'amour.

David, si cette ville est encore debout et si vous y allez un jour, essayez de retrouver Doreen. Elle doit avoir près de trente ans, à présent. Si vous la rencontrez, ne l'abordez pas, ne lui dites rien, laissez-la dans sa vie. Mais contemplez-la. Et songez que vous voyez un petit être qui méritait de jolies choses, mieux qu'une vieille Volkswagen rouge, beaucoup mieux que les mains de Burton Kobryn sur son corps clair. Cela vous aidera à comprendre pourquoi je me hais.

J'entraînai Chan, Pierre et Rainy vers l'*arroyo* derrière le motel. Il n'y avait pas de vent pour soulever le sable, la nuit était d'une limpidité exceptionnelle, les étoiles en nombre infini.

J'en désignai quelques-unes au hasard :

— Depuis combien de temps croyez-vous qu'elles sont là ?

Pierre et Rainy s'assirent sur un tas de vieux pneus et firent mine de s'intéresser aux sautillements d'un rat-kangourou, là-bas au fond de l'*arroyo*.

Ils voulaient sans doute me manifester leur totale indifférence à l'égard d'une question qui ne les concernait pas. Il y avait longtemps qu'ils ne levaient plus les yeux vers le ciel, et les choses n'en continuaient pas moins. Dans un moment, chacun mettrait à nu son bras gauche et se ferait une piqûre. Il avait été convenu avec le manager que je ne les empêcherais pas de se shooter, que je resterais en dehors de tout ça et que, jusqu'au bout, je me garderais de la moindre allusion à la drogue et à leur état.

Seul Chan s'avança. Je sentis contre moi son flanc maigre, brûlant de fièvre.

Aucun Chinois ne refusera jamais un regard aux étoiles. Les premiers Chinois qui s'établirent en Amérique choisirent le métier de blanchisseurs parce que l'eau dans laquelle ils lavaient le linge devenait plus noire, lessive après lessive, alors ils finissaient par y voir le reflet des étoiles. Je ne sais si c'est vrai, toujours est-il que j'ai vérifié qu'il existait comme une complicité entre les Chinois et l'infini.

— Depuis combien de temps ces étoiles sont-elles là ? répéta doucement Chan. Personne ne peut le dire, non, aucun homme au monde ne connaît la réponse.

Il eut un rire douloureux qui le secoua comme une quinte.

— Aimerais-tu pourtant que nous en parlions, Chan ?

— Ce gars-là se prend pour Dieu, fit Rainy en me montrant du doigt. Méfie-toi, chinetoque.

Il se leva. Il sortit sa seringue et la pointa vers moi, l'aiguille en avant :

— Tu nous paies pour écouter tes discours ou pour faire un boulot sérieux ?

Chan s'interposa entre Rainy et moi. Il était grêle, il avait la peau craquelée d'un insecte, la fièvre l'agitait, pourtant il apparaissait redoutable.

— Laisse-le, dit-il à Rainy. Cet homme a posé une question dont il a l'air de savoir la réponse. Laisse-le donner la réponse. Je t'en prie, ajouta-t-il en se tournant vers moi, donne-moi la réponse.

— Le chiffre exact est inconnu, Chan. Mais ces étoiles sont là depuis des milliards et des milliards d'années.

— Je ne voudrais pas avoir des milliards d'années à vivre, dit Pierre qui observait toujours le manège du rat-kangourou.

Je répondis que personne ne le souhaitait non plus. En ce qui me concernait, j'envisageais d'en finir dans une dizaine d'années.

Tous trois me regardèrent avec un respect nouveau. Rainy cessa de me viser le cœur avec l'aiguille de sa seringue. Il consentit même à renverser son visage vers le ciel, mais une fraction de seconde à peine, car cet instant de contemplation suffit à le faire vaciller et il dut se raccrocher à moi pour ne pas tomber.

— D'accord, admit-il, va jusqu'au bout.

— J'aurais aimé, dis-je, être là voilà tous ces milliards d'années. Et, tout à coup, en voir une apparaître — une étoile là où il n'y avait rien. La voir surgir du néant et briller, et savoir qu'elle va rester là pour un temps presque infini.

— Je crois que ça m'aurait plu à moi aussi, dit Chan.

— Oui, dit Pierre, mais tout existe déjà. Les étoiles comme le reste. Tu peux me citer quelque chose qui n'existe pas ? Quelque chose qui serait réellement neuf pour moi ?

— Quand tu vas crever, dit Rainy. C'est quelque chose qui sera réellement neuf pour toi.

Ils se turent. Je respectai leur silence. Puis ils s'assirent à mes pieds.

Chan, évidemment, avait une tête de Chinois. Je suis incapable de vous décrire une tête de Chinois, pour moi ces gens se ressemblent tous. Je peux seulement dire qu'il avait le visage long et que ses côtes pointaient sous sa chemisette. D'une certaine façon, Chan avait l'apparence d'un petit cheval.

Pierre était bien bâti. Les cheveux blonds et hirsutes, le nez épais, il louchait légèrement. Il n'avait plus de dents.

Rainy ne s'appelait pas vraiment Rainy. Les autres le surnommaient ainsi[1] parce que ses yeux pleuraient : dacryocystite suppurée. Il avait une belle bouche.

Je me forçai à les imaginer tels qu'ils avaient été avant ce dernier stade de leur déchéance. C'était difficile. L'aspect athlétique de Pierre pouvait être dû à des bouffissures causées par la drogue. Chan n'avait peut-être pas toujours été aussi maigre. Les yeux de Rainy ne coulaient probablement pas quand il était un petit garçon. Il devait y avoir eu un temps, surtout, où ils ne dégageaient pas cette odeur écœurante.

Mais c'est ainsi qu'ils m'étaient donnés, c'est ainsi que je les ai aimés.

1. Rainy signifie pluvieux.

Je m'agenouillai face à eux, et à chacun je déposai un baiser sur le front.

— Pédé, dit Rainy.

Il le dit sans hargne, juste parce que c'était un mot facile. Ils étaient contents, tous les trois. Personne ne les embrassait plus jamais. Ce baiser avait encore plus de prix venant d'un homme sain. Sans doute était-ce le dernier qu'ils recevraient.

— On estime généralement, m'avait confié Bruce Kor-pilowsky, que Rainy et Pierre vivront jusqu'à Noël. Mais dépêchez-vous avec Chan. Lui, c'est une question de jours. Je ne tiens pas à ce qu'il claque au *Lipstick*. Ce n'est pas le moment d'avoir des ennuis avec la police.

Je me relevai et m'écartai de quelques pas. Derrière moi, j'entendis le petit bruit des seringues, le caoutchouc des garrots claquant sur les bras nus.

— Bien sûr, dis-je, que j'aurais aimé être là pour voir une étoile venir. Mais il y a mieux : en naissant, elles crient. C'est ce cri que nous allons enregistrer.

— Pauvre taré, fit gentiment Rainy, on n'a pas de micros assez longs pour les grimper là-haut.

— Je sais, Rainy. Mais nous avons des appareils. Nous allons les triturer jusqu'à ce qu'ils nous sortent le cri d'une étoile.

— Tu as une idée de l'allure que ça peut avoir, ce cri ?

— Oui.

La drogue qu'ils s'étaient injectée tardait à opérer. Elle n'était peut-être pas de bonne qualité. Grâce à mon argent, ils pourraient désormais en acheter de l'excellente.

Puis leurs yeux se dilatèrent enfin. La peau de leurs visages devint rose, même celle du Chinois.

Alors, traversant la ville illuminée à bord de leurs autos misérables, mes compagnons m'emmenèrent au *Lipstick Hall.*

Aux feux rouges, on les reconnaissait. Les gens traversaient, se penchaient au-dessus des capots bosselés pour mieux dévisager les garçons :

— C'est Chang, Pierre et Rainy qui reviennent ! Quel est ce producteur en chapeau noir à côté du Chinois ? Le disque aura à voir avec l'enfer, aussi sûr que je suis moi.

Certains suivaient les voitures un moment, courant en se tenant aux portières comme les agents de la protection rapprochée quand ils escortent le président.

Devant la façade en briques du studio, Peter Van Mullen jouait de la matraque à 40 000 volts. Bruce me prit familièrement par le bras :

— George, il me faut le titre du morceau pour le bureau des copyrights. Un de leurs inspecteurs est en ville en ce moment.

Chan et les deux autres descendirent de voiture sous les acclamations de la foule.

J'aperçus Doreen au milieu de l'attroupement. Elle sautillait sur place, m'envoyait des baisers et disait à ceux qui se massaient autour d'elle :

— Je le connais, c'est mon ami, il s'appelle George, demain il m'achète une Volkswagen rouge.

— Doreen, suppliai-je, retourne te coucher.

Dix-sept ans, mon Dieu ! Je la considérais encore comme une petite fille. Au même âge, Sally Nathanson était punie si elle rentrait après onze heures du soir. Il était deux heures du matin, Doreen n'avait rien à faire dans les rues.

Avait-elle oublié sa répulsion lorsque Chan, Pierre et Rainy étaient entrés au motel *It's a beautiful day*?

Oui, elle avait oublié. Toute la ville avait oublié qui étaient vraiment Chan, Pierre et Rainy — partis crever à l'ombre des murs ruinés de l'ancienne mission jésuite de Santa Catarina, au sud dans le désert, sorte de no man's land où échouaient les junkies des environs.

On les ovationnait comme Lazare sortant du tombeau. On se rappelait les grandes nuits d'autrefois quand les garçons montaient les baffles sur le trottoir et donnaient un concert. Les décibels jetaient bas les vitrines des magasins, les bocaux bleus du drugstore tombaient en poussière, et même, une fois, les rétroviseurs d'une voiture de police.

— Je t'aime! me cria Doreen.

Peter Van Mullen et Bruce Korpilowsky fermèrent sur nous les portes du *Lipstick Hall*.

Le jour va se lever, David. Un jour voilé, les nuages accourent depuis la mer. Il y a quelque part par là du café en poudre et un thermos d'eau chaude. S'il vous plaît, David. Sans sucre. J'ai froid. Quelques instants encore, je vais conclure.

Je savais qu'on me poserait des questions à propos de la jeune femme que j'avais épousée au Chili et que je ne ramenais pas avec moi aux États-Unis.

Les journalistes ne se contenteraient pas d'apprendre qu'elle était morte. Pour la presse, la mort n'est jamais une réponse, mais au contraire le point de départ de toutes les interrogations.

Ces gens voudraient savoir comment et pourquoi

Maria-Elena Kobryn gisait à présent sous la terre détrempée du cimetière de Puerto Montt. Sans doute la plupart d'entre eux n'avaient-ils jamais entendu prononcer le nom de Puerto Montt, mais c'était une raison de plus pour propager les rumeurs les plus folles à propos de la ville, de ses tombes, de la jolie fille que j'y avais ensevelie.

Seraient-ils allés jusqu'à m'accuser de meurtre ? Je l'ignore. Mais je n'aurais pas supporté leur façon de me tourner le dos. Je suis quelqu'un que les autres effraient facilement. A dire vrai, je ne me suis jamais senti à l'aise qu'avec Sally Nathanson, et surtout quand je cachais mon visage sous sa robe blanche. Il n'y faisait ni nuit ni jour, mais une lumière qu'on pourrait dire tiède et odorante. Les cris de ma famille m'y parvenaient considérablement assourdis, les bruits du monde aussi. J'entendais le froissement de son jupon.

Vous m'aviez précédé à New York. Vous avait-on interrogé, et qu'aviez-vous raconté ? Vous ne pouviez être qu'un mauvais témoin, après tout vous ne connaissiez rien de Léna et de moi, sinon la dernière image — la voiture à l'emblème de l'araignée, le musée drapé de jaune, le sofa et Léna posée dessus, comme endormie.

J'écrivis et appris par cœur la déclaration que j'allais faire à mon arrivée à l'aéroport Kennedy. Ce texte vous est familier, l'ensemble des journaux le reproduisirent intégralement. Il représente à la fois le faire-part de décès de Léna et le faire-part de naissance du jeune soleil *Infante 1*. Je me souviens d'avoir demandé un verre d'eau, ôté mon chapeau, et prononcé ces mots d'une voix calme :

— Mesdames et messieurs de la presse, voici la vérité. C'était la nuit où l'étoile allait naître. Tous les signes concordaient. J'étais seul là-haut dans la Cordillère, ils étaient tous partis, rentrés dans leurs foyers à cause de l'imminence du coup d'État. Aussi, quand un officier de police m'a téléphoné, me disant de tout abandonner pour descendre identifier une malheureuse folle surprise à errer dans ma maison, ai-je répondu que cela pouvait attendre. Au moins le temps que l'étoile vienne, comprenez-vous ?

» Nous sommes, mesdames et messieurs, la première génération à pouvoir techniquement saisir cette opportunité prodigieuse de surprendre l'apparition d'une étoile nouvelle. J'étais le seul à savoir où et quand cela arriverait. C'était ici et maintenant.

» L'étoile a surgi. Là où il n'y avait rien l'instant d'avant, elle s'est épanouie dans toute sa gloire, une gloire effrayante. Nos systèmes optiques ne portent pas aussi loin, aussi n'ai-je rien vu. Mais j'ai capté le cri de l'étoile. Voici la bande sur laquelle je l'ai enregistré. Je tiens ce document à la disposition des organismes de radiodiffusion qui souhaiteraient le faire passer sur leurs antennes.

» Ma femme, Maria-Elena, fut exécutée à peu près au même instant. La folle, vous l'avez compris, n'était pas une folle. Elle essaya de décliner son identité, mais en fut empêchée par la violence extrême des coups qu'on lui portait. C'est là le paradoxe des interrogatoires dans ces pays troublés : on pose des questions, mais on n'écoute pas la réponse, on frappe. J'ai exigé qu'on me communique le nom des bourreaux et que les plus graves sanctions soient prises à leur égard. Le capitaine Juan Miguel Arrayal fut aussitôt mis en garde à vue et suspendu de ses fonctions. Le médecin qui assista aux séances au cours desquelles mon épouse fut torturée, le docteur Emilio Alvarez, a été emprisonné.

» Vous savez maintenant, mesdames et messieurs, pourquoi Maria-Elena n'est pas à mes côtés. Elle aurait aimé New York, surtout aujourd'hui où il neige. Je vous remercie de votre attention. Je vois des mains qui se lèvent, mais vous comprendrez que je préfère gagner mon hôtel et tâcher de dormir un peu.

Le Chinois, Pierre, Rainy et moi passâmes sept jours enfermés dans la cabine du *Lipstick*. Peter Van Mullen et Bruce se relayaient pour nous porter nos repas. Nous nous effondrions quelques heures sur les fauteuils défoncés, et puis nous reprenions le travail.

Quand tous les masters furent au point, nous procédâmes au mixage.

Le cri de l'étoile durait vingt-huit secondes. Il fut archivé par le bureau des copyrights sous le titre *Alibi*.

Lorsque les réseaux de radio et de télévision commencèrent à diffuser l'enregistrement, Chan et Rainy n'étaient plus de ce monde.

Pierre avait disparu après une fête somptueuse où il engloutit tout l'argent que je lui avais donné. On sait qu'il réussit encore à acheter un billet d'avion pour le Népal. Sa trace se perd au bord des lacs saumâtres, dans les brouillards de Kun-lun.

Le grand nuage restait désespérément vide. On n'y entendait toujours que l'activation des forces électromagnétiques. Des embryons stellaires pleurnichaient dans cette soupe, *Infante 1* restait à naître. Mais qui s'en souciait ? Cette portion de ciel était à moi, on me l'abandonnait comme un jardin privé, personne n'eut la curiosité d'en pousser la barrière.

Vous étiez le seul, David, à pouvoir flairer l'imposture.

Mais je misais sur votre infini respect. Non plus le respect dû au maître, mais celui dû au veuf, à l'homme vieillissant qui avait tenu Léna dans ses bras. N'étais-je pas la vraie tombe où reposait une femme que vous aviez aimée, bien que ne l'ayant vue que quelque deux ou trois heures?

Il fait jour. Vos yeux sont rouges comme ceux des bêtes qui se ramassent sur elles-mêmes avant d'attaquer.

Est-ce le manque de sommeil ou bien la haine?

III

Récit de David Bissagos

J'entrai dans la maison par l'aile de la nuit. Je cherchai mon lit pour m'y jeter, m'y apaiser. Mais, la veille, je n'avais pas eu le temps de repérer les lieux. Tout était sombre. J'ouvris une porte. C'était la chambre de Kobryn.

Anne y dormait, le drap ramené sur son visage, voilée comme une femme orientale. Son bras gauche était étendu sur la partie du lit qu'occuperait Kobryn quand il reviendrait du petit observatoire à la lisière de la forêt.

J'allais refermer la porte, Anne s'éveilla. Le coin de l'oreiller avait marqué sa joue d'un sillon. Elle y passa ses doigts, distraitement.

— Mr. Bissagos, dit-elle, je vous demande pardon. Je devrais être debout. D'habitude, ce sont les pieds froids de Burton qui me réveillent. Mais ce matin, pas de pieds froids.

Je n'avais jamais vu quelqu'un passer si aisément d'un profond sommeil à la vie de tous les jours.

Anne se leva, tira la couverture à elle et la jeta sur ses épaules. Elle me frôla. Elle sentait le blé d'été, la tige verte sectionnée d'un coup de sécateur. Sa peau devait être duveteuse et sèche.

— Oh! mon Dieu, dit-elle en regardant par la fenêtre, toute cette neige! Pourvu que l'électricité ne soit pas cou-

313

pée. Mais asseyez-vous, Mr. Bissagos, j'en ai pour un instant.

Il n'y avait pas de chaise dans la chambre. C'était une chambre où l'on ne faisait vraiment que dormir. Il n'y avait rien que le lit vaste, en désordre. C'est là que, d'un signe, elle m'invita à m'asseoir. J'avais à choisir entre le côté de Kobryn et son côté à elle. Je me décidai pour son côté à elle. Le drap était plissé et tiède.

Elle dénoua sa natte et commença à brosser ses cheveux. Ils lui descendaient sous les épaules. Elle ne me quittait pas des yeux, et moi je la regardais avec plaisir.

Après un moment, élevant ses mains à hauteur de sa nuque, elle refit sa natte. Elle me tendit un étroit ruban bleu :

— Voulez-vous avoir la gentillesse de l'attacher ?

Je soulevai la natte blonde, la laissant couler entre mes doigts comme une grappe de raisin. Dans un miroir encadré de bois doré, un miroir représentant le soleil et ses rayons, je vis Anne fermer ses paupières.

— Je suppose, dit-elle, que Burton savait ce qui arriverait en vous appelant ici.

— Il n'arrive rien du tout, Mrs. Kobryn. Je noue un ruban au bout de votre natte, c'est tout.

Elle tourna son visage vers moi :

— Laisserons-nous la neige étouffer cette maison, et nous dedans ?

— La neige, en France, ne tient jamais très longtemps.

— Il y a neige et neige, Mr. Bissagos. Je pensais à ces choses froides, à ces événements tristes qui vous tombent dessus. Vous avez parlé toute la nuit avec Burton, n'est-ce pas ?

— C'est surtout lui qui a parlé.

— Vous a-t-il dit qu'il allait se tuer ?

— En effet, mais je n'en crois rien. On se tue facilement à vingt ans, c'est différent à soixante. Et puis, c'est bien connu : quand on a vraiment l'intention de se supprimer, on ne le crie pas sur les toits. A votre place, Mrs. Kobryn, je ne m'inquiéterais pas trop pour ça.

— Il le fera, dit-elle.

Elle frappa légèrement du pied, comme une petite fille entêtée, et ajouta :

— Je ne veux pas rester seule dans cette grande baraque, je ne le supporterais pas. Vous avez promis de m'emmener manger des huîtres et danser. Faites-le, je vous en prie.

— Mrs. Kobryn, dis-je, il ne faudrait pas qu'il y ait un malentendu entre nous. J'habite à Chicago un flat véritablement infernal, à cause du métro aérien qui secoue tout. Et ma logeuse, Mrs. Hudson, est une femme envahissante. En plus, juste au-dessous, il y a une boutique de jeans plutôt mal fréquentée. Et en rentrant, je vais partir pour Arecibo. C'est dans la jungle. Rien de tout ça ne conviendrait à une personne raffinée comme vous, Mrs. Kobryn.

Elle eut un sourire. C'était un sourire mélancolique et lent, qui étirait ses lèvres sans vraiment découvrir ses dents. Elle me répondit qu'elle ne pensait pas être une personne raffinée :

— J'habitais la banlieue de Caen, en direction d'Ouistreham, face au chenal. Je voyais les cargos décharger juste en face. J'ai eu des aventures avec des marins. Soviétiques, surtout. Pourquoi soviétiques ? Ils sont peu exigeants, et propres. Le savon russe sent vraiment le savon. Une odeur qui tient à la peau. Vous savez tout de suite si le type s'est lavé ou pas. Ce n'est pas du raffinement, Mr. Bissagos, c'est seulement ne pas vouloir attraper des maladies.

» Un jour, l'agence immobilière a demandé une intéri-

315

maire. Ils m'ont prise parce que j'ai raconté que je parlais russe. Grâce aux marins, j'en connaissais quelques mots. Ça ne sert à rien pour vendre des maisons du bord de mer ou des fermettes, mais ça fait bien sur la vitrine : *Ici, on parle russe.*

» J'ai été désignée pour piloter Burton quand il a voulu acheter une propriété en Normandie. Nous avions Villedomble, mais c'était invendable. Trop grand, trop disloqué, trop isolé, trop cher. J'ai loué une belle voiture, j'ai emmené Burton visiter Villedomble. Il a dit : " Je prends " en me regardant d'une telle façon que j'ai cru comprendre qu'il me prenait avec.

» Quand il a emménagé, j'étais là. Il n'a pas eu l'air étonné. Il a juste demandé : " Voyons, mademoiselle, qu'est-ce que nous avons ce soir pour dîner ? " Ce fut une nuit magnifique. Des nids d'oiseaux bouchaient les cheminées, nous avons enfumé toute la maison. Donc, il a fallu éteindre les feux, alors nous avons eu très froid. Je serrais Burton contre moi. Il tremblait. Je soufflais sur son visage, et même sur ses pieds pour les réchauffer. Le lendemain il m'appelait Anne, quinze jours après il m'épousait.

» Le pauvre Burton avait eu froid à Villedomble, mais il eut plus froid encore à Stockholm. L'hôtel était confortable et bien chauffé, pourtant. Quand on lui a remis son prix, tout le monde a pu voir à la télévision à quel point il frissonnait. Les journaux ont dit que Burton Kobryn tremblait d'émotion. La vérité, c'est qu'il était glacé comme un mort.

» Il me suppliait de parler sans arrêt : " Je ne supporte pas le silence, Anne. " Ce fut une semaine pleine de discours, pourtant. Et dès que Burton entrait quelque part, dans un théâtre, un hall d'hôtel, une université, des orchestres jouaient l'hymne américain. Mais ça ne lui suffisait pas, il fallait encore que je parle. Je lui ai dit tout ce qu'une femme peut dire à un homme. Je me répétais, des fois. Il s'en fichait, pourvu que je parle.

» J'aurais aimé profiter de notre séjour en Suède pour aller voir les fjords. Mais ce ne fut pas possible, Burton prétendait ne pas pouvoir supporter la vue des icebergs que le bateau croiserait peut-être.

» Je hâtai la fin du voyage et nous regagnâmes Ville-domble. Le village grouillait de reporters, certains avaient fait sauter les cadenas verrouillant les grilles et conduit leurs voitures émettrices sur la pelouse devant la maison. Burton me supplia de les chasser. Je dus faire intervenir la gendarmerie. Pendant ce temps, Burton fermait tous les volets.

» A partir de là, nous avons vécu comme des sauvages. Mais quelle était donc votre question, David?

— Pas de question, dis-je de ce petit ton sec et pénétré qu'on prend dans les procès.

Plus tard, je suivis Anne dans le bureau de Kobryn. Elle devait y préparer un feu de bois, l'allumer. Ce n'était pas tant pour la chaleur, croyait-elle, que Kobryn réclamait des flambées. Il s'asseyait devant la cheminée et suivait le vol des étincelles s'élevant en tourbillonnant vers les ténèbres du conduit. C'était une de ces cheminées normandes au foyer démesuré, les étincelles s'y agitaient longtemps avant d'être enfin aspirées, Anne supposait que cela évoquait pour Kobryn le cycle des étoiles.

Sur un mur était accroché un sous-verre, une photo agrandie représentant une grande maison perchée sur un tertre gazonné.

C'était une maison prétentieuse, cherchant visiblement à se donner des allures de château. De vieux saules l'entouraient, dont les tonnelles abritaient des meubles de jardin rococo. Des voitures d'un modèle ancien, noires pour la plupart, étaient rangées sur une esplanade couverte de graviers.

A travers les portes-fenêtres ouvertes, on distinguait des silhouettes évoluant dans ce qui semblait être un salon. Bien que la photo eût été prise en plein jour, probablement en été, les lustres de ce salon étaient allumés. On donnait une fête dans la maison, peut-être s'était-elle prolongée toute la nuit et avait-on oublié d'éteindre les lustres, le matin venu.

— *Nathanson House.*

— Que dites-vous ? s'étonna Anne. Burton affirme avoir acheté cette ancienne photo chez un antiquaire. Et l'antiquaire lui-même ignorait quelle était cette maison.

— C'est *Nathanson House,* répétai-je. Une des silhouettes qu'on aperçoit sous les lustres, tournant le dos au piano, n'est autre que Sally Nathanson en personne. Elle fuit la musique qu'elle n'entend pas.

— Je ne vois pas du tout de qui vous parlez, dit Anne. Je n'ai jamais entendu prononcer le nom de Sally Nathanson.

Elle finissait d'allumer le feu. Elle appliqua ses mains sur ses joues incendiées par le souffle brusque des flammes.

— Je ne veux pas vous blesser, dis-je, mais Sally est le seul être qui ait existé pour Burton Kobryn. Ni vous, ni moi, ni même Léna, ne sommes rien pour lui.

Elle enfouit son visage tout entier dans ses mains. Je lui caressai doucement les cheveux.

— Elle est moins jolie que vous, dis-je. Elle doit avoir une cinquantaine d'années, à présent. Mais Burton la voit comme elle était autrefois. C'est comme les étoiles éteintes depuis des millions d'années, mais dont la lumière nous parvient encore.

Je m'écartai d'elle pour examiner à nouveau la photo de *Nathanson House*.

J'entrai dans la maison par imagination. Je crus entendre le tintement léger des lustres de cristal ébranlés par le vent chaud. Je fredonnai la valse démodée que jouait certainement le piano, et Sally vint vers moi. Je respirai sa fraîche odeur. Elle était la seule à être restée impeccable au terme d'une nuit de danses endiablées, de fumées de cigares, de vapeurs d'alcool. Il est vrai que personne ne l'avait invitée à valser, parce qu'une jeune fille sourde ne suit pas le rythme de la musique. Sans doute avait-elle alors quitté la fête pour aller se promener seule dans le jardin. Son corsage, sa robe, ses jupons, ses cheveux eux-mêmes avaient retenu les parfums merveilleux d'une nuit dans le Sud des États-Unis. Elle avait mâché des fleurs de capucines.

— Il doit y avoir quelque part un portrait de Sally plus précis, dis-je. Un cliché pris au bord d'une rivière.

— Cherchons, dit Anne.

Un rayon de la bibliothèque était occupé entièrement par des dossiers concernant les galaxies lointaines sur lesquelles Kobryn avait travaillé durant sa carrière. Chaque reliure portait, gravé à l'or fin comme le titre d'un livre aimé, le nom d'un amas stellaire ou d'un astre isolé. Le dossier le plus mince était celui de l'étoile *Infante 1*. J'avançai la main pour le saisir.

— Burton interdit qu'on y touche, dit Anne.

Je posai le dossier sur le bureau et l'ouvris.

Il contenait quelques graphiques retraçant les grandes lignes de l'expérience menée dans la Cordillère. Puis il y avait des pages blanches. Sur certaines, toutefois, figuraient des lignes d'une écriture fine et saccadée.

C'étaient, en désordre, les fragments d'une sorte de journal intime rédigé par Kobryn depuis son retour du Chili. Il avait commencé ce récit à plusieurs reprises, s'y était astreint deux ou trois jours, puis s'était interrompu. Il reprenait parfois six mois plus tard, et s'arrêtait à nouveau.

— S'il vous plaît, répéta Anne, il défend qu'on touche à ça.

Elle voulut me reprendre le dossier, je dus la repousser.

— Le moment venu, lui dis-je, vous ferez aussi bien de brûler tout ça.

La photo se trouvait entre deux feuillets vierges. C'était un tirage de luxe, mais d'une facture démodée, présenté dans un cartonnage aux bords ciselés comme de la dentelle.

Une jeune fille d'une beauté irréelle s'appuyait contre le parapet d'un pont en dos d'âne.

Elle portait une robe blanche qui descendait en s'évasant jusqu'à ses souliers vernis. D'une main, elle retenait un chapeau dont les longs rubans volaient au vent. Elle regardait vers l'objectif comme si l'opérateur l'avait soudain interpellée. Ses lèvres s'apprêtaient à former un sourire, mais le photographe avait fait jouer l'obturateur avant que le sourire fût achevé. Il avait eu raison, car les yeux de la jeune fille trahissaient une profonde tristesse, et un sourire eût été choquant.

— C'est donc elle? fit Anne. Comme elle est ravissante! Je me demande ce qu'elle est devenue.

Il y avait au verso, rapidement griffonné au crayon, le numéro de téléphone d'un hôtel au nom banal, situé sur la côte à quelques dizaines de kilomètres de Villedomble.

Nous suivîmes le cours de la Risle. La rivière était gelée, la glace avait escaladé les talus herbeux et commencé d'envahir les pâtures alentour. C'était une glace fine et miroitante, comme posée en équilibre sur les chaumes, sans rien à voir avec la glace opaque et terreuse de la Cordillère.

Le désembuage de la voiture fonctionnant mal, il fallut rouler vitre baissée. Nous avions froid. A Pont-Audemer, Anne acheta dans une mercerie un bonnet de laine d'un bleu incertain. Il avait dû rester longtemps dans la vitrine, et la lumière avait dévoré sa couleur. Anne l'enfila. Je lui dis que c'était un bonnet hideux. Elle haussa les épaules et ne m'adressa plus la parole jusqu'à l'embranchement de Honfleur, après Saint-Maclou. Elle croyait que je la soupçonnais d'avoir choisi précisément ce bonnet au milieu d'un tas d'autres. Elle aussi le trouvait laid, mais il ne restait que celui-là dans la mercerie.

Et puis, nous aperçûmes la mer. Sur les cartes d'Europe que j'avais consultées à Chicago en compagnie de Mrs. Hudson, la Manche semblait n'être qu'une sorte de canal étriqué ayant pour seule utilité de séparer la France de l'Angleterre. Mrs. Hudson était persuadée que ça devait avoir l'allure peu engageante de ces coulées d'eau glauque, dans les jardins publics, où nagent des cygnes et des oies d'Égypte.

Mrs. Hudson se trompait : la Manche était plus splendide que le Pacifique à Viña del Mar. La marée montait, un vent de noroît étirait en longs rouleaux rugissants les vagues courant vers les plages. Des barbes d'écume s'arrachaient de la crête des lames, tournoyaient sous le ciel, venaient s'écraser en silence sur le pare-brise. C'était une écume aux reflets de bronze, qui sentait fortement l'iode.

Quand elle s'envolait au loin pour se poser de l'autre côté de la route dans des jardinets enneigés, elle rongeait alors la neige comme un acide.

Le bonnet de laine n'allait décidément pas dans ce décor, et je l'ôtai du front d'Anne pour le lancer par la fenêtre. Il roula sur la route, gonflé de vent. Quel jouet magnifique pour un chat, s'il y avait eu un chat, mais il n'y avait pas de chat, aucun être vivant à l'exception d'Anne et de moi.

Pour la première fois, je regardai la bouche d'Anne avec les yeux d'un homme qui va bientôt y poser ses lèvres. Il faut dire qu'Anne venait de tourner son visage vers le mien et qu'elle riait. Mais je ne l'embrassai pas, car elle cessa brusquement de rire et murmura :

— Roulons, David. La mer n'est jamais que la mer. Et puis, vous savez, nous sommes en hiver et le jour tombe vite.

Entre Honfleur et Trouville, l'*Hôtel des Grands Flots* dominait les vagues.

Cela avait dû être autrefois une villa d'été dont les jardins descendaient la corniche jusqu'au bord de l'eau. A présent, les jardins avaient été lotis ; trois ou quatre bungalows entourés de haies vives séparaient désormais l'ancienne villa du rivage, les clients des *Grands Flots* étaient obligés de faire un détour pour atteindre la plage. Il y avait une clôture de barbelés de part et d'autre du sentier de la mer. Chaque saison, tout un tas de bouées et de canards gonflables devaient s'y déchirer. C'était triste. Mais, d'une manière générale, cet endroit tout entier était triste. Les vagues elles-mêmes n'avaient pas la sauvagerie de tout à l'heure, elles étaient ici passablement grises, courtes et hargneuses.

— Eh bien! dit Anne; et elle répéta sans raison : Eh bien!...

Nous laissâmes la voiture sur le bord de la route, parce que le chemin d'accès au parking de l'hôtel me paraissait glissant.

Le bâtiment principal était une construction biscornue, hérissée de balconnets en bois délavés par les embruns. Il était flanqué de deux excroissances, deux espèces de vérandas dont les vitres étaient sales. L'un de ces appentis abritait les cuisines, l'autre un salon d'hiver avec vue sur le large.

Un jeune homme nettoyait de l'intérieur les baies du salon d'hiver. Il nous adressa un sourire, nous fit signe d'approcher. Il essuya ses mains pleines de savon à son chandail et dit :

— Nous ouvrons pour le week-end. Vous avez de la chance, les chambres donnant sur la mer sont encore toutes disponibles. Voyez ça avec la directrice, elle doit être dans la cuisine. Entrez sans frapper.

Sally Nathanson grattait des moules. Elle les jetait dans une grande bassine où il y avait déjà des oignons, des feuilles de laurier et du vin blanc.

Bien qu'elle fût de dos, je sus que c'était Sally. Elle portait une robe blanche comme sur la photo prise au bord de la rivière. Les hanches de Sally s'étaient élargies, ses jambes avaient forci. Au lieu du joli chapeau dont les rubans flottaient au vent, elle avait sur la tête une de ces coiffes comme en mettent les chirurgiens.

Elle devina notre présence, s'en effraya, se retourna trop vivement. Le couteau dérapa sur un coquillage et lui blessa le doigt. Elle poussa un cri léger, porta l'écorchure à ses lèvres.

Une multitude de rides très fines striaient le contour de sa bouche. Autrement, son visage demeurait lisse et pur. On voyait qu'elle avait été très belle.

Elle ne se maquillait pas, mais le peu de sang qui coulait de son doigt entaillé suffisait à rougir ses lèvres. Il était environ cinq heures de l'après-midi, le jour déclinait. Sally Nathanson nous regardait, et la pièce semblait s'illuminer.

Dans le salon d'hiver décoré de maquettes de voiliers et d'oiseaux de mer naturalisés, Sally nous installa, et le jeune homme qui nettoyait les vitres descendit en hâte de son escabeau pour nous allumer un grand feu dans la cheminée.

C'était précisément ce jeune homme qui construisait les modèles de bateaux et empaillait les goélands. Mais l'année prochaine, nous dit-il, il peindrait plutôt des aquarelles, pour faire plaisir à Sally qui trouvait les navires et les oiseaux trop salissants. Il semblait très désireux de prévenir les moindres désirs de Sally.

C'était l'heure du thé et des toasts, mais la mer si proche me donna envie de commander deux assiettes de coquillages et une bouteille de vin blanc.

Sally nous servit elle-même. Je lui proposai de boire un peu de vin avec nous et elle accepta avec simplicité. Elle s'assit à notre table. Elle ne fut pas troublée d'apprendre qui nous étions. Elle dévisagea Anne avec sympathie :

— Eh bien, Burton avait beau prétendre que vous ignoriez jusqu'à mon existence, moi j'attendais votre visite. Soyez la bienvenue. Je n'ai pas grand-chose à me reprocher vis-à-vis de vous, Mrs. Kobryn.

Elle n'était pas embarrassée non plus par sa manière de parler, un mélange de sons gutturaux et de chuchotements. Elle écrivait sur la nappe en papier les mots que nous ne comprenions pas.

Quelques mois après son retour de Stockholm, Burton Kobryn se rendit aux États-Unis pour une prétendue conférence qu'il devait prononcer dans une université du Missouri. S'agissant d'un court voyage, il insista pour qu'Anne restât à Villedomble afin de surveiller les derniers aménagements de la grande maison.

En réalité, il n'alla pas du tout dans le Missouri. Il prit un vol direct pour Chicago, d'où il gagna Cheyenne, la capitale du Wyoming. De là il se rendit en autocar à Riverton, où il arriva en fin de nuit.

Le garage de Jack et de Sally s'élevait justement en face de la gare routière. Dans la salle d'attente, Kobryn attendit que Jack sortît pour allumer les enseignes et brancher les pompes à essence. Il vit Sally qui l'aidait. Elle avait des rouleaux sur la tête et portait ce matin-là une robe de chambre molletonnée d'un rose agressif.

Kobryn patienta encore. Vers neuf heures, Jack s'en alla au volant de la dépanneuse. Kobryn quitta alors la gare routière, traversa la chaussée et entra dans le garage. Il serra Sally contre lui. Elle se laissa faire. Son haleine sentait le café. Kobryn se contenta de l'étreindre, sans l'embrasser. Son intention n'était pas de la voler à Jack. Il considérait — c'est en tout cas ce qu'il dit à Sally — avoir été déjà assez malhonnête comme ça dans sa vie.

Ce premier jour où Kobryn la revit, d'ailleurs, Sally n'inspirait pas l'amour. Elle l'avouait elle-même : elle était fade et molle, avec trois ou quatre kilos en trop et, de près, on voyait des taches de cambouis sur sa robe de chambre rose. Mais dans le bureau du garage, parmi des publicités pour des batteries ou des pneus, il y avait d'anciennes photos de Sally. Kobryn était venu pour la Sally qui figurait sur ces photos et qui hantait sa mémoire.

Pour sa part, Sally n'avait pas de mémoire hantée. Elle se souvenait de Kobryn comme d'un épisode agréable de sa vie, serein et voluptueux, qui avait permis à son adolescence de se dérouler à peu près normalement au lieu de basculer dans le désespoir. Elle considérait son cousin comme une sorte de moniteur ayant su éveiller en elle le désir de vivre et d'aimer.

Mais elle ne se souciait pas de lui plaire à nouveau. Elle n'avait pas honte d'avoir été surprise avec des rouleaux sur la tête et un vêtement taché. Elle regrettait seulement que Rachel ne fût pas à la maison, mais la jeune fille travaillait au parc national de Yellowstone. Si Kobryn la rencontrait à présent, il la trouverait belle. Et, Dieu merci, elle n'avait pas hérité la surdité de sa mère. Elle avait même une oreille excellente et chantait dans une chorale.

Kobryn était agité. Tantôt il restait en contemplation devant les vieilles photos de Sally, tantôt c'était Sally elle-même qu'il prenait dans ses bras et serrait à l'étouffer. Sally avait vaguement l'impression qu'il était au bord des larmes, mais elle se trompait sûrement : il venait de recevoir le prix Nobel et d'épouser une jeune Française, il n'avait aucune raison de pleurer ; c'était sans doute l'odeur de l'essence qui lui piquait les yeux, ou bien avait-il mal dormi dans le car.

Kobryn s'assit enfin derrière le bureau. Il mit sa tête dans ses mains et déclara qu'il attendrait le retour de Jack le temps qu'il faudrait. Il avait une affaire à lui proposer.

Il ouvrit sa serviette et en sortit des photos d'une villa dominant la mer. Sally n'avait jamais vu de maison aussi curieuse. Elle était très haute, avec des balcons rouges et des toitures pointues. Elle se dressait dans un paysage maritime escarpé. Le soleil brillait sur la falaise et sur la maison, mais c'était un soleil hivernal, blanc et bas sur la mer. N'importe qui pouvait prédire qu'il pleuvrait bientôt.

Kobryn expliqua à Sally qu'il s'agissait d'un hôtel en France, sur la côte normande, près des stations balnéaires à la mode. Il était à vendre, et Kobryn avait décidé de l'acheter pour l'offrir à Sally et à Jack. Ainsi, Sally vivrait-elle tout près de Villedomble, à moins d'une heure de voiture.

Sally ne dit rien, mais elle pensait que Jack refuserait. Il aimait trop la montagne autour de Riverton. Il prenait un plaisir de chasseur à récupérer avec sa dépanneuse les voitures tombées dans les ravins. La neige et les arbres amortissaient les chutes, et la moitié environ des épaves pouvaient être remises sur roues et revendues.

Contre toute attente, Jack s'intéressa à la proposition de Kobryn. Il montra ses dossiers bancaires, son livre de comptes.

Sally ignorait que le garage marchait aussi mal. On n'avait pas de quoi remplacer la dépanneuse qui s'essoufflait.

Sally essaya bien de dire à Jack qu'il n'était pas hôtelier, qu'il fallait une formation pour exercer un métier aussi spécialisé, surtout dans un pays dont ni lui ni elle ne parlaient la langue, mais Jack répliqua sèchement que rien non plus ne l'avait préparé à devenir garagiste et qu'il ne devait pas être plus difficile d'apprendre le français que la mécanique automobile.

Cette discussion eut lieu en l'absence de Kobryn. Celui-ci se reposait dans un camping-car accidenté que

Jack avait retapé et installé dans la cour en guise de chambre d'amis.

Sally découvrit que Jack, en réalité, haïssait son travail. La dépanneuse lui faisait peur ; il redoutait de se prendre les mains dans les rouages du treuil, d'être éventré par le croc de remorquage quand il descendait l'accrocher au châssis des épaves. De tels accidents se produisaient fréquemment. Il devait être horrible, disait Jack, de mourir comme ça tout seul au fond d'un ravin, alors que la nuit tombait, que le brouillard envahissait tout et que la neige étouffait les appels au secours.

Jack s'était obstiné à cause de Rachel. Maintenant, celle-ci volait de ses propres ailes.

Il mit sous le nez de Sally toute une liasse de lettres photocopiées qu'il avait expédiées ici ou là à travers le pays pour trouver un autre emploi. Souvent, il priait Dieu de l'aider. Dieu avait répondu finalement en lui envoyant Burton Kobryn.

Jack ne savait pas trop qui était Kobryn. Sans doute l'avait-il vu à la télévision au moment où tout le monde se passionnait pour cette histoire d'une jeune étoile qui criait ; mais tant de visages défilent à la télévision. De toute façon, Kobryn n'était-il pas le cousin de Sally ? Jusqu'à ce jour, c'était comme si Sally n'avait pas eu de famille. Eh bien, désormais elle avait Kobryn, et ce n'était pas rien ! Jack dit qu'il se sentait rajeunir.

Cette nuit-là, il grimpa dans le lit de Sally, et il se passa tout un tas de choses excitantes qui n'étaient pas arrivées depuis des années. Sally hurlait si fort que Jack riait. De temps en temps, il écartait les rideaux et regardait dans la cour, car il craignait que Kobryn n'entendît. Mais, dans le camping-car posé sur ses cales, on voyait la silhouette de Kobryn lisant un livre et, parfois, portant une tasse de café à ses lèvres.

Trois mois plus tard, Jack et Sally prirent possession de l'*Hôtel des Grands Flots*.

Jack continuait de se sentir rajeunir. Tout l'amusait comme un enfant : l'embauche des garçons de salle et des femmes de chambre, la calligraphie des menus en lettres presque gothiques, la criée aux poissons sur le port au petit matin, la découverte des vins français, et même les régates qui passaient au large mais qu'il suivait à la jumelle depuis le salon d'hiver.

Malgré son nom un peu prétentieux, l'*Hôtel des Grands Flots* était un établissement simple. Les clients demandaient seulement que ce fût propre. Jack était plus exigeant qu'eux, se vengeant de trop d'années passées dans l'huile de vidange et les vomissures maculant les sièges des voitures accidentées. La restauration ne posait pas de problèmes : les familles qui descendaient aux *Grands Flots* étaient comblées par des fruits de mer qu'il suffisait de choisir frais, et des poissons de la côte mis à griller sur les braises de la cheminée.

Burton Kobryn n'assista pas à l'inauguration. Les premiers temps, il se montra d'une discrétion exemplaire. Il téléphonait parfois, juste pour savoir si Jack et Sally avaient une trésorerie suffisante. Il se comportait comme un oncle qui offre un train électrique, aide ses neveux à le monter, puis se retire sans jouer avec.

Il vint tout de même, un matin de juillet.

Jack attendait sur le port le retour des bateaux de pêche, Sally faisait le lit de la chambre 17.

Kobryn entra dans cette chambre, prit la clef restée dans la serrure et verrouilla la porte. Puis il ôta ses chaussures. Il ne disait rien, mais Sally comprit pourquoi il était là. Elle avait toujours su que cet instant viendrait. Elle l'envisageait sans joie ni dégoût. Elle espérait seulement que ça ne compliquerait pas sa vie devenue si agréable.

Elle regarda les pieds de son cousin et se demanda s'ils étaient déjà aussi grands à l'époque où Burton et elle couchaient ensemble. Elle ne se rappelait plus s'il était un homme en ce temps-là, ou encore un grand adolescent. C'était extraordinairement lointain pour elle, noyé dans une sorte de brume qu'elle ne parvenait pas à dissiper.

Mais lui se souvenait de tout, et il la guida.

Sally portait, pour le ménage des chambres, un tablier blanc. Burton Kobryn s'agenouilla sur le parquet et leva son visage. Il pria Sally de descendre doucement sur lui, comme elle le faisait autrefois quand il s'allongeait sur l'herbe.

A compter de ce jour, il revint fréquemment, toujours le matin, se faisant passer auprès des employés pour un représentant en draps de lit. On ne s'étonnait pas que Sally l'emmenât dans les chambres pour lui montrer les dégâts : l'été surtout, les pensionnaires des *Grands Flots* se couchaient sans s'être lavés ; et leurs corps moites imprégnaient les lits de sel, de sable, d'huile solaire.

Kobryn n'en demanda jamais davantage, se contentant du tablier blanc qui recouvrait son visage.

Dans ces moments-là, il aimait que Sally lui parlât dans ce français hésitant qu'elle était en train d'acquérir. Ne comprenant pas bien ce qu'elle disait, il se croyait reporté des dizaines d'années en arrière, à l'époque de leur jeunesse, quand sa cousine l'assourdissait de ses piaillements désastreux dont il ne saisissait que des bribes.

Kobryn restait sous le tablier, et il ne se donnait pas de plaisir. Pourtant, en se relevant, Sally sentait parfois quelque chose d'humide traverser les mailles de ses bas, mouiller ses jambes. C'étaient les larmes de Kobryn. Il arrivait qu'il pleurât, mais tranquillement, sans sursauts. Sally lui essuyait alors les yeux du coin de son tablier.

Elle savait qu'il pleurait à cause du passé. Elle était fière, malgré sa surdité et sa diction lamentable, d'être à l'origine d'une telle nostalgie chez un homme aussi glorieux. Elle était fière aussi de pouvoir apaiser cette nostalgie.

Elle espérait que ça n'empirerait pas, car elle n'avait pas l'intention d'aller plus loin. Elle aimait Jack qui l'avait épousée en dépit de son infirmité, et qui la traitait avec tendresse. A supposer qu'elle eût une dette envers un homme, c'était à l'égard de Jack. Dans l'histoire de la vie de Sally, Burton Kobryn était l'alouette et Jack le champ de blé tout entier. Chaque année, les blés pointaient au-dessus de la terre, ils verdissaient, puis le soleil les dorait — Sally voulait dire que son amour pour Jack retrouvait sans cesse une raison nouvelle de croître ; tandis que l'alouette s'était usée, elle ne s'élançait plus vers le ciel, elle s'agenouillait sur le parquet et attendait en tremblant que Sally vînt faire la nuit sur elle, l'enfouissant sous sa robe.

Les visites de Kobryn finirent par l'ennuyer. Elle trouva des prétextes pour s'esquiver aussitôt qu'il arrivait. Mais elle craignait de lui faire de la peine, aussi le choyait-elle encore un peu : elle l'installait dans le salon d'hiver, lui servait du vin, échangeait quelques mots avec lui et le laissait là. Kobryn ne protestait pas. Et même, il la remerciait. Il regardait la mer un moment, et puis il s'en allait sans avoir touché au vin.

Sally se sentait coupable de le traiter ainsi. Après tout, en leur achetant cet hôtel en France, Kobryn avait fait leur bonheur à Jack et à elle.

Mais Jack avait une formule :

— C'est l'héritage qu'il nous destinait. Il nous le donne de son vivant, c'est très chic de sa part, mais ce n'est pas une raison pour lui lécher les pieds. Tu lui lécherais les pieds, s'il était mort ?

En vérité, Jack n'aimait pas beaucoup Kobryn, essentiellement parce que ce dernier venait toujours en son absence et se faisait passer pour un courtier. Jack ajoutait que, d'après lui, Kobryn avait quelque chose à cacher.

Sally ne pouvait s'empêcher de penser qu'elle avait elle aussi quelque chose à cacher. Bien sûr, elle ne prenait aucun plaisir aux jeux qu'elle jouait avec son vieux cousin, mais elle se gardait d'en parler à Jack, et elle serait morte de honte si quelqu'un l'avait surprise coiffant de sa robe et de son tablier le visage en larmes de Burton Kobryn. N'était-ce pas la preuve que c'était mal, et qu'elle agissait honnêtement en cherchant à s'y dérober ?

— Il m'avait parlé de vous, confia-t-elle à Anne. Il disait que vous étiez jeune et très jolie, mais il n'avait pas l'air de très bien savoir ce qui l'avait poussé à vous épouser. Il donnait l'impression d'avoir voulu accomplir une réparation. Il cherchait sincèrement à vous rendre heureuse, à vous protéger. Pardonnez-moi de vous dire ça, mais, à travers vous, il m'a toujours semblé qu'il voyait quelqu'un d'autre.

» Je n'ai pas eu le temps de bien analyser tout ça dans ma tête. D'ailleurs, je ne peux pas juger : je lis sur les lèvres, mais je n'entends pas le ton sur lequel on dit les choses. Je suis incapable de saisir certaines nuances.

» Mais je songeais souvent à vous. Burton affirmait que vous n'étiez au courant de rien, mais j'avais tout de même peur que vous ayez un jour du chagrin à cause de moi. J'ai réussi à faire admettre à Burton que je ne le verrais plus. La dernière fois qu'il est venu, c'était la fin de l'été. Comme il pleuvait ! Nos pensionnaires étaient contents de rentrer à Paris, même les enfants en avaient assez des vacances à cause de cette pluie qui les empêchait d'aller s'amuser sur la plage.

» Là-dessus, Burton est arrivé. On se prenait les pieds dans les bagages qui traînaient partout, il fallait passer son temps au téléphone pour appeler des taxis. Et justement, il me manquait un taxi pour une famille d'Allemands. J'ai demandé à Burton s'il voulait bien conduire ces gens à la gare de Deauville. Je suppose qu'il a pensé à toutes ces chambres désormais vides où nous aurions pu nous enfermer. Oui, j'ai lu sur ses lèvres quelque chose à propos des chambres vides, et quelque chose d'autre concernant un événement terrible à Santiago du Chili — un événement qui se serait produit à cause de moi. Mais il y avait tellement de visages qui se pressaient autour de moi, et je devais essayer de lire sur toutes ces lèvres à la fois !

» J'ai dit à Burton d'emmener les Allemands, et de revenir plus tard pour que nous parlions. Lui ai-je dit cela si méchamment ? Il est devenu très pâle. J'ai crié : " Les Allemands, bon sang, est-ce que tu vas te décider à t'occuper des Allemands ? Tu crois que les trains attendent ? " Je suis toujours un peu défigurée quand je crie. C'est peut-être ça qui a choqué Burton.

» D'habitude, il venait les mains vides. L'hôtel était son cadeau une fois pour toutes. Ce jour-là, il avait apporté des fleurs. C'étaient des asters, je m'en souviens. Il y avait un bourdon sur l'un d'eux. Burton abattit les fleurs sur le comptoir, si violemment que les tiges se brisèrent et que le bourdon fut écrasé. Je pensai : " Voilà donc à quoi il

ressemble quand il est fâché ! Quel chien hargneux !
Pourvu qu'il ne fasse pas retomber sa rage sur les pauvres
Allemands... ''

» Toutes les sonnettes des chambres tintaient à la fois.
Je voyais leurs petits marteaux battre frénétiquement
contre les timbres. Quel bruit cela pouvait-il faire ?
Était-ce comparable à ce qu'on croit entendre cogner
dans sa tête quand on est furieux comme Burton à ce
moment-là ?

» Ses lèvres formèrent le mot adieu, et il partit avec les
Allemands. Il tenait la main de Wanda, leur petite fille. Il
devait lui serrer la main beaucoup trop fort, car Wanda
pleurait. C'était pourtant une enfant facile. Et voilà la
dernière image que je garde de Burton Kobryn, parce que
la pluie se mit alors à tomber si rudement qu'on était
comme dans un aquarium. Burton et Wanda devinrent
flous.

Il faisait nuit. Un couple entra dans le salon d'hiver, et
Sally nous quitta pour les servir.

— Ramenez-moi, me dit Anne. Allez régler la note et
démarrer la voiture. Appelez-moi quand vous serez prêt.
Je voudrais être seule un instant.

Au comptoir de la réception, je regardai le tourniquet
des cartes postales en attendant que Sally eût fini de
s'occuper du couple. Elle me rejoignit enfin. J'ouvris mon
portefeuille, mais elle fit non de la tête.

— J'ai été heureuse de vous rencontrer et de connaître
Mrs. Kobryn, dit-elle.

Elle était une femme âgée, à présent. Elle avait dû commencer à vieillir de façon visible une dizaine d'années
auparavant, à peu près à l'époque des événements du
Chili, au moment où Léna était torturée et assassinée.

335

Depuis tout ce temps, peut-être *Infante 1* est-elle née pour de bon. Mais vivante ou encore à venir, c'est une étoile mauvaise.

Si elle luit dans les profondeurs de l'espace, Dieu veuille que d'autres soleils plus denses l'attirent et la dévorent. Sa lumière est si lointaine qu'elle n'effleure même pas la Terre. Sa seule influence aura été de précipiter le cours d'une poignée de vies humaines, et d'en briser certaines.

J'ai besoin des néons de Chicago.

La fille qui vend des jeans est belle. Bien sûr, rien n'est possible entre elle et moi parce qu'elle a un petit ami qui joue facilement du couteau. Mais regarder cette fille me suffit. Je la dévore des yeux en essayant des pantalons que je n'achète jamais. J'enfile exprès des jeans trop étroits pour moi, ce qui fait que je ne parviens pas à remonter le zip. La fille vient, l'air excédé, elle se penche et ses doux cheveux s'épanouissent à hauteur de mon ventre, je respire leur odeur de shampooing. Ensuite, je rejoins Mrs. Hudson dans son flat. Je lui ai offert le même shampooing que celui dont se sert la fille.

Je mène une existence variée et amusante.

La voiture ne voulut pas partir. Le froid devait y être pour quelque chose. De toute façon, c'est comme ça depuis que je suis en âge de conduire, je tombe toujours sur des voitures qui refusent de démarrer.

— Sally, dis-je en réintégrant l'hôtel, Jack est là ?

Jack avait été garagiste, il avait arraché quelques centaines d'autos aux neiges du Wyoming, il ne pouvait pas avoir oublié son ancien métier.

Mais Jack était à Caen. Un mécanicien local se déplaça. Il ne voulait effectuer aucune réparation sur place. Il remorqua donc la voiture jusqu'à son atelier à l'entrée de Trouville. Bien que le lendemain fût un dimanche, il me promit d'ouvrir entre six heures trente et sept heures pour me permettre de récupérer le véhicule.

Anne voulut téléphoner à Kobryn pour l'avertir que nous ne rentrerions pas coucher à Villedomble. Elle essaya à plusieurs reprises d'avoir la communication, mais en vain. Après chaque tentative, elle revenait s'asseoir à notre table, et du bout des doigts elle massait ses tempes comme quelqu'un qui souffre de la migraine.

La neige tombait maintenant sans discontinuer.

Sally avait fait servir le dîner dans le salon d'hiver. Les flocons heurtaient la vitre comme des papillons de nuit en été, s'y écrasaient en laissant une petite empreinte glauque.

Sally portait à présent une longue robe d'hôtesse en velours grenat. Quand l'électricité fut coupée, des lignes ayant cassé dans l'arrière-pays, Sally se pencha pour allumer les bougies posées sur la table.

— Ne vous tracassez pas, dit-elle à Anne, il est probablement arrivé la même chose aux fils du téléphone. C'est pour ça que vous n'obtenez pas Burton.

Le jeune couple, à notre gauche, s'amusait de tout. Secrétaire à Paris dans le quartier de la Bourse, la fille passait sa première nuit au bord de la mer. Elle était un peu ivre, mais charmante.

Elle s'appelait Renée, et son amant s'appelait aussi René. Ils avaient eu un peu honte de leurs prénoms qui n'étaient plus vraiment à la mode jusqu'au jour où ils s'étaient rencontrés. Ils avaient tellement ri de porter l'un et l'autre le même prénom désuet! Ils avaient déjeuné

337

ensemble toute une semaine, émerveillés d'aimer les mêmes plats.

Ils goûtèrent à peine aux pêches Melba. Ils montèrent se coucher en se chuchotant des secrets. Sally les précédait dans l'escalier, tenant un grand chandelier en bois d'olivier.

Nous les regardâmes disparaître, Anne et moi. Heureusement qu'ils étaient venus ce soir. Anne s'était moquée de la robe puérile de la jeune fille, et moi de la façon attendrissante dont le garçon lui faisait la cour. Sans ces deux-là, nous nous serions dévisagés en silence.

— Dieu merci, dit Anne en s'essuyant les lèvres, je n'ai jamais été Renée !

— Ni moi René, dis-je.

— Pourtant, dit-elle, c'est sûrement plus facile que d'être David et Anne.

Je deviendrais profondément dépressif si je ne perdais pas un peu de temps à des choses inutiles. Huit mois durant, je me suis plongé dans l'étude du sanskrit. Allongé sur mon lit, je récapitulais mentalement les mots dont je me souvenais. J'en étais à la lettre A, au mot *avatâra* qui signifie descente ou avènement d'une étoile. On frappa à ma porte.

— *Avatâra*, dis-je en ouvrant.

Voilà qui suffit d'habitude à épater ma logeuse, ainsi qu'un grand nombre de personnes sans importance. Anne était sur le palier, et j'espérais qu'elle serait épatée, elle aussi.

Mais elle ne s'intéressait pas au sanskrit. Elle disait avoir mal à l'estomac, peut-être à cause d'une huître, et venait chercher un médicament. Sa robe était froissée, ses chaussettes de laine retombaient sur ses chevilles.

L'empreinte de l'oreiller marquait sa joue, elle avait dû y enfouir très fort son visage.

— Je suis navré, dis-je, nous n'avions pas prévu de passer la nuit ici. Toutes les drogues que j'ai sont restées dans ma trousse à Villedomble. Vous entrez quand même ?

Elle fit oui de la tête. Une fois dans la chambre, elle se pencha pour remonter ses chaussettes. Puis, sans rien dire, elle s'étendit tout habillée sur mon lit. Elle ramena sa natte blonde sur le côté gauche de son cou, et c'était comme si un jeune serpent se lovait contre elle.

Elle s'empara de mon bras, nicha ses lèvres au creux de mon coude. Sa bouche était souple et fraîche. Ses dents pincèrent ma chair, légèrement.

Dans le mouvement très lent qu'elle avait eu pour s'allonger, ses genoux s'étaient découverts. J'aime les genoux, presque autant que les seins. C'est le reproche le plus grave que je puisse faire à Mrs. Hudson : elle n'a pas de jolis genoux. Ceux d'Anne ne me déplaisaient pas. L'un d'eux portait une cicatrice, courte et livide.

— Tout le monde a un passé, dit-elle. Dans le mien, c'est tout ce qu'il y a d'intéressant. Un petit garçon m'a fait ça quand j'étais moi-même une petite fille. Avec la pointe d'un canif. Sur le manche, il y avait une décalcomanie montrant une vue de Nice entourée d'une guirlande de mimosa.

— Pourquoi ce petit garçon vous a-t-il blessée ?

— Il en avait envie. J'étais déjà grande pour mon âge, alors les autres enfants étaient jaloux. On m'emmenait jouer dans les jardins de Bagatelle.

— Je ne connais pas Bagatelle, dis-je.

Elle sourit :

— Vous montrerai-je Bagatelle un jour ? Qui sait ? Tout au fond du jardin, il existe une sorte de grotte avec une cascade qui tombe devant. Pour traverser, il faut sautiller de pierre en pierre. Les adultes n'aiment pas y aller. Parce que c'est humide. Et puis, ça ne sent pas bon à cause des enfants qui vont y faire pipi. Ils me coincèrent là-dedans, et Vincent sortit son canif. Il me demanda où je voulais être marquée, marquée à vie. Il aurait aimé que je choisisse le ventre ou la poitrine. J'ai préféré le genou. Comme ça, j'ai pu raconter que je m'étais écorchée en trébuchant. Je ne voulais pas que Vincent ait des ennuis.

— Vous êtes gentille, dis-je.

Elle me regarda, comme étonnée que je ne m'en sois pas aperçu plus tôt :

— Oui, je suis gentille. Après le coup de canif, les enfants m'ont laissée partir. Ils avaient peur parce que ça saignait pas mal. Le sang coulait sur mes socquettes. Je me suis cachée dans la roseraie. Je touchais sans arrêt la coupure avec mes doigts, je les essuyais ensuite sur les roses. J'étais sûre que les jardiniers m'emmèneraient tout de suite en prison s'ils me voyaient agir ainsi.

Elle voulut rabaisser sa robe, mais je l'en empêchai.

— Pourquoi faites-vous ça ? demanda-t-elle.

Je lui dis qu'elle le savait très bien. Elle ne répondit pas.

Je posai alors mon front sur ses genoux serrés. Ils étaient tièdes d'avoir été longtemps emprisonnés sous la robe. La chaleur du ventre et des cuisses était descendue jusqu'à eux. Après une hésitation, Anne se mit à caresser ma nuque.

— Je pensais, dit-elle, que vous préféreriez faire l'amour avec Sally. Pour punir Burton. C'est à cause d'elle, évidemment, qu'il a laissé mourir Léna.

Quelqu'un s'imagine effacer des années de mémoire, des années de colère, en une seule nuit d'amour ? Eh ! pas David Bissagos.

— J'ai peur, dis-je, d'être gentil moi aussi. Je renonce à juger Burton. Je renonce à lui faire du mal.

340

— Il s'en chargera tout seul, murmura-t-elle. N'avez-vous pas le pressentiment qu'il est mort ? Moi, je l'ai.

Elle se redressa, prit mon visage entre ses mains, l'écarta de ses genoux. Elle se déshabilla. Elle ôta sa robe froissée, ses chaussettes de laine, son soutien-gorge et son slip, sa montre, les deux grosses perles fausses qu'elle avait aux oreilles, le ruban qui attachait sa natte.

Anne avait des seins menus, des hanches étroites d'ado-lescente. Nu, son corps n'était plus celui d'une géante. Elle tournait, timide, ses genoux vers l'intérieur, surtout celui barré par la cicatrice. Bien que sa natte fût dénouée, ses cheveux n'avaient pas encore repris leur liberté, ils descendaient dans son dos en une seule coulée soyeuse, étroite et blonde.

Elle ne disait rien. Elle gardait les lèvres entrouvertes, elle soupirait un peu, c'est tout. Une sueur légère perla sur sa peau, devenant froide aussitôt. Elle se tenait près de la fenêtre derrière laquelle tombait la neige, à présent plus espacée. Il y eut une lueur sur la mer. La lune sortait des nuages. C'était l'accalmie.

Anne ramena ses mains sur son sexe. Elle avait honte, je pense, parce que je restais immobile à la regarder. Elle se glissa derrière le rideau. Ses épaules touchèrent le carreau glacé, et elle fit « oh ! » d'un ton plaintif. Puis elle pleura :

— Vous ne voulez pas de moi, vous n'avez pas envie de moi. Burton n'a que Sally en tête, et vous c'est Léna, et dans tout ça je n'existe pas.

Ses pieds dépassaient de dessous le rideau. Elle avait mis du vernis rose aux ongles de son pied droit, mais pas aux ongles de son pied gauche. Elle était étourdie.

— Venez, lui dis-je.

— Non, dit-elle. Je voudrais disparaître.

— Je vous en prie. Mourir ! Vous ne savez pas ce que ça signifie.

Elle ne répondit pas tout de suite. Derrière le rideau, elle réfléchissait. Quand elle se montra, elle ne pleurait plus. Et il ne neigeait plus. Elle essuya ses joues mouillées du revers de la main et renifla.

— Quel âge avez-vous ? dis-je. Seigneur Dieu, quel âge avez-vous donc ?

D'une manière générale, j'aime les femmes comme Mrs. Hudson. Je n'avais jamais pensé m'encombrer d'une petite fille, surtout d'une petite fille beaucoup trop grande.

Mais il est vrai que je n'ai jamais su non plus me protéger de la pluie.

Ainsi un jour, excédé d'être trempé, ai-je acheté un imperméable coûteux dans un magasin de luxe spécialisé dans les vêtements importés d'Angleterre. A peine dans la rue, je me suis aperçu que l'imperméable était poreux. La pluie me pénétrait partout, même en des endroits où elle n'aurait pas réussi à me glacer si je n'avais pas enfilé cet imperméable. Les putains réfugiées sous les arches du métro aérien m'enviaient, et je croyais les entendre dire : « As-tu vu ce que David a sur le dos aujourd'hui ? Ça va chercher dans les combien de dollars, une pelure comme ça ? » La vérité, c'est que je n'ai jamais exactement eu ce que je veux. Quand elles arrivent dans mes mains, les choses les plus belles deviennent simplement des choses touchantes.

— Sur le lit ? dit Anne.

— Pardon ? dis-je.

— Vous voulez me faire l'amour debout ou sur le lit ?

— Sur le lit, je crois.

— Eh bien, dit-elle, tout à l'heure, c'est moi qui pleurais, et maintenant c'est vous.

J'avais en effet senti quelque chose couler sur mon visage. J'avais pensé que c'était d'avoir évoqué cette histoire de l'imperméable ; quand je me raconte un souvenir, j'ai l'impression parfois de le vivre en réalité. Mais Anne avait raison, je pleurais. Ce n'était pas désagréable.

Elle s'allongea. Elle ouvrit ses jambes, écarta ses bras. Elle était comme une étoile à quatre branches.

Au matin, la neige tombée la veille avait complètement fondu. Il n'en restait plus que des plaques croûteuses à l'ombre des maisons et sur le flanc des dunes exposées au nord. Des enfants déçus regardaient cette pelade et achevaient d'abîmer la neige en la piétinant. La mer était brouillée, d'un gris de cendre. Le ciel se dégageait à partir de l'ouest.

Anne dormait en travers du lit, dans l'attitude où je l'avais laissée après l'amour. Sa respiration était un peu bruyante, comme celle de quelqu'un souffrant d'une déviation de la cloison nasale. Je me promis de la faire opérer dès notre arrivée à Chicago, dans la clinique où ma mère s'était fait rectifier le nez avant ma naissance. C'est à cela que je compris que je l'aimais.

Cela me fit rire. De peur de la réveiller, je me fourrai dans la bouche un coin de l'édredon rouge en guise de bâillon. Quand j'aime, j'ai envie de rire. Et aussi d'acheter des quantités énormes de papier cadeau sans savoir quoi envelopper dedans, et de dépenser tout l'argent que je peux en choses absurdes.

Je me souviens d'un matin à Nantucket, un matin dans le genre de celui-ci. J'avais passé la nuit auprès d'une étrange femme. Elle n'avait pas voulu avoir de vrais rapports. Elle consentait seulement à se montrer à moi, elle me permettait d'approcher de son corps émouvant une lanterne de marine, un vieux modèle de lanterne qui brûlait de l'huile de baleine. J'avais juste le droit de promener la lumière de la lanterne sur sa peau claire, un peu duveteuse. Je la caressais avec cette lueur d'or fauve, de très près, sous les bras, sous les jambes, et même entre les fesses. Ça avait été une nuit très intense. Cette femme s'appelait Eileen.

A l'aube, j'ai couru tout Nantucket à la recherche d'une dent de cachalot gravée. J'en désirais une à tout prix — et ce n'est pas seulement une façon de parler, parce que ces objets coûtent une fortune ; il m'en fallait une absolument, parce que je venais de découvrir que j'étais amoureux d'Eileen.

Mais à cette heure, les magasins étaient fermés. Je me suis égaré dans Nantucket, et je n'ai pas réussi à retrouver la maison banale où Eileen m'avait accueilli pour la nuit.

Mrs. Hudson est convaincue qu'Eileen n'a jamais existé, que c'est un personnage que j'invente en vue d'un roman que j'écrirai un jour. Car Mrs. Hudson croit que j'écrirai des romans.

— Kobryn, s'écrie-t-elle, toujours Kobryn ! Mais vous aussi, mon petit, vous aurez votre Nobel, le Nobel de littérature.

Elle dit ça pour me faire plaisir, et pour que je la caresse encore une fois. Les femmes comme Mrs. Hudson sont exquises mais insatiables. Il n'empêche qu'Eileen de Nantucket a existé, et que je n'ai pas l'intention d'écrire des livres. Je trouve que cela ne sert pas à grand-chose, à l'exception des ouvrages d'astrophysique.

Je m'assis sur le bord du lit, me demandant comment Mrs. Hudson réagirait en voyant débarquer Anne à l'aéroport de Chicago.

J'éveillai Anne tout doucement, en lui racontant à l'oreille les mésaventures d'un héros de dessin animé qui s'appelle Humphrey, qui joue au base-ball et qui rate tout ce qu'il entreprend. Anne dit que personne ne l'avait jamais réveillée d'une façon aussi originale, elle jeta ses bras autour de mon cou et joua à me lécher le nez. C'était déconcertant, mais finalement agréable.

N'ayant pas assez d'argent sur moi, je décidai que nous partirions sans payer. Plus tard, Sally Nathanson et Burton Kobryn s'arrangeraient entre eux.

Après avoir récupéré la voiture dans les faubourgs de Trouville, nous prîmes la route de Villedomble.

Anne dit qu'elle allait demander le divorce. Il n'y avait rien eu de profond entre Kobryn et elle :

— Je n'ai pas l'impression d'avoir été sa femme comme, je suppose, l'a été Léna. Il m'a engagée, plutôt qu'épousée, pour le veiller. Je l'ai admiré, et puis j'ai eu pitié. Mais je ne l'ai pas aimé. Emmenez-moi. Où avez-vous dit que vous deviez aller, après la France ?

— Arecibo.

— Arecibo ! Arecibo sonne comme un nom espagnol, un nom chaud. Il fait si froid, ici. Partons vite pour Arecibo.

Une toute dernière fois, le souvenir de Léna me traversa. Ce fut sec et violent, comme la douleur d'un membre brisé. Puis cela s'en alla, me laissant apaisé.

Suis-je inconstant ? Ou jeune encore ? Connaîtrais-je un jour la même douleur et le même apaisement en songeant à Anne ? Il ne faut pas avoir peur de la vie.

La voiture projetait des giclées de neige fondue sur le bord de la route. Anne posa sa tête sur mon épaule. A

Arecibo, dans la jungle de Porto Rico, Anne serait nue tout le temps sous une moustiquaire blanche.

A Villedomble, bien qu'il fût midi avec un grand soleil au milieu d'un ciel enfin pur, des lampes étaient restées allumées dans toutes les pièces.

A l'étage, couchée sur le lit de son maître, la chienne Bérénice gémit en nous voyant entrer dans la chambre vide. Anne s'assit près d'elle et la caressa.

Pendant ce temps, je cherchais Kobryn dans la maison.

Je trouvai, abandonnée sur le coin d'un meuble où elle avait ouvert une cicatrice brune, une longue cigarette à demi consumée. Je la pris, et il en tomba des fragments de tabac, des brins d'herbes inconnues, de minces copeaux de champignons séchés.

Je me rappelai que Kobryn avait décidé de garder pour une occasion solennelle la cigarette étrange que lui avait donnée l'Indien de la montagne des araucarias.

Anne descendit me rejoindre. Elle était pâle, mais cela lui allait bien. Je jetai sur ses épaules mon manteau italien. Nous nous dirigeâmes vers le petit observatoire à la lisière de la forêt.

Burton Kobryn gisait sur les marches métalliques de l'escalier en spirale. Ses mains étaient crispées sur son visage.

Il avait braqué le long tube du télescope vers la crête de la colline, dans l'axe où devait apparaître le soleil à son lever. Il avait ensuite ôté tous les filtres et les systèmes de protection permettant d'observer l'astre sans subir d'éblouissement.

A l'instant précis où le soleil avait surgi à la verticale de la colline, sa lumière radieuse s'était élancée à travers le jeu complexe des lentilles et des miroirs, s'y multipliant jusqu'à devenir un feu terrible.

La lueur intense traversa l'œil droit rivé à l'oculaire, frappa le cerveau, tuant net.

Burton Kobryn fut rejeté en arrière. Il n'eut pas le temps de crier.

Chaufour — La Roche
1984-1987

Du même auteur

AUX ÉDITIONS DU SEUIL

Le Procès à l'amour
Bourse Del Duca 1966

La Mise au monde
1967

Laurence
1969

Élisabeth ou Dieu seul le sait
Prix des quatre jurys 1971

Abraham de Brooklyn
Prix des libraires 1972 ; coll. « Points Roman », 1983

Ceux qui vont s'aimer
1973

Trois Milliards de voyages
Essai, 1975

Un policeman
1975 ; coll. « Points Roman », 1987

John l'Enfer
Prix Goncourt 1977 ; coll. « Points Roman », 1985

L'Enfant de la mer de Chine
1981 ; coll. « Points Roman », 1982

Les Trois Vies de Babe Ozouf
1983 ; coll. « Points Roman », 1984

La Sainte Vierge a les yeux bleus
Essai, 1984

AUX ÉDITIONS JULLIARD

Il fait Dieu
Essai, 1975

AUX ÉDITIONS RAMSAY

Il était une joie, Andersen
Essai, 1982

AUX ÉDITIONS BALLAND

La Dernière Nuit
1978

La Nuit de l'été
d'après le film de J.-C. Brialy, 1979

AUX ÉDITIONS LIEU COMMUN

Béatrice en enfer
1984

AUX ÉDITIONS POUR ENFANTS

O'Contraire
Robert Laffont, 1976

La Bible illustrée par les enfants
Calmann-Lévy, 1980

Le Clan du chien bleu
Masque Jeunesse, 1983

DÉ... ...M ...ENNE)
...I ...(L 23330).